BESTSELLER

Louise Penny (Toronto, 1958) comenzó trabajando como periodista y locutora radiofónica para la Canadian Broadcasting Corporation. Las dieciocho novelas que ha escrito del ciclo dedicado a Armand Gamache y a la localidad de Three Pines han sido traducidas a treinta y un idiomas y han merecido varios Agatha Awards y Anthony Awards, entre otros muchísimos reconocimientos y distinciones. En 2013 fue nombrada Miembro de la Orden de Canadá por su contribución a difundir la cultura del país. La serie *Three Pines*, basada en las novelas de Louise Penny y con Alfred Molina en el papel de Armand Gamache, ha cosechado un gran éxito en Amazon Prime Video.

LOUISE PENNY

El reino de los ciegos

Inspector Armand Gamache 14

Traducción de
Patricia Antón de Vez

DEBOLS!LLO

Papel certificado por el Forest Stewardship Council®

Título original: *Kingdom of the Blind*

Primera edición en Debolsillo: octubre de 2025

Agradecemos el apoyo del Canada Council for the Arts para esta traducción

 Canada Council Conseil des arts
for the Arts du Canada

Diseño de la cubierta: Penguin Random House Grupo Editorial / Claudia Sánchez
Imagen de la cubierta: © Magdalena Russocka / Trevillion Images

Printed in Spain – Impreso en España

ISBN: 978-84-663-8266-3
Depósito legal: B-12.250-2025

Impreso en Black Print CPI Ibérica
Sant Andreu de la Barca (Barcelona)

P 382663

Para Hope Dellon, mi editora y amiga.
¡Joernotejoroba!

1

Armand Gamache redujo la marcha hasta ir a paso de tortuga y finalmente se detuvo en la carretera cubierta de nieve.

Ése era el sitio, supuso. Volvió a pisar el acelerador y condujo despacio entre los altos pinos hasta llegar al claro.

Una vez allí, aparcó y se quedó sentado en el caldeado habitáculo mientras contemplaba el frío panorama del exterior. Los copos de nieve llegaban en ráfagas y se estrellaban contra el parabrisas, disolviéndose poco a poco, pero justo en ese momento empezaron a caer con más fuerza y oscurecieron ligeramente el paisaje.

Se volvió y su mirada fue a posarse en la carta que había recibido la víspera, abierta en el asiento de al lado. Se frotó la cara, se puso las gafas de lectura y la leyó una vez más. Era una especie de invitación a acudir a aquel lugar desolado.

Apagó el motor, pero no se bajó del coche.

No estaba especialmente preocupado ni inquieto, más bien se sentía un tanto desconcertado.

Aun así, el asunto era lo bastante extraño como para hacer saltar una pequeña alarma en su interior; no era una sirena todavía, pero sí lo hacía estar alerta.

Pese a no ser tímido, se consideraba un hombre cauteloso. ¿Cómo si no habría podido sobrevivir en las altas esferas de la Sûreté du Québec? Aunque tampoco se podía decir así como así que hubiera sobrevivido...

Solía confiar tanto en sus instintos como en su mente racional. ¿Qué le revelaban en ese momento? Pues que todo aquello era bastante raro. «Hasta mis nietos podrían haber llegado a esa conclusión», pensó con una sonrisa.

Sacó el teléfono móvil y oyó el tono de llamada una, dos veces, y entonces le contestaron.

—*Salut, ma belle*. Ya estoy aquí —dijo.

Él y su mujer, Reine-Marie, tenían el acuerdo tácito de llamarse cuando llegaran a su destino si estaba nevando.

—¿Qué tal el trayecto? Aquí en Three Pines la nevada parece ir a peor.

—Aquí también, pero he conducido sin problemas.

—Bueno, ¿y dónde estás, Armand? ¿Qué hay por ahí?

—No es fácil de describir...

Aun así, lo intentó:

Lo que veía sin duda había sido un hogar hacía tiempo, luego había pasado a ser una simple casa y ahora era sólo una construcción, y ni siquiera lo sería por mucho tiempo más.

—Es una vieja casa de labranza —explicó—, pero parece abandonada.

—¿Seguro que estás donde debes? ¿Te acuerdas de aquella vez que fuiste a recogerme «a casa de mi hermano», pero te equivocaste de hermano? ¡Y encima insistías en que yo estaba allí!

—Eso pasó hace años... —repuso Gamache—. Además, en Sainte Angélique todas las casas son parecidas y, para serte sincero, tus ciento cincuenta y siete hermanos también se parecen mucho entre sí. Recuerdo que tu hermano sólo quería que me largara de una vez: estaba claro que yo no le gustaba.

—¿Y era culpa suya? Estabas en la casa equivocada. Menudo detective.

Armand se echó a reír. Aquello había pasado décadas atrás, en los primeros tiempos de su noviazgo. Desde entonces se había ido ganando el cariño de la familia de su mujer, sobre todo cuando vieron lo mucho que ella lo quería y, más importante incluso, lo mucho que él la quería a ella.

—Estoy en el lugar correcto: hay otro coche.

Una ligera capa de nieve cubría el otro vehículo. Llevaba allí una media hora como mucho, calculó.

Volvió a mirar la casa.

—Aquí no vive nadie desde hace mucho.

Hacía falta un tiempo considerable para que un edificio acabara en ese estado: años y años de descuido.

A esas alturas, era poco más que una serie de materiales de construcción.

Los postigos estaban desencajados, la barandilla de madera se había podrido y ya no seguía la misma senda que los escalones de la entrada, una de las ventanas superiores estaba tapiada y daba la impresión de que la casa entera le guiñara un ojo, como si supiera algo que él ignoraba.

Ladeó la cabeza. ¿La casa estaba ligeramente inclinada o era su imaginación, de pronto influida por una de las canciones infantiles que tanto le gustaban a su nieto Honoré?

Iba un día un hombre retorcido
por un camino torcido
y encontró una moneda retorcida
al pie de un poste torcido.
Fue a comprarse un gato retorcido
que atrapó un ratón retorcido,
y fueron felices los tres
en una casa torcida.

Ésa era una casa torcida, y él se preguntó si dentro encontraría a un hombre retorcido.

Tras despedirse de Reine-Marie, miró de nuevo el otro coche aparcado en el claro y se fijó en la matrícula, con el lema de Quebec: «Je me souviens.»

«Me acuerdo.»

Cuando cerraba los ojos, como en ese momento, las imágenes aparecían sin que tuviera que evocarlas, tan vívidas e intensas como en el momento en que habían sucedido. Y no sólo recordaba aquel día del verano anterior y los oblicuos rayos de sol que hacían brillar la sangre que le manchaba las manos.

Se acordaba de todos los días y todas las noches manchados de sangre, la suya y la de otros; de todas las personas a quienes había salvado la vida y de otras a quienes se la había arrebatado.

Pero para conservar la cordura, la humanidad, el equilibrio, necesitaba recordar también los buenos momentos que había vivido.

Haber conocido a Reine-Marie... haber tenido un hijo y una hija con ella... disfrutar de sus nietos. Haber encontrado un refugio en Three Pines... los momentos tranquilos con los amigos, la alegría de las reuniones...

El padre de un buen amigo suyo, aquejado de demencia, había muerto hacía poco, y durante el último año de su vida ya no reconocía a la familia ni a los amigos. Seguía siendo amable con todo el mundo, pero sin saber quién era quién. Sin embargo, sus seres queridos, a diferencia del resto, siempre conseguían arrancarle una sonrisa: los reconocía instintivamente y los mantenía a buen resguardo, si no en su cabeza enferma, sí en su corazón.

Puede que los recuerdos del corazón fueran más persistentes que los de la mente, la cuestión era: ¿qué guardaba la gente en su corazón?

Él había conocido a no pocas personas con el corazón consumido por el odio.

Miró la casa torcida y se preguntó qué recuerdo la consumía.

Tras haber memorizado mecánicamente la matrícula del coche, observó el patio.

Estaba salpicado de grandes montículos de nieve que sin duda ocultaban vehículos viejos y oxidados. Una camioneta a medio desguazar... un viejo tractor convertido en chatarra... y algo que parecía un tanque, pero que probablemente no era más que un viejo tanque de petróleo y no un tanque tanque.

O eso esperaba.

Se caló el gorro de lana y, cuando estaba a punto de ponerse los guantes, vaciló un instante y volvió a coger la carta. No contenía gran cosa, sólo un par de frases cortas.

Lejos de resultar amenazadora, era casi graciosa, y de hecho lo habría sido de no haberla escrito alguien que ya estaba muerto.

El remitente era un notario y le pedía, en un tono casi de exigencia, que se presentara ese día en aquella remota casa de labranza a las diez en punto de la mañana. «Por favor, sea puntual, gracias.»

Había buscado al notario en cuestión en la Chambre des Notaires du Québec.

Maître Laurence Mercier.

Había muerto de cáncer seis meses atrás... pero él tenía en las manos una carta suya.

No figuraba el remite, ni siquiera un correo electrónico, sólo un número de teléfono al que había llamado varias veces...

Nadie había contestado.

Estuvo tentado de buscar al *maître* Mercier en la base de datos de la Sûreté du Québec, pero decidió no hacerlo. No es que fuera *persona non grata* allí, al menos no exactamente, pero suspendido de empleo como estaba, a la espera de los resultados de una investigación sobre los sucesos del verano anterior, le parecía que debía ser prudente a la hora de pedir favores a sus colegas, incluyendo a Jean-Guy Beauvoir, su segundo al mando y su yerno.

Contempló una vez más aquella casa en otro tiempo firme y sólida... y sonrió: sentía cierta afinidad hacia ella.

Las cosas a veces se desmoronaban de forma inesperada, pero eso no reflejaba necesariamente cuánto las valorábamos.

Dobló la carta, se la guardó en el bolsillo de la chaqueta y, justo cuando se disponía a bajar del coche, su móvil empezó a sonar.

Le echó un vistazo al número, lo miró fijamente y cualquier atisbo de diversión se esfumó de inmediato en su rostro.

¿Se atrevería a cogerlo?

¿Se atrevería a no cogerlo?

Mientras el aparato seguía sonando, miró el paisaje semioculto y distorsionado por la nieve que había ido tapando el parabrisas y se preguntó si, en el futuro, siempre que viera una casa de labranza, o escuchara el suave repiqueteo de los copos de nieve, o captara el olor a lana húmeda, evocaría ese momento...

Y, de ser así, ¿lo haría con una sensación de alivio o de horror?

—*Oui, allô?*

El hombre estaba de pie ante la ventana esforzándose por ver qué pasaba fuera.

La nevada lo impedía en parte, pero había visto llegar el coche y observado con impaciencia cómo el hombre aparcaba y luego se quedaba allí sentado.

Al cabo de un minuto más o menos, el recién llegado se apeó del vehículo, pero no se acercó a la casa. Permaneció de pie junto al coche con el móvil en la oreja.

Era el primero de *les invités*.

Lo había reconocido, por supuesto. ¿Cómo no? Lo había visto a menudo, aunque sólo fuera en las noticias y no en persona.

Lo sorprendía, eso sí, que se hubiera presentado a la cita.

Era Armand Gamache, el antiguo jefe de Homicidios y actual superintendente jefe de la Sûreté du Québec suspendido de empleo.

Sintió un ligero escalofrío de emoción. Era una especie de celebridad, un hombre respetado y vilipendiado a partes iguales. En los medios de comunicación, unos lo consideraban un héroe y otros un villano. Representaba lo peor o lo mejor de la policía, el abuso de poder o la audacia de un líder dispuesto a sacrificar su propia reputación —y quizá más que eso— por el bien común.

Un líder dispuesto a hacer lo que ningún otro quería o podía hacer.

A través del cristal y la nevada distinguía a un hombre que rondaba los sesenta años; alto, de metro ochenta como mínimo, y corpulento. El abrigo de invierno lo hacía parecer más grueso, pero eso le pasaba a todo el mundo. Su cara no era rechoncha; de hecho, parecía demacrado. Tenía arrugas alrededor de los ojos y, mientras lo observaba, se le formaron dos profundos surcos en la frente.

A él no se le daba muy bien comprender las expresiones de los rostros: veía muecas, gestos, pero le costaba interpretarlos. Le parecía que Gamache estaba enfadado, pero podía tratarse tan sólo de una mueca de concentración o de sorpresa, incluso de alegría.

Aunque lo dudaba.

Ahora nevaba con más fuerza, pero Armand Gamache no se había puesto los guantes. Se le habían caído al suelo al bajarse del coche, igual que les sucedía a tantísimos quebequeses con las manoplas, guantes e incluso gorros: se los ponían en el regazo dentro del vehículo y luego lo olvidaban al apearse, de modo que, cuando llegaba la primavera, la tierra aparecía alfombrada de cacas de perro, de gusanos... y de manoplas, guantes y gorros empapados.

Gamache, de pie bajo la nevada, se había llevado a la oreja la mano desnuda. Sostenía un teléfono y escuchaba.

Cuando le tocó hablar a él, agachó la cabeza. Tenía los nudillos blancos por la fuerza con que cogía el aparato o quizá porque empezaban a helársele. Se alejó unos pasos del coche, le dio la espalda al viento y a la nieve y habló.

El hombre que lo observaba no pudo oír casi nada de lo que decía, pero una ráfaga recogió una frase y la llevó en vilo a través del patio lleno de nieve, a través de posesiones en otro tiempo muy preciadas, hasta la casa, también muy preciada en su momento.

—Te arrepentirás.

Y, justo en ese instante, algo llamó su atención: otro coche entraba en el claro.

El segundo de *les invités*.

2

—¿Armand?

Cuando notó la cara que ponía Gamache al darse la vuelta y verla, la sonrisa y el gesto de alivio por haberlo encontrado allí se le borraron del rostro.

Se había vuelto con un movimiento casi agresivo, con el cuerpo tenso, preparado para repeler un posible ataque.

Y aunque ella sí era una experta interpretando las expresiones del rostro y conocía a la perfección el lenguaje corporal, no logró captar qué expresaba exactamente la cara de Gamache, excepto por lo más obvio.

Sorpresa.

Pero allí había algo más, mucho más.

Y ese algo se esfumó. Gamache se relajó y, mientras ella lo observaba, dijo una única palabra al teléfono, pulsó en la pantalla y se lo guardó en el bolsillo.

Pese a todo, antes de que el velo de la cortesía lo ocultara todo, ella reconoció una última expresión que la desconcertó.

Culpa.

Y entonces apareció una sonrisa.

—Por el amor de Dios, Myrna. ¿Qué haces aquí?

Gamache intentó modular su sonrisa, pero le costó: tenía la cara entumecida, casi congelada.

No quería parecer un bobalicón por sonreír de forma exagerada, y menos aún revelarle demasiado a esa astuta mujer que además era su vecina.

Myrna Landers, psicóloga jubilada, era la dueña de la librería de Three Pines y una de las mejores amigas de Gamache y su esposa Reine-Marie.

Él era consciente de que ella había visto, y comprendido, su reacción inicial, aunque sabía que no podría captar su verdadero alcance, ni adivinar con quién estaba hablando.

Había estado tan absorto en su conversación, en la elección de las palabras y el tono que utilizaba y en la escucha atenta de lo que le decían y cómo se lo decían, que había permitido que alguien se le acercara furtivamente.

De acuerdo, era una amiga, pero también podría no haberlo sido.

Como cadete, como agente de la Sûreté, como inspector, como jefe de Homicidios y finalmente como jefe de todo el cuerpo policial, tenía que estar alerta: se había formado para estar alerta, para que estarlo fuera casi instintivo, o sin el «casi».

Tampoco es que anduviera por la vida esperando que le pasara algo malo: la actitud vigilante se había convertido, simplemente, en una parte de su ser, como el color de sus ojos o las cicatrices que tenía en el cuerpo.

Mitad ADN, mitad consecuencia de su vida.

Sabía que el problema no había sido que bajara la guardia, más bien todo lo contrario: había alzado a su alrededor un muro tan alto y tan grueso que durante unos minutos cruciales no había permitido entrar nada: no había oído acercarse el coche, había pasado por alto el suave crujir de la nieve bajo las botas...

No solía tener miedo, pero sintió una punzada de preocupación: esta vez no había habido consecuencias, pero ¿y la próxima?

La amenaza no tenía por qué ser monumental: si lo fuera, no pasaría inadvertida.

Casi siempre era algo minúsculo.

Una señal que se pasaba por alto o se malinterpretaba, un punto ciego, un instante de distracción... un momento de concentración tan intenso que todo se difuminaba alrededor... una falsa suposición que se confundía con un hecho.

Y entonces...

—¿Estás bien? —le preguntó cuando él se acercó para darle dos besos.

—Estoy... genial.

Ella notó que tenía la cara fría y húmeda por la nieve, y captó la tensión que emanaba de debajo de la risueña superficie.

Aunque rodeados de las arrugas de la sonrisa, sus ojos marrones permanecían atentos y cautelosos, vigilantes. De todas formas, el conjunto irradiaba calidez.

«Estoy... genial», había respondido, y, pese a su inquietud, Myrna sonrió.

Ambos entendían aquel código: era una referencia a su vecina de Three Pines, Ruth Zardo, una poeta de talento, una de las más distinguidas de la nación, aunque ese don suyo venía acompañado de una buena dosis de locura. El nombre de Ruth Zardo se pronunciaba con admiración y temor a partes iguales: era como conjurar a una criatura mágica a un tiempo creativa y destructiva.

El último libro de poesía de Ruth se titulaba *Genial*. Sonaba bien hasta que te dabas cuenta, a menudo demasiado tarde, de que GENIAL eran en realidad las siglas de: Grillada, Egoísta, Neurótica, Insegura y Alienada.

Sí, de Ruth Zardo podían decirse muchas cosas, pero por suerte para ellos no podía decirse que estuviera ahí en ese momento.

Gamache se agachó y recogió los guantes que habían caído del generoso regazo de Myrna a la nieve. Los sacudió contra su propio abrigo antes de devolvérselos, y luego, dándose cuenta de que también le faltaban los suyos, fue hacia su coche y los encontró casi enterrados en la nieve recién caída.

El hombre observaba toda la escena desde la precaria protección que ofrecía la casa.

La mujer que acababa de llegar debía de ser Myrna Landers. No la conocía, pero ya le caía mal: era grandota, negra... y mujer. Ninguna de esas cosas le resultaba atractiva, pero lo peor era que había llegado cinco minutos tarde y, en lugar de entrar a toda prisa y disculparse, se había quedado ahí, charlando, como si él no estuviera esperándolos, como si no hubiera dejado bien clara la hora de la cita.

Y la había dejado perfectamente clara.

Aunque su irritación quedaba ligeramente mitigada por el hecho de que la mujer hubiera aparecido por fin.

Los observó con atención. Aquello era un juego para él: observaba y trataba de adivinar qué haría la gente a continuación.

Y casi siempre se equivocaba.

Tanto Myrna como Gamache sacaron del bolsillo sus respectivas cartas y las compararon.

Eran exactamente iguales.

—Esto es un poco raro, ¿no crees? —comentó ella mirando a su alrededor.

Gamache asintió y su mirada también se posó en la casa destartalada.

—¿Conoces a esta gente? —preguntó.

—¿Qué gente?

—Bueno, a la que vive aquí... o vivía.

—No ¿y tú?

—Qué va. No tengo ni idea de quiénes eran ni de por qué estamos aquí.

—Llamé al número de teléfono —explicó Myrna—, pero nadie contestó. No hay manera de ponerse en contacto con el tal Laurence Mercier. Sólo sé que es notario, ¿lo conoces?

—No, pero sí sé una cosa sobre él.

—¿Qué? —Myrna se dio cuenta de que lo siguiente que iba a oír sería algo desagradable.

—Murió de cáncer hace seis meses.

—¿Y entonces, qué...?

No sabía cómo continuar, de modo que se detuvo. Miró hacia la casa y luego se volvió de nuevo hacia Gamache. Era casi tan alta como él y el abrigo la hacía ver gruesa, lo que en su caso no era una mera ilusión.

—Sabías que el tipo que te envió la carta murió hace meses y aun así has venido, ¿por qué?

—Tenía curiosidad —contestó él—. ¿Y tú?

—Bueno, yo no sabía que había muerto.

—Pero sí que todo este asunto era bastante extraño. ¿Por qué has venido?

—Por lo mismo: tengo curiosidad. ¿Qué es lo peor que podría pasarme? —La propia Myrna se dio cuenta de que aquélla era una pregunta bastante estúpida—. Si empezamos a oír música de órgano, echamos a correr, ¿vale? —añadió.

Él se rió. Tenía muy claro qué era lo peor que podía pasar: se había visto cientos de veces de rodillas ante la consecuencia de esa posibilidad.

Myrna echó la cabeza hacia atrás para observar el tejado, hundido bajo el peso de meses de nevadas. Vio las ventanas rotas o sin cristales y parpadeó cuando los copos de nieve, grandes, suaves e implacables, aterrizaron en su rostro y en sus ojos.

—No nos hemos metido en nada realmente peligroso, ¿verdad? —preguntó.

—Dudo que...

—¿Dudas? —preguntó Myrna abriendo mucho los ojos—. ¿O sea que en el fondo piensas que sí puede ser peligroso?

—Creo que el único peligro lo representa el propio edificio —repuso él, señalando con la cabeza el techo medio desplomado y las paredes inclinadas—, y no quienquiera que esté dentro.

Se habían acercado a los escalones de la entrada y, cuando él puso el pie encima del primero, la madera crujió bajo su peso. Arqueó las cejas y ella sonrió y dijo bromeando:

—Diría que la culpa es de los *croissants*, más que de la madera podrida.

—Estoy de acuerdo.

Él se detuvo un momento y, después de observar los peldaños de la entrada, contempló la casa.

—No estás seguro de si es peligroso o no, ¿verdad? —preguntó ella—. Me refiero a la casa y a quienquiera que esté dentro.

—No —admitió él—, no estoy seguro. ¿Prefieres esperar aquí fuera?

«Sí», pensó Myrna.

—No —contestó, y lo siguió al interior.

El hombre se presentó mientras avanzaba hacia ellos con la mano extendida.

—Soy el *maître* Mercier.

—*Bonjour* —saludó Gamache, que había entrado el primero—. Armand Gamache. —Hizo un rápido barrido del entorno empezando por el tipo que tenía delante.

Bajo, delgado, blanco... de unos cuarenta años... vivo.

Habían cortado la electricidad de la casa, y con ella la calefacción. En la sala flotaba un aire frío y viciado, como en un gran congelador.

El notario se había dejado puesto el abrigo y él se fijó en que tenía manchas... igual que el suyo: era casi imposible subirse y bajarse de un vehículo durante el invierno quebequés sin mancharse de barro o de sal. Pero el abrigo del *maître* Mercier no sólo estaba manchado, sino sucio de verdad, y raído. Tenía aire de abandono, y el hombre, como su ropa, también parecía algo maltrecho, aunque mostraba una dignidad que rayaba en la altivez.

—Myrna Landers —se presentó ella dando un paso al frente y ofreciéndole la mano.

El *maître* Mercier la aceptó, pero la soltó muy deprisa. Fue más un roce que un apretón de manos.

Gamache se dio cuenta de que la actitud de Myrna había cambiado ligeramente: ya no tenía miedo; miraba al tal Mercier casi con compasión.

Él ya sabía que ciertas criaturas provocaban esa reacción de manera natural. No tenían caparazón, ni veneno, ni la capacidad de volar, ni siquiera de correr, pero poseían algo igualmente poderoso: tenían la capacidad de parecer tan indefensas, tan patéticas, que nadie las creía una amenaza. Había quien incluso las protegía, las criaba, las acogía en su casa.

Y casi siempre se arrepentía.

Era demasiado pronto para saber si el *maître* Mercier era una de esas criaturas, pero causaba ese efecto inmediato incluso en una persona tan experimentada y astuta como Myrna Landers.

Incluso en él mismo, pensó Gamache: notaba cómo bajaba la guardia en presencia de aquel triste hombrecillo.

Aunque no la bajó del todo.

Se quitó el gorro y, alisándose el pelo canoso, paseó la mirada por la estancia.

La puerta exterior daba directamente a la cocina, como es común en las casas de campo, y dentro todo parecía provenir, sin mayores cambios, de los años sesenta, quizá incluso de los cincuenta. Había armarios de contrachapado pintados del alegre azul de los acianos, encimeras de laminado amarillo (desconchadas) y suelos de linóleo (tremendamente rayados).

Alguien se había llevado todo lo que tuviera algún valor: los electrodomésticos habían desaparecido y las paredes estaban desnudas, salvo por un reloj de color verde menta que languidecía sobre el fregadero y que debía de llevar mucho tiempo sin funcionar.

Por un instante imaginó la habitación tal como podría haber sido. Luminosa; no nueva, pero sí limpia y cuidada; con gente yendo y viniendo, preparando la cena de Acción de Gracias o de Navidad, con niños persiguiéndose unos a otros como potrillos salvajes y padres intentando domarlos y luego dándose por vencidos.

Advirtió unas rayas en el marco de la puerta: señalaban las distintas estaturas de los pequeños de la casa antes de que el tiempo se detuviera.

«Sí —pensó—, en esta estancia, en esta casa, tiempo atrás reinaban la felicidad y la alegría.»

Miró de nuevo a su anfitrión, al notario, que estaba y no estaba en este mundo.

¿Ésa había sido su casa? ¿Había sido él mismo feliz, alegre alguna vez? Si era el caso, no quedaba rastro de ello: había desaparecido totalmente.

El *maître* Mercier señaló la mesa de la cocina invitándolos a sentarse.

—Antes de empezar, me gustaría que firmaran esto. —Le tendió un papel a Gamache y él se reclinó en el respaldo de la silla, alejándose del documento en cuestión.

—Antes de empezar —planteó—, me gustaría saber quién es usted y por qué estamos aquí.

—A mí también —añadió Myrna.

—Todo a su debido tiempo —repuso Mercier.

Era una frase muy extraña, y no sólo por lo formal y anticuada, sino por el hecho de que desestimara por completo su petición. Una petición muy sensata, además, viniendo de gente que no tenía por qué estar allí.

A Gamache, Mercier lo hacía pensar en un personaje de Dickens tanto por su aspecto como por su forma de hablar, y no un héroe precisamente. Se preguntaba si Myrna pensaba lo mismo.

El notario dejó un bolígrafo sobre el papel y le hizo un gesto con la cabeza, pero él no lo cogió.

—Oiga —dijo Myrna poniendo su mano grandota sobre la de Mercier y notando cómo él se estremecía. Su voz era tranquila, cálida, clara—: O nos lo dice ahora o yo me voy, y supongo que no quiere que me vaya, ¿no?

Gamache empujó el papel hacia el notario, Myrna le dio unas palmaditas en la mano a Mercier y éste le devolvió la mirada.

—Para empezar —insistió ella—, ¿cómo ha hecho para resucitar de entre los muertos?

Mercier la miró como si la loca fuera ella y luego volvió la vista hacia la ventana. Los otros dos miraron hacia allí.

Había llegado otro vehículo: una camioneta *pickup* de la que bajó de un salto un joven cuyos guantes cayeron sobre la nieve. A diferencia de Gamache, él se agachó rápidamente y los recogió.

Gamache se volvió y miró a Myrna a los ojos.

El recién llegado llevaba un gorro a rayas rojas y blancas con una punta muy larga, tanto que se estrechaba hasta formar una cola que le caía por la espalda. La remataba un pompón que fue arrastrando por la nieve al alejarse de la camioneta.

Al darse cuenta, levantó el extremo y se lo enrolló alrededor del cuello a modo de bufanda, antes de echárselo al hombro con un gesto tan desenfadado que Myrna no pudo evitar sonreír.

Quienquiera que fuese, parecía lleno de vida, a diferencia de su «difunto» y marchito anfitrión.

«El Dr. Seuss se encuentra con Charles Dickens», pensó Gamache.

El gato Garabato estaba a punto de internarse en la casa lúgubre.

Llamó a la puerta y entró. Tras mirar alrededor, sus ojos se posaron en Gamache, que se había puesto en pie.

—*Allô, bonjour* —dijo el alegre joven—. ¿Monsieur Mercier?

Le tendió la mano y Gamache hizo lo propio.

—*Non*, Armand Gamache —aclaró.

Se dieron la mano. La del recién llegado era callosa y fuerte, su apretón era firme y amistoso: un apretón de manos de alguien que no tiene que fingir seguridad.

—Soy Benedict Pouliot. *Salut*. Espero no llegar tarde: había un tráfico terrible en el puente.

—Éste es el *maître* Mercier —dijo Gamache haciéndose a un lado para dejar espacio.

—Qué tal, señor —saludó el joven estrechándole la mano.

—Y yo soy Myrna Landers —intervino Myrna dándole un buen apretón y sonriendo, en opinión de Gamache, de un modo un poco exagerado.

Aunque era difícil no sonreír ante aquel apuesto joven, no porque fuera ridículo, sino porque parecía afable y nada afectado. Tenía unos ojos pensativos y brillantes.

Se quitó el gorro y se alisó el pelo rubio, cortado de una forma que ella no había visto nunca y que esperaba no volver a ver: corto hasta la altura de las orejas y a partir de ahí largo, muy largo.

—Bueno —dijo frotándose las manos expectante, o tal vez porque hacía mucho frío—. ¿Por dónde empezamos?

Todos miraron a Mercier, que seguía con la vista clavada en Benedict.

—Es por el corte de pelo, ¿no? —dijo el joven—. Es obra de mi novia: está haciendo un curso de peluquería y el examen final consiste en crear un nuevo corte. ¿Qué les parece?

Se pasó las manos por el pelo mientras los demás permanecían en silencio.

—Le queda muy bien —respondió Myrna confirmándole a Gamache que el amor, o el encaprichamiento, eran realmente ciegos.

—¿También le ha hecho ella ese gorro? —preguntó él, señalando lo que a esas alturas era un gran bulto rojo y blanco de lana húmeda sobre la mesa.

—Sí. Fue para la nota final de su clase de diseño. ¿Le gusta?

Armand emitió un gruñido evasivo.

—Fue usted quien envió la carta, ¿no es así, señor? —le dijo Benedict a Mercier—. Vamos a ver, ¿quiere enseñarme este sitio primero o echamos un vistazo a los planos? —Y dirigiéndose a Armand y Myrna añadió—: ¿Esta casa es de ustedes? Para serles sincero, no estoy seguro de que se pueda salvar: se halla en muy mal estado.

Gamache y Myrna se miraron dándose cuenta de la confusión.

—No somos pareja —repuso Myrna echándose a reír—. Hemos recibido una invitación del *maître* Mercier para venir aquí, igual que usted.

Ambos sacaron sus cartas y las dejaron sobre la mesa.

Benedict se inclinó un momento para mirarlas.

—No entiendo nada: creía que estaba aquí por un encargo. Por trabajo.

Puso su propia carta sobre la mesa. Salvo por el nombre y la dirección, era idéntica a las otras dos.

—¿A qué se dedica? —preguntó Myrna, y él le entregó una tarjeta de color rojo sangre con forma de diamante. Los datos estaban impresos en relieve, pero resultaban ilegibles.

—¿La ha diseñado su novia? —preguntó Myrna.

—Sí, en su clase de negocios.

—¿Era el examen final?

—*Oui*.

Myrna se la entregó a Gamache, que tuvo que ponerse las gafas e inclinarla hacia la ventanilla para tener alguna esperanza de leer aquellas letras en relieve.

—«Benedict Pouliot. Albañil y carpintero» —leyó en voz alta, luego le dio la vuelta—. No hay número de teléfono ni correo electrónico.

—No. Así me salía más barata. Entonces, ¿estoy aquí para negociar un encargo o no?

—No —contestó Mercier—, siéntese.

Benedict se sentó.

«En realidad, parece más un perrito que un gato», pensó Gamache mientras tomaba asiento junto a él.

—¿Y entonces para qué me ha hecho venir? —preguntó el joven.

—A nosotros también nos gustaría saberlo —intervino Myrna dejando de mirar a Benedict y volviendo la vista hacia el notario.

3

—Nombre, por favor.

—Ya sabes cómo me llamo, Marie —respondió Jean-Guy—: llevamos años trabajando juntos.

—Por favor, oficial —insistió ella en un tono amable pero firme.

Jean-Guy miró fijamente a la inspectora y luego a los otros dos policías que estaban en la sala de juntas.

—Jean-Guy Beauvoir.

—¿Rango?

Él puso cara de pocos amigos, pero ella le sostuvo la mirada.

—Jefe interino de Homicidios de la Sûreté du Québec.

—*Merci*.

La inspectora miró el portátil que tenía delante y luego levantó la vista hacia él.

—Te alegrará saber que esto no tiene que ver contigo —dijo con una sonrisa que él no le devolvió—: tu suspensión de empleo se levantó hace varios meses. Pero seguimos teniendo serias dudas sobre las decisiones y los actos de monsieur Gamache.

—Querrás decir el superintendente jefe Gamache —corrigió Jean-Guy—. ¿Y cómo es posible que aún tengáis dudas? Le habéis hecho todas las preguntas posibles y él las ha respondido. A estas alturas ya tendríais que haberlo absuelto, ¿no? Han pasado casi seis meses, creo que es un tiempo más que suficiente.

Volvió a mirar a los dos hombres que consideraba sus colegas y luego a la inspectora, esta vez con cara de desconcierto, más que de enfado.

—¿De qué va todo esto?

Jean-Guy había participado en muchas «entrevistas» de ese tipo y estaba convencido de poder controlar la situación: al fin y al cabo, todos estaban en el mismo bando... Pero cuando lo miraron desde el otro lado de la mesa se percató de su error.

Había entrado en la sala esperando que aquello fuera una mera formalidad, una última entrevista antes de que, al igual que él, el jefe fuera exonerado y volviera al trabajo.

El ambiente había sido cordial, casi jovial, al menos al principio.

Él estaba seguro de que le dirían que se estaba redactando un comunicado para explicar que se había llevado a cabo una investigación rigurosa, que lamentaban que la operación encubierta llevada a cabo por la Sûreté el verano anterior hubiera terminado con semejante derramamiento de sangre, pero que respaldaban las decisiones poco convencionales y audaces tomadas por el superintendente jefe Gamache y al equipo de la Sûreté que tomó parte en una acción que resultó todo un éxito. Creía firmemente en que le concederían una mención de honor a Isabelle Lacoste, la jefa del Departamento de Homicidios, cuyos actos habían salvado tantas vidas, aunque había pagado un precio muy alto por ello...

Y que la cosa acabaría ahí.

El superintendente jefe ocuparía de nuevo su puesto y todo volvería a la normalidad.

Pero la investigación que había dado comienzo en verano seguía en marcha en lo más crudo del invierno quebequés, y eso era desconcertante.

La inspectora preguntó mirándolo a los ojos:

—¿Era usted el segundo al mando de su suegro cuando se tomaron las decisiones que condujeron a la acción que estamos investigando? —preguntó.

—Estaba con el superintendente jefe Gamache, sí, como bien sabes.

—*Oui*, con su suegro.

—Con mi jefe.

Contemporánea

Clarice Lispector (Tchetchelnik, Ucrania, 1920-Río de Janeiro, 1977) sorprendió a la intelectualidad brasileña con la publicación en 1944 de su primer libro, *Cerca del corazón salvaje*, en el que desarrollaba el tema del despertar de una adolescente, y por el que recibió el premio de la Fundación Graça Aranha 1945. La que entonces se consideró una joven promesa de tan solo diecinueve años se convirtió en una de las más singulares representantes de las letras brasileñas, a cuya renovación contribuyó con títulos tan significativos como *La hora de la estrella*, *Aprendizaje o El libro de los placeres* o su obra póstuma, *Un soplo de vida*.

Clarice Lispector

Correo femenino
Solo para mujeres

Presentación de
Alberto Dines

Traducción de
Elena Losada

DEBOLS!LLO

Papel certificado por el Forest Stewardship Council®

MIXTO
Papel | Apoyando la
silvicultura responsable
FSC® C117695

Penguin
Random House
Grupo Editorial

Título original: *Correio feminino*
Só para mulheres. Conselhos, receitas y segredos

Primera edición: febrero de 2026

Índice

Presentación

Pensé que no aceptaría. Escritora conocida y sofisticada, seguramente rechazaría ser la *ghost-writer* en una página femenina diaria, firmada por la linda estrella de cine y TV Ilka Soares.

Para mi sorpresa, aceptó con entusiasmo: recién divorciada, con dos hijos pequeños, necesitaba ganarse la vida. Y a lo largo de aquel año en que dirigí la versión tabloide del *Diário da Noite* (Río de Janeiro, 1960-1961), Clarice no falló ni un día.

A veces traía personalmente sus seis artículos semanales (los vespertinos no salían los domingos), otras los mandaba con el conserje que atendía a otros cronistas que trabajaban lejos de la redacción. Profesional, esmerada: las páginas ya venían montadas y arregladas, el diagramador solo tenía que hacer pequeños arreglos. Fotos y dibujos recortados de revistas francesas (del año anterior, para ajustar las estaciones), los diferentes textos y títulos mecanografiados y pegados tal como deberían aparecer. No era solo una columnista diligente, atenta a sus lectoras, sino una editora cuidadosa.

Quería opiniones, pedía sugerencias, se lo tomaba todo en serio. Estábamos metidos en la campaña contra la prensa amarilla, amenazados de muerte por policías-chantajistas, para nosotros lo importante era que la página femenina no saliese en blanco. Para ella su página era la más importante del periódico. Tenía razón.

Decididamente no era una *ghost-writer* sino un auténtico

heterónimo. Un alma gemela. Supe que se hizo amiga de Ilka Soares, vecina suya en Leme.* Para Clarice nada era casual, todo tenía que ser intenso. Y verdadero.

ALBERTO DINES

---

* Barrio de Río de Janeiro donde vivía Clarice Lispector. *(N. de la T.)*

Correo femenino

Un retrato de mujer

El deber de la coquetería

Algunas mujeres, afortunadamente pocas, relegan la coquetería a un plano secundario, explican ese desinterés como «superioridad intelectual». Nada más falso. La mujer moderna sabe que, a pesar de la evolución de las ciencias y de las artes, el hombre sigue siendo el mismo, y que el principal atractivo que encuentra en la mujer es su apariencia física. Creer que porque se ha casado con él ya no tiene que seducirlo es otro grave error. El hombre es voluble. Su búsqueda de la «mujer ideal» es solo la forma romántica con la que encubre esa volubilidad, y generalmente envejecen sin descubrir realmente qué quieren de la mujer. Solo saben que la quieren. Siempre bonita y renovada, a ser posible.

Un rostro bonito, una figura elegante, siempre ejerce un gran poder sobre ellos. La mujer que ama a uno tiene que hacer, por lo tanto, todo lo posible para retenerlo, y ese todo es la seducción diaria y constante. ¡Ya lo sé, amiga mía! Es cansado y un poco tonto, pero ¿qué le vamos a hacer?

Si tu marido está acostumbrado a verte despeinada, en zapatillas, con la ropa descuidada, sin maquillaje, poco a poco irá olvidando la bonita imagen que lo atrajo al principio, cuando solo aparecías ante él arreglada y perfumada. Empezará a preguntarse qué hay en ti de interesante, después de todo… ¡Y la respuesta es peligrosa, querida! Por un lado la calle está repleta de mujeres bonitas, más bonitas porque tienen el atractivo de lo desconocido y de lo prohibido. Ningún hombre, en esa situación, tiene la imaginación suficiente como para ver, bajo las caritas de muñeca que encuentra por la calle, la misma imagen de mujer en zapatillas, despeinada y mal cuidada que dejó en casa.

Renan, con gran sabiduría, ya decía: «La mujer, al arreglarse, cumple un deber; practica un arte, un arte delicado, que es realmente, hasta cierto punto, la más encantadora de las artes».

La coquetería es, por lo tanto, una obligación para la mujer. Ni la mujer de negocios, ni la científica, ni la mujer de letras ni la deportista están exentas de ese deber primordial para la conquista del hombre. Después de todo, podemos pensar de ellos lo que queramos, pero los necesitamos para completar nuestra felicidad, ¿verdad? Hagamos, por lo tanto, lo necesario para conquistarlos.

23 de diciembre de 1959

Manías que afean

Hay muchas, y muchas son también las mujeres que las cultivan, sin pensar que con ello se perjudican. Por ejemplo, la manía de estar siempre comiendo algo, chocolate, un caramelo, un sorbete, como si viviesen siempre con hambre. Además de ser muy poco elegante, da la impresión de que no comen lo suficiente en casa. Los hombres odian eso. Sin hablar de la grasa superflua que esa glotonería constante hace aparecer.

Otra manía perjudicial es la de hablar alto, reír alto, olvidar a quien está a tu lado para dirigirte al público circundante. Ese público, generalmente, presta atención, asombrado y curioso, pensando íntimamente cosas poco agradables de la parlanchina. Sin ser consciente, ella sigue su *show*, ajena a la vergüenza de su compañero y a las risitas malévolas de los extraños... Los hombres suelen huir despavoridos de este tipo de mujer. Los hombres son, casi siempre, más discretos y sienten horror al alboroto.

Otro defecto muy desagradable es la manía de ser víctima que tienen algunas mujeres. Se quejan de los hijos, del marido, de los parientes, del aire que respiran, del asfalto que pisan, del calor, del frío, de todo. Solo saben quejarse. Cuando pillan una enfermedad se entregan a ella en cuerpo y alma. La enfermedad, seria o no, pasa a ser la razón de su vida, su tema a toda hora.

Como centro del universo, ella, la víctima profesional, explota al máximo cualquier dolorcito, cualquier cambio de temperatura, cualquier tontería sin gravedad. En poco tiempo todo el mundo detesta su compañía, no soporta más sus lloriqueos. Y entre ese todo el mundo están, naturalmente, los hombres, novios, maridos o simples conocidos. De los tres tipos de manías que he señalado, esta es la peor. El aire eternamente lloroso afea a la mujer, envejece, cava surcos en el rostro, roba el brillo de los ojos. Belleza es casi sinónimo de alegría y de salud. La mujer inteligente procura siempre aparentar la una y la otra —por lo menos aparentarlas— para mantener el cetro de mujer atractiva.

Por favor, amigas mías, si alguna de vosotras tiene estas manías, u otras que no he citado, ¡libraos de ellas lo más pronto posible! Controlad el vicio de las golosinas, la vanidad de llamar la atención y el deseo de atraer la piedad ajena. Después de todo, la piedad es un sentimiento que humilla a aquella a quien se dirige.

3 de febrero de 1960

Discreción

Naturalmente sabes que llamar la atención no es elegante y da siempre muy mala impresión de una mujer. Sea por la ropa escandalosa, por el peinado exótico, por el andar, por los modales, por la risotada grosera, sea como sea la mujer que llama la atención sobre su persona, el único premio que merece es el de la vulgaridad. La mujer elegante es discreta. Su superioridad está en los detalles cuidados, en la armonía de los colores, en el buen gusto de los complementos. Si también es bonita, la belleza es un punto de atracción para los ojos, no necesita ostentación.

Los hombres, generalmente muy discretos, detestan a las mujeres que destacan demasiado donde sea que aparezcan. No solo por su propia manera de ser sino también por una cuestión de vanidad masculina, porque no les gusta verse ensombrecidos o relegados a un segundo nivel.

La mujer inteligente busca, por lo tanto, la discreción como regla básica de toda su vida. Discreción en el vestir, al maquillarse, en los gestos, en la voz e incluso en las opiniones.

Sé discreta y verás cómo los hombres que te rodean tomarán la iniciativa de ponerte en un lugar destacado, siempre que tengas cualidades para eso.

4 de mayo de 1960

Lo que no gusta a los hombres

Una cosa es cierta: nosotras, las mujeres, deseamos y tenemos el deber de agradar a los hombres. O, por lo menos, al hombre que amamos, ¿verdad?

Si un hombre elogia un peinado nuestro, un vestido, un tono de esmalte, es porque ese detalle realmente nos ha embellecido, porque de una cosa podemos estar seguras: en eso los hombres son sinceros, no hay despecho ni «veneno» en sus elogios.

Siendo así, hay que tener en cuenta las preferencias masculinas cuando nos vestimos y adornamos. Como curiosidad y también para orientación de las menos experimentadas, doy aquí una pequeña lista de cosas que muchas de nosotras usamos o hacemos y que una encuesta ha demostrado que son «lo que los hombres detestan»: 1.º un vestido muy ceñido; 2.º pintura excesiva, especialmente en los ojos; 3.º modas sofisticadas y complicadas; 4.º tacones muy altos; 5.º pintalabios exagerado que dibuja una boca nueva y extraña; 6.º medias con la costura torcida; 7.º exceso de joyas; 8.º escote exagerado; 9.º chicas demasiado desenvueltas; 10.º mujeres marisabidillas.

Si dudáis de estas conclusiones haced con vuestros novios, maridos y hermanos una investigación particular. Os sorprenderá ver cómo, en estos casos, están de acuerdo todos los hombres.

Veamos: ¿alguna de nosotras incurre en una de esas «ojerizas» masculinas? Entonces estamos a tiempo de corregirnos. Llamar la atención no es la finalidad de una mujer elegante e inteligente. Pero sí ser atractiva y gustar a los hombres. ¿Tengo razón?

7 de octubre de 1960

Una mujer informada

Una «mujer informada» no es, como algunas quieren hacer creer y muchos hombres listos insisten en decirles, una mujer sin escrúpulos y sin prejuicios, puesto que, viviendo en una sociedad, todos tenemos que seguir las leyes de esa sociedad, tanto si nos parecen correctas como equivocadas. Os digo que «informada» es la mujer que se instruye, que procura seguir el ritmo de la vida actual, siendo útil en su campo de acción, que se hace respetar por su amor propio, que es compañera del hombre y no su esclava, que es madre y educadora y no una muñeca mimada que cría a otros muñequitos mimados.

El hecho de que una mujer sea libre no implica que deba liberarse también de las ataduras de la moral y del pudor, que son, después de todo, embellecedores de la mujer y, por lo tanto, indispensables a su personalidad.

La mujer informada sabe eso. Estudia, lee, es moderna e interesante sin perder sus atributos de mujer, de esposa y de madre. No tiene que tener necesariamente una carrera o un título, pero conoce algo más allá de su labor de punto, de sus viandas y de sus charlas con las vecinas. Cultiva especialmente su capacidad de ser comprensiva y humana. Tiene corazón. Se despoja del sentimentalismo barato e inútil, y aplica sabiamente su bondad y su ternura. Es Mujer.

Tú, lectora, no limites tu interés solo al arte de adornarte, de ser elegante, de atraer las miradas masculinas. La banalidad es una debilidad que la mujer liberada ha superado. Y tú eres una mujer informada, ¿verdad?

25 de marzo de 1960

Para las que trabajan fuera

Si trabajas fuera, mandas o diriges equipos, tratas de asuntos comerciales con hombres, te interesas, por tu profesión, por la cotización de la bolsa, por la contabilidad mecanizada, en fin, si te ves obligada a dejar a un lado las maneras delicadas y muy femeninas, ¡mucho cuidado! El gran peligro que amenaza es la masculinización de tus gestos, de tu discurso, de tu pensamiento. Es muy frecuente que suceda eso. Mujeres que, en la esencia y en las formas, son bastante femeninas, y, sin embargo, se dejan influir por el lenguaje y por los asuntos áridos del mundo de los negocios. Sienten que los hombres, por su parte, van perdiendo poco a poco el interés inicial y se retraen con una reserva fría, y ellas no saben por qué. Reciben todavía muchas invitaciones para cenar pero los galanteos empiezan a rarear. Conversaciones «de hombre a hombre» es lo que parece que sus antiguos admiradores empiezan a desear. ¿Por qué? Se miran al espejo, no encuentran fallos en su belleza o en su elegancia y siguen sin entender. Pues, amigas mías, lo que pasa es que han olvidado su condición de mujer. Si se observasen a sí mismas, sus gestos, su tono de voz, si oyesen sus propias palabras, se asombrarían. ¿Dónde está la antigua coquetería, la gracia que antes las hacía ser el centro de las atenciones masculinas? Cuando hablan ya no sonríen, sus frases son objetivas, heladas, y ninguna acogida cordial las acerca a su interlocutor.

Por favor, amigas que vivís en el mundo de los negocios, sed eficientes, trabajadoras, objetivas, pero no permitáis que eso afecte a vuestra feminidad. Observaos con cuidado cuando notéis cambios en la galantería masculina. Esa es la señal de peligro.

25 de marzo de 1960

Cultiva tu buena apariencia

La buena apariencia hace que la persona se sienta más feliz y con un sentimiento de seguridad que la ayudará mucho en la vida. La buena opinión que tienen de nosotros es en realidad mucho más importante de lo que admitimos ante nosotros mismos.

No estamos hablando de belleza, perfección de rasgos, sino de un correcto modo de arreglarse y de maquillarse para ayudar a la mujer a parecer bella, aun cuando sus rasgos sean irregulares.

Con todos los recursos que tenemos hoy en día, las mujeres no pueden ser feas, y solo lo serán si quieren, deliberadamente. Incluso para la fealdad irremediable —como se decía antes— hay recursos. La cirugía estética consigue corregir la mayor parte de los defectos y los cosméticos apropiados son capaces de esconder cicatrices en la cara y otras imperfecciones.

La mayor parte de los problemas de personalidad desaparecen con la mejora de la apariencia general. Por el hecho de ser más bonita, la mujer se sentirá más feliz y tendrá más posibilidades de vivir una vida productiva, rodeada de amigos y personas a quienes deseará ayudar. Sí, porque la belleza de la mujer puede y debe ser cultivada, no solo por vanidad y satisfacción propia, sino por respeto a sí misma y para satisfacción de su familia y de sus amigos.

27 de noviembre de 1959

Tratamiento de emergencia

Una de las maneras más seguras de saber que vamos a sentirnos bien es «sentirnos arregladas».

Y es obvio que para sentirse arreglada, lo mejor es arreglarse. Ya sé tu gran argumento, que muchas veces ha sido el mío: no tengo tiempo para eso.

Pero es sorprendente qué poco tiempo ocupa una cosa hecha poco a poco: un poquito cada día. (¿No acabamos engordando mucho comiendo un poquito más cada día? Pues piensa en eso en cuestión de belleza).

¿Y si, a última hora, necesitas estar bien, estar «mirable», agradable, correcta? ¿Y si hace días que no has hecho nada para ello? Bueno, entonces usa el recurso de emergencia: la mascarilla.

El maquillaje hace mucho por ti. Pero bajo él está la piel, que es la verdadera base para cualquier cuidado «extra». He aquí, pues, una receta fácil y rápida de mascarilla de belleza, de esas que, no importa la edad, «trabajarán» por tu cara. Basta con mezclar mantequilla, miel y algunas gotas de aceite de almendras, todo eso nutre y vitamina la piel. Distribúyela por el rostro, llévala de quince a veinte minutos y acuéstate mientras esperas.

Retírala con otro tratamiento de belleza nuevo: agua caliente, seguida de abluciones de agua fría. Con la circulación despierta la piel también despierta con frescura.

Y si tienes menos de quince minutos date al menos uno… Aplícate una mascarilla rápida de alguna crema que, sin resecar la piel, le saque el exceso de brillo, aterciopelándola…

17 de mayo de 1960

La verdadera elegancia

Alguien dijo que la verdadera elegancia ni siquiera se nota. No vayamos tan lejos. Pero hay que convenir que la elegancia no se mide por lo mucho que se llama la atención. De hecho, muchas mujeres creen que cuantas más joyas se pongan más bellas estarán. No saber parar de adornarse es como no saber parar de comer. Pero en la elegancia la indigestión es de los ojos.

No uses ropa incómoda. Por más bonita que sea, un rato después perjudicará la gracia de los gestos, la naturalidad, y dará un aire «endomingado» a quien la lleve. ¿Quién puede sonreír espontáneamente cuando la cintura está tan apretada que corta el aliento?

De qué sirve llevar un vestido bonito, si te pasas el rato tirando de la falda o enderezando el cuello o colocando bien el cinturón o alisando las arrugas, o, o, o etc. Una de las mejores maneras de llevar un vestido es, después de ponérselo, olvidarse de él.

La mujer lleva ropa que le queda bien. Pero también debe adaptarse a la ropa que lleva. Por ejemplo: ¿qué te parece una chica con un vestido de noche andando como si estuviera jugando al tenis? ¿O qué piensas de la que, vestida con una falda y una blusa, cruza la calle como si arrastrase una larga cola de terciopelo?

15 de julio de 1960

Pruébalo

Hoy tengo el humor más para una conversación ligera, de esas entrecortadas, a gusto, sin ningún tono de «discurso»… No me gustan los monólogos, de manera que me parece que oigo tu voz respondiendo, de acuerdo o en desacuerdo conmigo.

¿Qué te parece, por ejemplo, esa moda del flequillo medio a lo tonto, medio deshilachado, medio de lado sobre la frente, medio «como quien no quiere nada»? Pues hace días que me parece lo ideal. Ese flequillo mezcla un aire perezoso con un toque exótico, y a veces da la impresión de una diosa bien peinada despeinada por el viento. Estoy a favor del flequillo tonto, sobre todo en esos días bonitos de abril-mayo. ¿Y tú?

Me parece muy bonito el moño moderno, cuando el rostro lo permite. Sabes a lo que me refiero. Ese moño en vez de dar la impresión de cabeza redonda da una forma de huevo… El rostro adquiere cierta solemnidad, como la de una figura egipcia. El pelo queda muy liso por los lados y arriba el moño lleno, como un abanico abriéndose. ¿Te queda bien? No cuesta nada probarlo.

Dicen que aprender no ocupa lugar. Pero sé que ocupa tiempo. Aunque el tiempo bien empleado suele dar intereses, y los intereses vienen en forma de tiempo. Es incluso gracioso observar que basta con que aprendas una cosa nueva y enseguida llega una oportunidad que hace que te preguntes sorprendida: ¿cómo saldría de esta si no hubiese aprendido lo que aprendí? Aprender tiene algo milagroso. Lo milagroso está en esto: cuando se aprende… se sabe.

6 de mayo de 1960

La gordura y la hermosura

A juzgar por las esculturas prehistóricas, el interés estético se centraba en las mujeres gordas. De la misma forma, entre los pueblos primitivos, la predilección por la obesidad es franca. En ciertas tribus de África, cuando una joven alcanza la edad de casarse, la empiezan a cebar, encerrada en un recinto solitario y sometida a una dieta especial que llega a duplicarle el peso. Solo después de este proceso se la considera capaz de atraer las miradas masculinas.

Entre los orientales la gordura femenina también es apreciada como un sinónimo no solo de belleza sino de abundancia económica, porque solo las mujeres de posibles se pueden dar el lujo de comer mucho y de vivir en la casi inmovilidad.

En la moderna sociedad el concepto es casi el opuesto… El sufrimiento de la joven africana cebada tiene su contrapunto en el de la modelo, a quien se suele exigir que sea una «percha humana».

No hay ni que decir que el ideal, tanto desde el punto de vista de la estética como desde el de la salud, se sitúa entre estas dos tendencias. Los huesos bajo la piel son un espectáculo grotesco, pero no lo es menos la gordura desbordante. Por eso debemos, de acuerdo con nuestro tipo y edad, determinar el peso que más nos conviene y mantenernos en él. No sirven de nada las dietas esporádicas con pérdida brusca de peso. Hay casos en los que una persona, viéndose gorda, decide pasar hambre hasta perder 5 kilos, y después, enseguida, cansada de sufrir, abandona la lucha. En la mayoría de los casos, en un mes ya ha recuperado los cinco kilos. Y así se pasa la vida, constantemente dando un paso adelante y otro atrás, para acabar siempre en el mismo punto.

Si quieres un consejo, ahorra en otras cosas, pero date el lujo de comprar una báscula, que te permitirá pesarte todos los días, sin ropa y a la misma hora (dos cosas importantes), y que actuará como una especie de «voz de la conciencia» para decirte exactamente dónde estás.

9 de septiembre de 1960

La ropa y el tipo

Mucho se ha dicho sobre la ropa. «El hábito hace al monje» es un proverbio muy antiguo y bastante cierto. Sin embargo, hay muchas mujeres que, por una razón u otra, procuran vestirse en continua oposición a su tipo físico y a su personalidad. Se trata, según todo indica, de un caso de conflicto entre la verdadera personalidad y la que se desearía tener. Pongamos un ejemplo. Una joven muy tímida desea ser vistosa, anhela ser admirada y ocupar un lugar destacado en la admiración de todos. Esa joven, de tipo delicado, fino, procura romper la armonía de su silueta poniéndose un vestido atrevido, cuyo color y modelo contrastan con su tipo suave y delicado. Con esa preferencia está demostrando insatisfacción consigo misma, no por tener un tipo de ingenua, sino porque no consigue atraer la atención masculina.

Tendrá que cambiar, sí, pero no la ropa, sino su yo, su procedimiento, su modo de sentir las cosas. Necesitará, primero, adquirir confianza en sí misma, cultivar el optimismo y controlar la vanidad y el espíritu de prepotencia que la dominan... Esta joven necesitará comprender que, siendo natural y estando de acuerdo con su propia naturaleza, agradará más que copiando gestos y actitudes de otras...

9 de diciembre de 1959

El peligro de las fantasías

—Lo que deseo no es exactamente ser una mujer elegantísima. Es sentirme bien vestida a cualquier hora y no avergonzarme cuando me encuentro con un conocido en la calle.

Entonces, si piensas eso, estás en la línea de la sensatez. Todas queremos el «disfraz» y un puntito de extravagancia de vez en cuando. Pero nos sentimos felices de sentir ese bienestar que está hecho de confianza y de simplicidad, y de buen gusto.

¿Cómo se consigue eso? Mira antes tu guardarropa. Es posible que, sin darte cuenta, tus vestidos tengan un exceso de fantasía. Pero ¿eres una persona con ánimos para llevar a diario ropa de ese tipo?

¿O te sientes mejor, para el uso diario, con cortes más clásicos y más simples?

La pregunta está hecha. Lo que quieres es que en tu armario predomine lo que «viste bien», sin exageraciones, sin excesos de originalidad, pero de línea agradable y juvenil.

Aunque te encante la fantasía, ten la seguridad de que tienes que tener en tu armario algunos vestidos de línea sobria, de corte clásico. Hay días y ocasiones en que otro tipo de ropa choca.

Eso no quiere decir que apartes los caprichos, porque una mujer sin caprichos queda triste... Está claro que debes tener un margen para «inventar» novedades y fantasías, y dar alas a tu sentido imaginativo.

28 de mayo de 1960

Ser feliz... para ser bonita

La gente que se complace en el sufrimiento, a la que le gusta sentirse infeliz y hacer infelices a los otros, nunca podrá enorgullecerse de su belleza. El mal humor, el sentimiento de frustración, la amargura, marcan la fisonomía, apagan el brillo de los ojos, cavan surcos en la cara más joven, afean cualquier rostro. Por eso la mujer, que cultiva la belleza, debe esforzarse en ser feliz. La felicidad es un estado del alma, es una atmósfera interior, no depende de hechos o de circunstancias externas.

Claro que si falta el dinero, si la salud se tambalea, si el amor nos pone alguna trampa, tu deseo de reír será poco. Pero combate la depresión. Cultiva el buen humor, como quien cultiva una buena costumbre. Esfuérzate en ser alegre. Aparta los sentimientos mezquinos que provocan el despecho, la envidia, el sentimiento de fracaso, que son el origen de la infelicidad. Adopta una filosofía optimista, edúcate para ser feliz. Lo conseguirás. Y verás el milagro en tu propio rostro, en los ojos que adquirirán brillo y vivacidad, en la boca que perderá el rictus amargo y tendrá un aspecto joven, en la piel otra vez clara y suave.

Con el estado de felicidad íntima regresa la juventud, la belleza reaparece. ¡Sé feliz si quieres ser bonita!

26 de febrero de 1960

La belleza tiene que ser cultivada

Se puede decir que no hay mujeres feas. Cada mujer tiene su encanto propio, que puede transformarse en belleza si hay constancia, fuerza de voluntad. Las chicas, hoy en día, han aprendido a sacar partido de sus dotes físicas, sin intentar parecerse a un tipo de belleza consagrado. Crean su propio tipo.

Cuando puedas, observa al primer grupo de señoras que encuentres y comprueba, observando a algunas, cómo quedarían se estuviesen peinadas de manera diferente, si se cuidasen mejor la piel y si llevaran un corte de ropa más elegante.

Si tuviésemos suficiente cuidado de nuestra apariencia, encontraríamos minutos, dentro de las horas del día, para cuidar de nuestra figura. No deberíamos olvidar la cintura si observamos que se ensancha prematuramente; el pelo sería cepillado y lavado rigurosamente con un champú especial; nos trataríamos los dientes a la primera señal de caries.

La mujer puede perfectamente modelar su belleza, aunque tenga poco tiempo y sus recursos no sean grandes. Es solo una cuestión de fuerza de voluntad.

10 de junio de 1960

Secreto de belleza

Hay muchos consejos para aumentar la belleza. Unos se refieren a la piel seca, otros a los cuidados del pelo, pero ninguno trata, o por lo menos pocos tratan, de las grandes ventajas de una actitud optimista ante la vida. El optimismo, la alegría, la risa franca son sin ninguna duda los mejores tratamientos de belleza.

La mujer que desea un método simple para conservar la juventud, entre los cuidados de la piel, el pelo y la silueta debe incluir los cuidados del espíritu. La alegría, el entusiasmo por el minuto que pasa son más importantes que muchos tubos de crema.

Pruébalo y verás cómo la fórmula de la alegría te ayudará mucho a sentirte joven y feliz. No hablo de una risa solo externa, convencional, que como mucho aumentará el rictus de tu boca, sino de una actitud saludable ante la vida, de un deseo de ser útil y de dar felicidad a los que te rodean. Insisto en la idea de dar, porque solo de esa manera se es feliz y se puede sentir una recompensada por todos sus trabajos. Que la risa inocente de un hijo y la mirada de amor de tu marido sean el estímulo para que sigas creyendo que la vida es una aventura maravillosa.

29 de junio de 1960

Espejo mágico

No solo el espejo de la madrastra de Blancanieves es mágico. La verdad es que todos los espejos tienen la misma magia. ¿Os acordáis de la madrastra mala? Cogía su espejo —probablemente un espejito de bolso— y preguntaba:

—¿Quién es más bella que yo?

Y el espejo respondía. Como cualquier espejo. No te desanimes porque un espejo responda. Las respuestas no son malas, son informativas. Y de ti misma depende el uso de esas informaciones.

Pero la pregunta de la reina no tiene sentido. Y no importa. No tienes que preguntar «quién es más bella que yo». Lo mejor es preguntar al espejo: «¿cómo puedo ser más bella que yo?».

Estos son los ingredientes para un espejo mágico: 1.º un espejo propiamente dicho, preferentemente de los de cuerpo entero; 2.º tú misma ante el espejo; 3.º valor.

Ya que hablamos de valor, apuesto a que estás preparándote para la idea de descubrir algo amedrentador. No es eso. Valor para verse en vez de imaginarse. Solo después de verte realmente podrás empezar a imaginarte. E, incluso sin sentirlo, empezará algún plan cuyo objetivo secreto es alcanzar lo que has imaginado.

Pero recuérdalo: la imaginación solo nos sirve cuando se basa en la realidad. Tu «material de trabajo» es la realidad sobre ti misma.

No voy a decirte lo que debes hacer para mejorar tu apariencia. No tengo la pretensión de enseñar a un pez a nadar. Solo hay una cosa que no sabes: que sabes nadar. Quiero decir, si tienes confianza en ti misma, descubrirás que sabes mucho más de lo que piensas. Pero, de cualquier forma, estaré aquí para ayudarte a no olvidar que lo sabes.

28 de abril de 1960

Cómo ser tú misma en las fotos

El día de hacerse unas fotografías, para quien no está acostumbrada, es una cosa seria. El problema es: ¿cómo salir en la foto con un aspecto reconocible, aspecto de ti misma, pero de lo mejor de ti misma?

Puedo ayudar con algunos apuntes, algunas sugerencias:

—Recuerda que un peinado excéntrico, «especialmente preparado para ese día», solo te dará un aspecto irreconocible y extraño. Que vayas a la peluquería está muy bien. Pero no el mismo día de la foto, ve un día antes, para dar tiempo a que el pelo tome un aire más natural. Incluso porque, si vas directamente de la peluquería al fotógrafo, estarás demasiado consciente del peinado, cuidando de cada cabello, y todo eso altera un poco la expresión relajada de tu cara. Péinate bien, claro, pero siguiendo tu estilo habitual, mejorándolo.

—Dibuja bien los labios con la barra, pero no te pintes mucho ni uses un color oscuro. Humedécete los labios antes de que tiren la foto: los labios parecerán más vivos y más brillantes, dando vida y brillo al rostro.

—No uses pintura fuerte en los ojos: la fotografía revelará el artificio y lo aumentará.

—Cuidado con el colorete, mal aplicado puede dar falsas sombras al rostro y apagarlo.

—Relaja el cuerpo y el rostro por un momento, y después enderézate otra vez. Evita, tanto como puedas, una expresión forzada. Si quieres parecer alegre, recuerda que es inútil reír con los labios mientras los ojos están asustadísimos. Pero si piensas en algo alegre, los ojos también estarán alegres.

—Intenta pensar en la persona a quien te gustaría regalar la fotografía, en una persona querida. Intenta visualizarla, recordar su rostro.

11 de junio de 1960

Duerme para mantenerte en forma

La gran pregunta: ¿cómo conservar la juventud? Y la respuesta casi simple: durmiendo.

Dormir es la mejor manera de mantenerse en forma, de conservar la juventud, de tener un aspecto fresco.

—Pero todos dormimos —dirás.

Dormimos, sí. Pero tal vez durmamos «mal». Muchas veces crees que estás mal de los nervios, o del hígado o de no importa qué y en el fondo lo que te falta es dormir verdaderamente bien, dormir más. ¿Cómo obtener un sueño reparador, que te equilibre para todo el día?

—Cuida más tu alimentación: los alimentos deben ser frescos y las comidas sobrias.

—Abstente de tóxicos (café, alcohol, etc.).

—Procura hacer higiene mental.

—Evita peleas antes de irte a la cama.

—Aprende a relajar tu cuerpo y tus nervios.

—Mantén la habitación bien aireada. Si es posible clara durante el día y oscura por la noche.

—Duerme con buena orientación: cabeza al norte. Si no es posible, con la cabeza hacia al este.

—Deja una ventana abierta que permita entrar el aire sin dar directamente sobre ti.

—Procura tener oscuridad y silencio. Para eso pon cortinas dobles en las ventanas y usa tapones de cera para los oídos que te aislarán del ruido.

4 de junio de 1960

La moda… y la mujer inteligente

Cada año cambia la moda. Las faldas suben, las faldas bajan, las faldas se ahuecan como pantallas de lámpara o se estrechan como las mallas de una bailarina.

Y las mujeres obedecen a la moda.

Los escotes crecen o disminuyen, las cinturas se ensanchan o se estrechan, los peinados se complican o se deshacen, incluso el color de los labios, de las uñas, de las mejillas, del pelo, se modifica.

Y las mujeres obedecen a la moda.

Los tacones son finos, gruesos, curvos, deforman o ayudan a la figura. Los tejidos brillan, se vuelven leves, con flores, con bordados, o se puritanizan en colores oscuros, en tejidos ásperos.

Las mujeres obedecen siempre.

¿Todas las mujeres? No. La mujer inteligente no es esclava de los caprichos de los modistos, de los peluqueros o de los fabricantes de cosméticos. Antes de adoptar el último grito de la moda, estudia el efecto que tendrá sobre su tipo. La mujer inteligente sabe que más importante que parecer «chic» es parecer bonita. No quiero decir que vaya pasada de moda, que lleve ropa y peinados anticuados. Pero lo que ella lleva es lo que le queda bien, ayuda a su figura, realza el color y el brillo de sus ojos y pelo, el color de su piel, la rejuvenece y la hace todavía más interesante a los ojos masculinos.

Espero que mis lectoras pertenezcan a este tipo de mujer. Me gustaría que todas esas «esclavas de la moda» que andan por ahí, muchas veces dando risa, pensasen un poco antes de obedecer ciegamente las órdenes, no siempre equilibradas, de los modistos famosos, cuyo interés en llamar la atención por la extravagancia y la exageración parece crecer día a día. Una triste idea dan de la mentalidad femenina esas pobres ingenuas.

Id a la moda, ¡claro! ¡Adoptad peinados, maquillaje, adornos modernos! ¡Pero modernizad en primer lugar vuestra mentalidad! Razonad, estudiaos a vosotras mismas en detalle, recordad que lo que le sienta bien a una Elizabeth Taylor, menudita, frágil, con belleza de muñeca, quedaría ridículo en Sofía Loren y viceversa. Sin embargo ambas son muy bonitas.

Observad cómo se visten las mujeres que son consideradas las más elegantes del mundo. La duquesa de Windsor, por ejemplo. Nunca se entrega a las exageraciones de la última moda, se viste discretamente y es la reina de la elegancia. Sin haber sido nunca una mujer bonita consiguió conquistar a un rey. Por ser una mujer inteligente, sabe ponerse en relieve y sacar partido de los pocos encantos que posee.

11 de diciembre de 1959

Gestos, palabras, actitudes

Muchas de vosotras, lectoras, conoceréis ese tipo femenino, desgraciadamente menos raro hoy en día de lo que sería de desear: la mujer de gestos exagerados, palabras libres y actitudes poco elegantes. Interpretando mal la independencia de la mujer moderna, fuma como un hombre, en público, cruza las piernas con una desenvoltura chocante, suelta carcajadas escandalosas, bebe con exageración, usa un lenguaje de mal gusto, palabras groseras, cuando no se rebaja por completo repitiendo palabrotas.

Algunas veces eso las convierte en centro de la curiosidad masculina. Curiosidad, digo. Los hombres la provocan, se divierten con sus modales descarados y después salen comentando su «masculinidad». ¡Exactamente, amigas mías! Ningún hombre puede considerar femenina a la mujer que los iguala en todo o en casi todo, y sus sentimientos hacia ella son poco gratos.

La transformación causada por los tiempos, por la educación, por la vida moderna, está más en la mentalidad, en la cultura, en las ideas en sí, que en las exteriorizaciones ridículas de un feminismo miope. La mujer sigue siendo mujer, motivo de encanto y de inspiración para el hombre, ideal de pureza y de dulzura para el hijo, y debe proceder siempre como tal. Los hombres adoran a la mujer muy femenina. Pero no hay que confundir futilidad, afectación y falta de personalidad con feminidad. Le corresponde a ella refrenar la exageración, cuidar la armonía y la delicadeza de los gestos, de las palabras, de las actitudes.

Nunca me cansaré de repetir que, más importante que la belleza, que la cultura, que un vestuario elegante, para la mujer ser atractiva es ser MUJER.

19 de febrero de 1960

Cuando no estés de acuerdo...

El arte de disentir consiste, especialmente, en no agredir... Disentir sin «agredir con palabras» o con el tono de voz es una manera de llegar posiblemente a un acuerdo. O por lo menos así se puede comunicar un pensamiento, una opinión, sin crearse tontamente un enemigo.

No seas abrupta con tu opinión. Si vas a disentir, suaviza tu frase con un «sí, en cierta manera tienes razón, pero, también, creo que…». Y, cuando digas el «pero», no uses tu peor voz. Otra manera de suavizar es, después de dar tu opinión, añadir: «¿Qué te parece?».

Aunque estés vehementemente en contra, nunca digas:

—«Estás completamente engañado» o «Tu opinión no se basa en ningún hecho» o «Deberías informarte mejor antes de hablar».

7 de noviembre de 1960

Brilla

La diferencia entre una mujer con bellos rasgos y una mujer bonita solo se puede explicar si consideramos el «brillo interno y personal» de una mujer. En gran parte esa característica personal depende de la salud y esta depende de la alimentación. Por lo tanto, en última instancia, la alimentación es responsable de la belleza de muchas mujeres que, sin tener rasgos perfectos, son consideradas bonitas. Por lo tanto, cuidado con la alimentación, que debe ser rica en frutas y verduras.

14 de octubre de 1960

La atención

Una de las cualidades que más aprecian los hombres en las mujeres es la atención. La mujer que sabe escuchar agrada e impresiona a su interlocutor, hasta el punto de que él se siente bien en su compañía y no nota que el tiempo pasa. Éste es un consejo de belleza, amiga mía. Sé una buena oyente y serás muy apreciada, principalmente por los representantes del sexo masculino.

15 de julio de 1960

Sujeta por dos tirantes

Tu elegancia depende de forma general de tus actitudes y de tu porte. Cuando descansas todo tu cuerpo sobre una pierna cuando estás de pie, los hombros caen, el tórax se achata, el abdomen se proyecta hacia delante y la armonía del conjunto se esfuma. Si, al sentarte, no mantienes el busto erguido, la espalda pegada al respaldo de la silla, las piernas unidas y los pies en el suelo o cruzados y ligeramente inclinados hacia un lado, te quedas con los omoplatos curvados, la cintura aplastada, un lamentable aspecto de desánimo.

Cuando te sientes, imagina que te estiran dos tirantes cogidos en las orejas... Es ridículo, pero la finalidad de esa imagen es que te llevará automáticamente a mostrar una línea más larga de cuello, hará que endereces la espalda y encojas el estómago y las partes cercanas.

Cuando tengas que agacharte para recoger algo, no te inclines. Baja el cuerpo doblando solo las rodillas. La espalda no se inclina; todo el trabajo deben hacerlo las piernas.

13 de junio de 1960

Voz

Una bella voz, o incluso una voz tranquila, segura y con buenas inflexiones es un don extra, que da valor a tu personalidad. En primer lugar, recuerda que debes evitar hablar como si estuvieras en una feria muy animada. Corrígete, a cada momento, si tienes ese defecto. En segundo lugar, tu voz debe salir naturalmente, rica en entonaciones discretas y no exageradas. Las exclamaciones, las carcajadas fuertes o, al contrario, la excesiva timidez, el hilo de voz, no aumentan en nada las cualidades personales de una mujer. El término medio siempre es mejor aceptado. Para las que tienen esa oportunidad las aulas de dicción son excelentes, con la impostación de la voz, el ritmo y otras orientaciones útiles para el perfeccionamiento de la voz.

22 de julio de 1960

Ser elegante

Muchas mujeres confunden elegancia con aparatosidad y exageración, que, al contrario, son enemigas de la mujer elegante. La elegancia, dijo una gran modista, es la atención a los detalles y a la discreción. Llamar la atención, acompañar religiosamente todos los caprichos, por más extravagantes que sean, de la moda, ser exótica en la elección de las joyas y de los complementos de la *toilette*, es una vulgaridad. La mujer realmente elegante no salta a la vista de quien pasa, no la acompañan los comentarios y el irónico alzamiento de cejas de los que se cruzan con ella. Se descubre a través de los detalles, de la sobriedad, del buen gusto con que ha escogido desde la tela del vestido hasta el tono del esmalte. En opinión autorizada de un gran modisto francés, la elegancia no es seguir la última moda, sino llevar siempre aquello que te sienta bien.

Tampoco los gestos excesivos significan elegancia. Ni siquiera el alto precio de una joya importante da «clase» a una mujer, si esa joya es vulgar, ostentosa, o es llevada en ocasiones impropias o en desacuerdo con la ropa. Comprar bien no es comprar caro. El primer cuidado de una mujer, al hacer una compra, debe ser la calidad. Después el buen gusto. E, indispensable, la combinación del objeto comprado con quien va a usarlo.

Algunas mujeres no saben escoger bien; lo aconsejable, por lo tanto, es escuchar siempre la opinión de la vendedora, cuando esta tiene realmente capacidad para orientarlas.

20 de abril de 1960

Ser madre...

No es solo dar a luz a un hijo. No es sufrir los dolores del parto y después olvidarse del fruto de sus entrañas, dejándolo entregado a sí mismo. Una verdadera mujer y madre sabe que sus deberes van más allá de alimentar, adornar y abrigar a su hijo. Antes que nada tiene que darle amor. Amor que es devoción, cuidado, orientación y, sobre todo, participación en sus problemas y dificultades. Toda madre debe conocer al hijo que trajo al mundo, y eso se consigue acercándose a él, escuchando sus primeras quejas y sus primeros deseos. Dejarlo completamente entregado a los cuidados de una extraña, de una niñera, viéndolo solo unos minutos, besándolo apresuradamente cuando se le exhibe ante las visitas, es más que un error. Es un crimen. No creo que mis lectoras sean así. Pero hay mujeres que lo hacen. Después se quejan de los disgustos que, ya adolescentes, esos niños les causan. Se lamentan de la predilección que el hijo no disimula por su padre o incluso por la niñera. Se desesperan al descubrir que aquel que creían un bebé inofensivo e insignificante se ha transformado en un delincuente, en un rebelde, en un adulto que no las respeta ni las quiere.

Amiga mía, la primera cualidad para que una mujer sea Mujer es saber ser Madre. No descuides ese deber. No seas el monstruo responsable de los futuros defectos de tu hijo, dejándolo crecer livianamente lejos de tus ojos y de tu cariño.

9 de septiembre de 1959

Ser bonita a cualquier edad

Ese es el arte que toda mujer inteligente debe aprender a cultivar. Eso no significa procurar esconder los 40 años bajo capas de maquillaje, moda juvenil, visitas prolongadas a los institutos de belleza u operaciones de estética. La mujer que no acepta sus 40 años con orgullo, sino que intenta esconderlos como un crimen, no es inteligente. El tiempo, amigas mías, es el señor absoluto de todas las cosas, de todas las criaturas, y luchar contra él es tan inútil como tonto. Los peinados y la ropa de jovencita, el maquillaje exagerado, los «arreglos» plásticos, todo eso, la mayoría de las veces, solo hace ridícula a la mujer madura. Porque en sus ojos, en sus andares, en su tono de voz, en todos los pequeños detalles que no puede prever, la edad se revela. ¿Qué hace entonces la mujer inteligente? Acepta la realidad y dentro de ella busca la belleza. Peinados, trajes, tipo de maquillaje, gestos, todo en ella es armonioso, gentil y bonito, porque no desentona con su madurez. Sus ojos, que ya no tienen el brillo de la juventud deslumbrada por la vida, adquieren, en compensación, una nueva dulzura, la dulzura de la comprensión, de la experiencia, de la ternura hacia los semejantes. Sus gestos son seguros, nobles, sin la espontaneidad graciosa de la juventud, pero con la elegancia de la mujer con una personalidad formada y definida.

Simone Signoret, la atractiva y bonita actriz de cine francesa, confesaba hace poco a un periodista: «Nosotras, las francesas, no aprendemos cómo disimular y esconder nuestra edad, sino cómo sacarle provecho para ser más seductoras». Simone Signoret tiene 40 años, está casada con uno de los astros más famosos del cine francés, tiene algunos kilos más de los que debería y es una de las criaturas más fascinantes del mundo parisino.

La belleza no tiene edad. La mujer inteligente lo sabe. Conozco señoras de sesenta años o más, verdaderos encantos de feminidad y belleza. Despiertan nuestra admiración y nuestro respeto.

Por lo tanto, amiga lectora, si el carnet te muestra que tus veinte años ya han pasado, no te atormentes, no te preocupes, no luches desesperada e inútilmente para recuperarlos. Sé tú misma, seductora, elegante, bonita, con la edad que tienes.

El tiempo no es tan enemigo nuestro como decimos. Si se lleva nuestra juventud, nos da a cambio la experiencia, la seguridad y el nuevo encanto de una mujer completa y segura de sí misma.

29 de enero de 1960

Elegancia y belleza… después de los cuarenta

El verdadero arte de ser elegante no está en llevar las últimas extravagancias de la moda o en exagerar los adornos y el maquillaje, arriesgándose a hacer un triste papel. La mujer verdaderamente elegante no es ni extravagante ni «sofisticada». Si has pasado los cuarenta ¡mucho cuidado! Ya no eres una jovencita, y necesitas mantener vivo tu atractivo femenino. Sin ridículo, ¡claro! Una de las prohibiciones, por ejemplo: el rojo vivo. El rojo es un color chillón, que llama la atención, y tu belleza, después de esa edad, tiene que ser discreta, ser «descubierta» poco a poco, nunca tan expuesta. No quiero decir con eso que debas refugiarte en el gris, que es un color triste, que recuerda demasiado la «vejez». Debes preferir el azul marino, el negro, el blanco. Los adornos y accesorios blancos para un vestido azul marino son muy elegantes.

La duquesa de Windsor, ya cincuentona, es considerada una de las mujeres más elegantes y atractivas del mundo. Sus vestidos son simples, prefiere las joyas para dar un toque chic. Escoge lo que más te convenga, no sigas las innovaciones que no te favorecen. Sé exigente en el corte de tu ropa, eso sí. Maquillaje discreto, un buen perfume, joyas escogidas con gusto.

Si eres inteligente, la edad será un motivo «más» de atractivo y no una desventaja. La experiencia adquirida, la serenidad que solo da el tiempo, la distinción, la comprensión, harán de ti una compañía atractiva y agradable.

¡No alimentes complejos de vejez, por favor! ¡Pero tampoco olvides que tus dieciocho años quedan lejos!

26 de agosto 1959

Belleza durante más tiempo

Para muchas mujeres la vejez es un espectro que las persigue y les roba los mejores momentos de la vida. De vez en cuando viene la pregunta terrible: ¿estoy envejeciendo? ¿Me iré volviendo desagradable a medida que pasen los años? ¿Mi piel perderá toda su lozanía?

La verdad es que la manera más rápida de envejecer es justamente pensar en esa etapa inevitable de nuestra vida, la última.

En vez de pensamientos desagradables, ¿por qué no nos ponemos manos a la obra y aplazamos esa época que nos parece tan terrible?

La primera condición para mantener la juventud son los cuidados para conservar la salud. Visitas periódicas al médico cuando haya alteraciones en el organismo o sospecha de enfermedad. Cuidados con la alimentación. Comer platos saludables, poco condimentados, alimentarse lo más posible de verduras, legumbres y frutas sin olvidar la carne, la leche y los huevos. No abusar de la bebida y hacer gimnasia diariamente.

Después de eso, los cuidados de la piel, del pelo. Existen miles de cremas para la cara, el escote, las manos, champús para embellecer el pelo, y muchos otros productos que sabrás usar con sabiduría, sin exagerar. Aprovecha los recursos de nuestra época. Ponte guapa… Y conserva tu juventud…

23 de septiembre de 1960

Vanidad perjudicial

Un viajero inglés que visitó el Tíbet contó una particularidad de las mujeres que viven en esa altiplanicie de Asia. No se lavan la cara. ¡Nunca! ¡Imaginad! Pero, en compensación, usan maquillaje, un maquillaje especial de la región, hecho de una crema oscura y maloliente, con la que se empastan la cara todos los días, pasando, cada mañana, una capa nueva sobre la anterior. Eso repetidamente hasta que los rasgos casi desaparecen bajo la máscara de capas oscuras. ¡El resultado, naturalmente, es pavoroso! El viajero inglés, preguntado sobre si le parecían bonitas o feas esas mujeres de hábitos y vanidades tan… extravagantes, respondió honestamente: «No lo sé. No se les puede ver la cara. Lo que se ve es una máscara agrietada, oscura, repugnante, monstruosa». Quizá para su pueblo eso represente la belleza, ¡vaya usted a saber! El caso es que esas mujeres disculpan su horror al agua con el frío que hace en el Tíbet. Realmente hace mucho, mucho frío. Pero ¿es eso una disculpa aceptable?

25 de diciembre de 1959

Vida al aire libre

Siempre que sea posible, especialmente los fines de semana, debemos pasar algunas horas al aire libre. Huir del movimiento aturdidor de la ciudad, variar nuestros hábitos de la semana, descansar más que tendernos en una chaise-longue, encerrados en nuestro apartamento. El domingo tiene que ser un día «diferente». No es necesario hacer viajes largos, solo apartarnos un poco del ajetreo del centro. La vida al aire libre trae innumerables beneficios a toda la familia. El aire de la playa, por ejemplo, contiene yodo, que actúa beneficiosamente sobre el tiroides. Además, el mar es estimulante, no solo por la fuerza de las olas sino también por la propia agua. El sol nos proporciona la valiosa vitamina D, y sus rayos ultravioletas aumentan las defensas de las células y de la sangre.

Si prefieres el campo, encontrarás allí la calma ambiental, la ventilación perfecta, el aire fresco que estimula el metabolismo, fortalece el sistema nervioso, haciendo que tu organismo sea más resistente a las enfermedades.

Nunca debemos olvidar que la salud es el punto de partida para la belleza. La mujer enferma tiene un aspecto abatido, ojeras, marcas, los ojos sin brillo. Por lo tanto, además de la obligación que todo ser humano tiene de ocuparse de su salud, la mujer tiene la obligación extra de cuidar de su organismo para preservar su belleza.

13 de noviembre de 1959

La lectura

¿Las mujeres deberían leer más? Añadiríamos leer más y mejor. No ganamos nada con que las mujeres lean más si no intentan leer mejor. La selección en la lectura es algo imperioso. De lo contrario el tiempo perdido en la lectura de páginas mediocres no compensaría sacrificar horas de trabajo o de reposo, para, después de todo, no aprender nada.

Hay libros para todos los gustos. Hay novelas, biografías, libros de economía, de política, que pensamos que no son de gran interés para las mujeres, libros sobre la familia que orientan sobre la educación de los hijos, sobre el trato con el marido, ambas cosas muy importantes para las mujeres. Otra categoría de libros que podrán ser de mucha utilidad son los volúmenes sobre teatro para adultos e infantil.

Las madres harían muy bien en entrar más en contacto con los libros que incluyen pequeñas piezas infantiles sobre las fiestas del año, como Navidad y Pascua. Tendrían la oportunidad de ensayar con los niños para que presenten lindas obras en las fechas más significativas. Todo eso ayuda a educar a los niños, a darles desenvoltura social, a aumentar su vocabulario, que actualmente es tan reducido por el exceso de lectura de cómics y de programas de televisión.

25 de enero de 1961

Juventud

Hay un dicho interesante que reza: «Recuerda que nunca serás más joven de lo que eres, pero solo tú puedes decidir cuánto tiempo te conservarás joven». Partiendo de eso está claro que los cuidados que tengas contigo misma y, sobre todo, tu actitud mental contribuirán decisivamente para mantenerte bella y lejos de la vejez. Es necesario, sin embargo, tener mucha constancia, mucha perseverancia por tu parte para lograr seguir el programa de belleza que te has comprometido a realizar.

19 de octubre de 1960

Por lo menos fuma bien

Lo mejor es no fumar, tanto para los hombres como para las mujeres. Pero si fumas, fuma bien, fuma de un modo femenino.

Fuma sin afectación (la afectación no es elegancia, es tontería).

No golpees la ceniza del cigarrillo con la punta de la uña (es realmente feo).

No hables con el cigarrillo entre los labios (eso está bien para los estibadores, e incluso así, para los estibadores masculinos, aunque seas estibadora tú no debes hacerlo).

La taza y el platito no son ceniceros, sobre todo cuando el fumador es mujer (la rudeza es más tolerable en los hombres).

8 de noviembre de 1960

Regates con la moda

El peligro, cuando se habla de moda, es que la moda acaba por parecer una ley. Y para muchas mujeres lo es realmente: «No puedo porque no está de moda», se oye mucho. Muchas no llegan a decirlo, pero llegan a contrariar su propio gusto, e incluso lo que les sienta bien, hasta que convierten la moda en una cárcel. Ahora bien, la moda es una tendencia, una tendencia general que debe ser adaptada por cada una de nosotras, para ser usada con placer, y no para esclavizarnos.

Por ejemplo, ahora la tendencia es a llevar el pelo más largo. Pero ¿debemos dejar crecer el nuestro si el pelo corto nos rejuvenece cinco años?

Y en cuanto al precio de la moda... No siempre hay que correr a comprar lo que manda el figurín, ni sentirse humillada por no poder comprarlo. Muchas veces la imaginación y un poco de gracia lo resuelven: ¿con lo que tienes en casa no puedes, por ejemplo, acercarte a la moda, sin gastar más de lo que te conviene?

Vamos a un ejemplo: la novedad es usar un collar de cristal mezclado con un collar de perlas. Queda bonito. Un collar de perlas seguro que lo tienes. ¿Y el de cristal?; quizá sí, quizá no. Si lo puedes comprar, perfecto. Si no, usa la imaginación. Supongamos que, siguiendo el principio de que la mezcla con perlas está de moda, puedes combinar las perlas con otro tipo de collar. Ya sé que no es lo mismo. Pero quien no tiene perro caza con gato, y si has visto a un gato cazar un ratón o pescar en un río con la pata, sabrás que los gatos son muy hábiles.

Otra novedad: viene el color violeta. A algunas de vosotras el violeta os sentará como un guante de lujo. A otras, a pesar de estar de moda, quizá os dé un aire de tristeza y de viudez. Recuerda: la moda es moda, pero mandas tú. Y también escoges tú: el color de moda es el violeta, pero nadie te dice qué tono de violeta. ¿Tal vez el lila, una modalidad más suave de violeta, le va mejor a tu tipo?

23 de abril de 1960

Saber vivir hoy en día

La echadora de cartas no cambia el futuro

A mí también me gustan la astrología, la cartomancia, las ciencias ocultas. Pero aún no he visto que nada de eso cambie mi futuro. Solo nosotros podemos construir el día de mañana.

Pero antes la pregunta que se impone es esta: ¿qué es lo que quieres realmente? Saber la respuesta es indispensable.

Quizá descubras que hay dos o tres cosas que pones sobre todas las demás. Saber eso es un paso importante que habrás dado. ¿Y qué tendrás que hacer para conseguir lo que quieres? Algún sacrificio, eso es casi seguro.

Y es casi seguro que, si realmente quieres lo que quieres, el sacrificio vale la pena. Todo eso tiene que ser en tu interior. La echadora de cartas no ayuda.

Pero si has cogido la costumbre del pesimismo eso es malo. Entorpece mucho, entorpece de verdad. El día de mañana tendrá siempre un aspecto lluvioso. Y tu raciocinio de pesimista funciona más o menos así: si no hay ninguna nube en el cielo, entonces es cuando realmente te preocupas: «¡Qué cosa más rara! ¿Mañana va a llover y no hay ninguna nube en el cielo? Mala señal, mala señal».

Estoy bromeando, claro, pero lo que quiero decir es que el pesimista siempre encuentra una manera de acomodar las cosas a su pesimismo.

Lo ideal es ser como una señora que conozco. Me dijo —y no lo decía por decir, lo pensaba realmente así, lo sentía realmente así—, me dijo: quien ha sufrido de verdad ya no sufre por tonterías.

Ya sé que algunos dolores siguen doliendo, uno se vuelve «neurálgico», y lo que ni siquiera debería molestar pasa a perturbar mucho. Pero en ese caso es necesaria una conversación contigo misma. O con una persona que entienda las cosas del mundo. Las conversaciones tendrán por finalidad descubrir lo que aún duele. Una conversación para poner los puntos sobre las íes. No siempre es fácil. A veces, no sabemos dónde están las íes, a veces no sabemos qué punto colocar en qué i.

Pero eso tampoco lo resuelve la echadora de cartas. Es una pena, tendrás que ocuparte tú de eso. Con mi ayuda, si quieres.

5 de mayo de 1960

Vicios modernos

En la vida de hoy adquirimos ciertos hábitos impuestos por el ritmo moderno, hábitos que acaban transformándose en vicios. Como recurrir al teléfono para cualquier comunicación, por importante que sea, explicar y disculpar siempre el atraso con lo difícil que está el tráfico y muchos otros. Entre ellos un vicio nocivo es el de interesarnos por las ilustraciones de las revistas y leer solo los títulos de los artículos. Alegamos falta de tiempo, pero eso no es una disculpa, porque el tiempo que vamos a pasar leyendo un artículo interesante no es mucho ni es un desperdicio. Al contrario, es tiempo ganado. Adquirimos conocimientos sobre cosas nuevas, hechos notables, asuntos instructivos. Las fotos solas no nos dan el tema, no enriquecen nuestra cultura, en el mejor de los casos nos recrean la vista.

Nosotras, las mujeres, especialmente, que sabemos encontrar tiempo para tantas cosas, debemos hallar unos minutos diarios para la lectura. No es necesario que sea una lectura larga, ni que sean libros complicados. Algo leve, variado, que nos dé una visión rápida del mundo en que estamos y de lo que pasa en él en el campo de las ciencias, de las artes, de la política y… de los chismes. Revistas, por ejemplo, que contengan más texto que ilustraciones, que presenten las materias de forma inteligente, atractiva, divertida. Ese es un tipo de revista que queremos leer y que podemos leer. Una lectura así no cansa, no cuesta tiempo, y nos libera de ese perjudicial vicio moderno.

28 de octubre de 1959

No holgazanear

¿Para qué protestar y maldecir la necesidad de todas las necesidades que se llama pobreza? ¡Nos hace tanto bien!... Por medio de ella, al estar siempre codo con codo con ella, descubrimos nuestro ingenio y nuestra capacidad.

Si estuviésemos en una comodidad blanda, no sabríamos nunca hasta qué punto se puede elevar nuestra energía. En medio de la abundancia apagaríamos la llama de nuestro espíritu, esa llama que ilumina, enciende y mantiene nuestra pobreza.

Bostezar sería perder un minuto y la hora se compone de minutos, el día de horas y la vida de días.

Holgazanear es perder ocasiones de encontrar la suerte. La felicidad pertenece a los laboriosos; el amor es de los que trabajan... y si por casualidad existe alguien que maldice la necesidad de todas las necesidades —la pobreza—, para verse libre de ella solo existe un camino, ¡el trabajo!

20 de diciembre de 1960

Dirigir un hogar

Solo una mujer y ama de casa sabe y reconoce la gran tarea que es dirigir bien una casa. El ama de casa tiene que ser, sobre todo, una economista, una «equilibrista» de las finanzas, especialmente con las dificultades de la vida actual. El hogar es el lugar donde debemos encontrar nuestra paz de espíritu en un ambiente limpio, sano y agradable, y cabe a la mujer proporcionar esto. Muchas se equivocan al hacer de su casa una vitrina permanente, donde no hay libertad para que el marido fume su pipa, para que su hijito juegue. Esas, generalmente, hacen de la vida del hogar un infierno y casi siempre obligan al marido a ir a buscar comodidad y bienestar en otro lugar, cuando no en los brazos de otra mujer. Sin permitir que el desorden y la falta de limpieza hagan de tu casa un lugar imposible de vivir, no caigas tampoco en la exageración de exigir que tus hijos y tu marido sacrifiquen su propio bienestar para no desordenar esa «exposición» que es tu hogar. Muchas veces, una pipa olvidada sobre el aparador, un juguete olvidado en la alfombra, unos cojines con la marca de la cabeza que ha descansado en ellos dan el «calor» necesario al verdadero hogar.

La economía es otro problema que la mujer tiene que resolver con sabiduría: ni gastar demasiado, ni demasiado poco. Sacrifica un bibelot, no cambies ahora las cortinas del salón, pero no dejes que falte buena y abundante comida en tu mesa. No sirvas whisky a las visitas, pero da mucha fruta a tus hijos, fruta buena, escogida, no esa ya medio pasada, y a veces pasada del todo, que algunas amas de casa suelen comprar por algunos céntimos menos.

No entregues la dirección de las compras y de los gastos directamente a las criadas, porque ese no es su trabajo y quien tiene que cuidar del dinero de tu marido eres tú. La buena ama de casa es la que sabe dar órdenes y supervisa de cerca su ejecución. Es la que mantiene la limpieza, el orden, la delicadeza en su casa, sin hacer de esta un eterno lugar de ceremonia, de deberes, donde todo está prohibido. Eso es lo que hace de tu casa el lugar de descanso, de felicidad para tu marido y tus hijos, donde ellos se sienten realmente bien, a gusto, y son bien tratados. El mejor lugar del mundo.

24 de febrero de 1960

La buena postura es señal de salud

La buena postura es muy importante, desde los primeros años de vida. Si se crean posiciones indolentes en el niño, difícilmente se verá libre de ellas, y esas actitudes le perjudicarán mucho.

Los padres que desean la salud y el bienestar de sus hijos deben estar atentos a que usen ropa holgada, calzado que no les moleste y permita el crecimiento muscular. Si el niño tiene los pies planos debe usar unos zapatos especiales, recetados por el ortopedista.

El niño solo debe dormir en su cama, que debe ser lo bastante grande para permitir que se mueva y dé vueltas durante el sueño. El colchón y su soporte deben estar bien nivelados para que el niño se acueste en sentido horizontal.

Es importante tener una silla baja, para que el niño apoye los pies en el suelo. El asiento debe ser cóncavo para apoyar la espalda. La mesita no debe ser muy alta y servirá para las comidas y para juegos y estudio.

Un mobiliario inadecuado por el tamaño y tipo de muebles, malas condiciones de salud y alimentación, el cansancio, la mala posición del foco de luz al estudiar y la falta de ejercicio y actividad deportiva pueden perjudicar la buena postura del niño. Todo eso debe ser severamente combatido por los padres.

3 de agosto de 1960

Orientación a los hijos

Hay padres que no conocen a sus hijos, pero se quedan sorprendidos al constatar la diferencia de comportamiento del niño en casa, en presencia de sus padres, y entre extraños. Por eso la mayoría de los padres establece un modelo para su hijo y lo viste con ese ropaje, creyendo que siempre se comportará así, sin contar con las reacciones del niño, consecuencia de las experiencias que va adquiriendo y de los conocimientos nuevos.

Es muy conveniente que los padres estudien detenidamente a sus hijos y no caigan en el error de ponerles una etiqueta, porque el niño es un ser en formación y siempre se está transformando.

El niño tiene necesidad de afirmarse y es en el hogar donde podrá conseguirlo más fácilmente, con sus hermanos, padres y demás personas íntimas. Con las visitas, ya sean amigos, parientes o desconocidos, intentará mostrarse amable y atento, para merecer estima y atenciones.

Será una gran ventaja para los niños que sus padres les presten atención, escuchando sin interrumpirles las largas historias que tienen para contar, punteadas de errores y muchas veces difíciles de interpretar. El clima de confianza que el niño sienta a su alrededor es de gran importancia para su buen desarrollo psíquico y para su adaptación al medio. Las dificultades que encuentra en sus contactos con el exterior son neutralizadas por la eficaz orientación que le han dado sus padres.

Un niño bien comprendido en su propio hogar tiene las mejores armas para vencer en la vida cuando tenga que enfrentarse a ella.

5 de agosto de 1960

Cuando la sugerencia sustituye al consejo

Las chicas que ya son jovencitas necesitan los consejos de belleza para sentirse amparadas, no saben muy bien lo que son, no saben exactamente qué quieren ser. Y, encima, desconfían del deseo de «mandar» de los demás.

La manera no es insistir. Es darles una discreta y firme mezcla de apoyo y libertad.

La manera es no olvidar que ellas quieren y necesitan a las que tienen más experiencia. Y no olvidar tampoco que necesitan libertad para crear, poco a poco, su propia experiencia.

La forma de dar esos consejos consiste, en primer lugar, en abolir el uso «insultante» de la palabra *consejo*. No des un «título» a lo que aconsejas a la jovencita. Bueno, pero evitando el título no evitas el tono de voz… Un tono de consejo puede encontrar más resistencia en la chica que la palabra.

El tono de «sugerencia» es más adecuado. Y también es más justo: la sugerencia siempre deja un margen a la elección, y todo el mundo —jovencita o no— tiene derecho a escoger. ¿Se va a equivocar? Posiblemente sí, se equivocará. Bueno, pero equivocarse es también el principio de acertar.

Si quieres ayudar a tu jovencita, o a las de los demás, recuerda que forzar la ayuda es a veces una manera de que la rechacen.

¿Qué hacer entonces?

Tienes maneras de ayudar, y tú misma elegirás el modo. Porque esta conversación no es solo un consejo. Te dejo un gran margen de libertad y de imaginación y de selección...

22 de junio de 1960

Programa de belleza

Por más sofisticada que sea una jovencita, es una jovencita y hay que tratarla como a tal. La belleza y la gracia están a su alcance. En general, sin embargo, ellas no saben qué programa de belleza adoptar. Y sus madres tampoco.

Ahí va un programita de belleza. Si se adopta a la edad adecuada constituirá la base de un hábito para toda la vida, no importa que el hábito se vaya enriqueciendo y transformando, el principio es implantar el hábito. Este programita no sirve solo como solución para el presente, protege la belleza en los años siguientes.

—Usar agua y jabón en abundancia. Mantener la piel bien limpia y clara, siempre con un aspecto suave. Al lavar la cara, aclararla una y otra vez con agua pura. No debe quedar ningún rastro de jabón.

—Dormir bastante cada noche. Un mínimo de ocho horas. Eso prepara los nervios sanos para la belleza de hoy y para el futuro.

—Hacer ejercicio diariamente al aire libre. Acostumbrarse a respirar profundamente de vez en cuando. Andar.

—Comer con un horario regular. Menús equilibrados.

—Cepillarse el pelo todos los días. Mantener su único brillo verdadero, el de la limpieza.

—Llevar siempre ropa limpia. Evitar la ropa arrugada. Todo eso influye en el aspecto general.

—Usar cosméticos, mejor menos que más. Pintalabios, claro. Polvos, pero no un «empolvamiento» que deja la piel sin brillo. Rímel para las pestañas, suficiente para darles color y forma sin empastarlas. Perfume, la cantidad que dé a la jovencita un halo de aroma, nunca un perfume fuerte.

28 de junio de 1960

Amistad valiosa

Desde pequeños, los niños deben tener en sus padres a los compañeros de casi toda una vida. Las madres especialmente pueden ser excelentes amigas si saben llevar a sus hijos la tolerancia y la paciencia que tienen para muchos trabajos domésticos y para muchas distracciones.

La hija debe sentir que su madre es la confidente, la amiga que da opiniones, que, al tener experiencia, seguramente discernirá mejor. Sería muy bueno que ciertas madres saliesen de su fría autoridad para discutir algunos problemas de gran interés para su hija, que muchas veces parecen a un adulto asuntos tontos e infantiles, pero que para los pequeños son de vital importancia.

La manera de vestir de un niño, por ejemplo. Hay una tendencia a que las chiquillas se emperifollen, copiando el atuendo de las jóvenes. Es muy inconveniente que la madre combata esa tendencia dando órdenes perentorias o ridiculizando a la niña. Será mejor que ese trabajo se haga con anticipación, haciendo ver a la niña que cada edad tiene su encanto y su valor, y también tiene su ropa propia. Nada de pinturas, bases o sombras para niñas de corta edad.

22 de julio de 1960

Tu habitación...

Algunas personas tienen la costumbre perjudicial de dejar que sus mascotas duerman en su habitación. Si los niños, ya con una cierta edad, pueden dormir en cuartos separados, sin peligro, ¿por qué no pueden los perritos mimados o los gatos más cariñosos? Comprendo y comparto el amor a los animales, el cuidado y cariño que merecen de nosotros, pero esa triste costumbre de tener animales en la habitación es un error, además de un peligro.

Las habitaciones deben ser aireadas, no dejando en ellas ni animalitos de lujo ni ropa sucia.

Al dormir, lo ideal es hacerlo con las ventanas abiertas, para renovar el aire y evitar cualquier mal olor que pueda tener. Tampoco las plantas del tipo que sean deben estar en las habitaciones. Uno de los factores de mayor importancia para nuestra comodidad es la higiene, no solo la de nuestro cuerpo, sino también la de nuestra casa, nuestra ropa y nuestros muebles.

A veces, cuando están cerradas mucho tiempo, las habitaciones adquieren un olor peculiar, bastante desagradable. Muchas mujeres utilizan incensarios aromatizados, muy agradables. Puede usarse también la receta siguiente como perfumador: lavanda, 40 g; carbón en polvo, 50 g; mirra, 10 g; incienso, 40 g; benjuí, 10 g. Se mezcla y se quema sobre brasas. Pero esta mezcla, como por otra parte todos los preparados similares, no se debe usar por la noche, cuando hay gente en las habitaciones. Cierra la habitación mientras la mezcla arde y déjala así hasta que se queme del todo. Abre entonces puertas y ventanas para airear la habitación.

20 de noviembre de 1959

Prepárate para el invierno

Es tiempo de pensar en el invierno, antes de que llegue. Recuerda que el invierno asusta a la cigarra, no a la hormiga. Mis simpatías son para la cigarra porque lo bueno es cantar. Pero ¿quién será nuestra hormiga?

Aunque no es malo ser hormiga. Tiene un lado excelente. Es tan bueno preparar la recepción del invierno… Cuando llega hay incluso una chimenea imaginaria ya encendida. Es verdad que lo que hay que preparar no es imaginario… Son tantas cosas reales que solo se arreglan con papel y lápiz.

Una lista de ropa para ti. (Piensa en lo esencial y no olvides esos posibles retoques que renuevan lo viejo). La lista de ropa para tus hijos: ¿cómo van de jerséis, por ejemplo? Y las mantas podrían recibir una semana de sol, unas horas cada día, porque naftalina y un poco de moho y olor a armario no son la mejor mezcla para dormir bien.

Pero no vivimos solo de ropa. ¿Y la casa, el mejor lugar cuando hace frío fuera? Haz de tu hogar un sitio confortable. ¿Hay algún cristal roto? ¿Alguna puerta o ventana que no cierra bien? ¿El calentador del baño está en orden? ¿Hay buena luz junto al sillón favorito de tu marido? También es el momento de mandar a enmarcar el grabado o el dibujo que te gusta: en invierno hay tiempo para mirar. Tiempo y gusto. ¿Las cortinas que te separan del frío de fuera están bien limpias?

¿Y los muebles? Aprovecha un descanso para examinarlos. ¿No hay nada que pueda mejorarlos? Es posible que estén apagados y sin gracia. Dales brillo con algún aceite apropiado o mándalos a barnizar, arregla lo que esté roto. La casa quedará limpia y de aspecto nuevo. Y, ya que hablamos de aspecto, cuida también del tuyo.

En invierno la mujer es más femenina.

1 de mayo de 1960

¿Sabes aconsejar?

«Cosas que he aprendido»… ¿No te parece que cada uno de nosotros podría escribir por lo menos un folletito, si no un libro (las afortunadas), sobre las cosas que hemos ido aprendiendo en la vida?

¿Tú qué has aprendido, por ejemplo? Para aprender vale todo. Yo, por mi parte, no he aprendido mucho, y por eso doy valor a cada hebra de aprendizaje que los días me han ido dando. Y valoro sobre todo lo que he aprendido a mi costa. No es por vanidad, creo que es porque me dolió más aprender así, me costó más caro. Así lo olvidamos menos.

¿Qué es lo que tú has aprendido, por ejemplo, sobre los consejos? Quiero decir, sobre dar consejos.

He aprendido que escuchar a quien tiene un problema es casi más importante que aconsejar. Mientras uno habla —y sabe que alguien lo escucha realmente— va aclarándose a sí mismo. Sin contar con que también se desahoga.

Otra cosa que he aprendido sobre este mismo asunto: si le dices a alguien que está «completamente equivocado», lo pones inmediatamente a la defensiva, es decir, «en disposición de no aceptar». Y tú que tienes la mejor voluntad del mundo de querer ayudar solo consigues crear una desgraciada animosidad.

Conozco a una persona que ha descubierto una manera muy buena de «contrariar». Cuando oye la cosa más absurda responde pensativamente: «Sí, claro. Pero por otro lado…, etc.», y entonces dice con suavidad lo que realmente le parece.

14 de mayo de 1960

Remedios extraños

Un día aprendí algunas cosas extrañas sobre dos cosas muy corrientes, el ajo y la cebolla… No voy a decir que te lo cuento para que tengas un buen tema de conversación en la próxima reunión, porque hay mucha gente que tiene alergia a ciertas palabras.

Vendo la conversación por el precio que me costó. Me quedé sin saber si me lo creía o no y tú seguramente te quedarás igual también. Por ejemplo, me dijeron que frotar cebolla sobre la calva hace crecer el pelo… Por lo menos mal no hará, supongo.

Otra cosa es que la reina Isabel de Inglaterra comía, para desayunar, un pedazo de carne, cerveza y muchas cebollas, y que de ahí venía su extraordinario vigor.

Y ajo para el asma… En el siglo XVIII un médico hizo fortuna con una fórmula que había descubierto. Cocía un poco de ajo hasta que perdiese su dureza, añadía al agua de la cocción una cantidad igual de vinagre. Y, para dar a la mezcla un sabor de jarabe, ponía mucho azúcar. Entonces ponía en el jarabe los dientes de ajo cocidos. El día que el paciente tomaba esa mezcla no tenía asma. ¿Verdad? ¿Mentira? Me lo contaron como verdad.

20 de julio de 1960

Errores del pasado

Para quien —por desesperación o por gusto— vive aludiendo a los errores del pasado, aquí está una frase de un hombre llamado Fénelon: «Se puede corregir el pasado con el futuro».

Tal vez sea, además, la única manera de corregir el pasado. Porque hay una verdad obvia: mientras te lamentas del pasado, el presente escapa de tus manos.

Y no hay tanto que recriminarse o lamentar: no hay otra manera de vivir más que equivocarse y enmendar y después equivocarse otra vez y enmendar otra vez. Esto no llega a ser trágico, se trata del juego de la vida y todos jugamos al mismo juego.

Ahora, lo que es realmente una pena es que alguien se siente en un rincón de la sala (figuradamente) a lamentarse, lamentarse, lamentarse. Quien entra en el juego tiene que aceptar las reglas del juego.

Vas a decirme: «Yo no he pedido entrar en el juego, no he pedido nacer». Este argumento es una mezcla de neurastenia, ganas de disimular, mala voluntad y engaño.

Ten cuidado con una cosa: cuando lamentarse empieza a ser un consuelo es el momento de prestar atención.

2 de septiembre de 1960

Alegría de vivir

Conozco a muchas mujeres que se consumen de tedio. Se quedan todo el día en casa poniéndose nerviosas, insatisfechas, malhumoradas, crean dolencias imaginarias, aburren a los demás y a sí mismas y acaban verdaderamente enfermas, neurasténicas. El remedio más fácil y directo para evitar eso es una ocupación que las distraiga, que les haga gastar energías. El ser humano inactivo se vuelve triste, se consume y no siente el menor placer en vivir. El trabajo es necesario no solo como justificación de la vida en sociedad sino para la salud, la alegría y la juventud.

25 de diciembre de 1959

Receta para resolver problemas

Cada una de nosotras conoce esas horas en que los problemas parecen más grandes que nuestra capacidad para resolverlos. Es una hora difícil, ya lo sé. Y según el problema, la hora puede llegar a dar una sensación de desespero.

Tengo una amiga que tiene una receta para eso, y dice que es una buena receta, que siempre funciona.

Dice que cuando está metida en un problema de tipo «encrucijada» hace lo siguiente. Intenta quedarse sola un momento, se sienta junto a una mesa, con un lápiz y un papel. Y escribe simplemente: 1- lo que busca; 2- qué maneras habría de salir de la situación, aunque esas maneras sean por el momento imposibles de realizar; 3- escribe para sí misma un consejo amistoso sobre calma y paciencia.

Bien. Coge enseguida la hoja de papel y la guarda lejos de su vista durante dos días o más, según la urgencia del caso. Y procura no pensar más en el problema.

Parece que no falla: incluso sin darse cuenta, las posibles soluciones «trabajan» en su interior. Y, cuando llega la hora de mirar la hoja de papel, casi siempre se sorprende: ve claramente cuál es la mejor solución, adivina las imposibles y nota que la desesperación de la duda ha pasado.

27 de mayo de 1960

Despertar

Soñar es bueno, es como volar sujeta por globos. El problema es que basta con un simple proyectil de niño y los globos estallan. Si es cierto que del suelo no se pasa, también es cierto que «cuanto más alto, más dura será la caída».

Pero no por ser grande la caída se evitará el gran placer de subir. ¿Pero subir en globo? Volar así es, muchas veces, melancólico.

Hay varias formas de subir en globo. Una de ellas consiste en caer en devaneos que llevan lejos y mal. ¿Y para volver? El aterrizaje es difícil. Cuando se duerme fuera de horas, el despertar es malo.

Otra variante de subir en globo es no enfrentarse a los hechos y mentir sin cesar, y sin siquiera darse cuenta. ¿Es bueno mentir? Nunca podrás engañarte completamente a ti misma. Y —como la fuerza mínima de los globos— la mentira solo te permitirá evadirte unos centímetros.

¿Por qué entonces no intentar subir por las escaleras? Es menos bonito, menos rápido. Pero cada escalón alcanzado es buena tierra de realidad. En cada escalón alcanzado se puede, incluso, parar un poco para descansar, sin perder por eso terreno o darse de cabeza en el suelo. «También de la escalera se puede caer», dirás, porque te gustan más los globos. Bueno, caer se puede caer, todos lo sabemos, sobre todo los niños, que no por eso dejan de andar. Pero entonces levántate, eso también lo saben los niños.

16 de septiembre de 1960

Con la cabeza ardiendo

¿Tú también estás desbordada?

Entonces haz exactamente lo que harías con esa tetera, apártala inmediatamente del fuego.

Hay varias formas de apartar la tetera del fuego. Una de ellas es aplazar una semana la resolución de tus problemas.

Actúa como si no existiesen. Hay pocos problemas que no puedan esperar una semana. Quién sabe, a lo mejor te llevas la sorpresa de ver que se han resuelto solos. Aprovecha esa misma semana para dejar a un lado los pensamientos y sentimientos que «hacen arder»: ambición, sueños imposibles, resentimiento, etc. Y, como en general tu peor enemiga eres tú misma, intenta durante una semana por lo menos ser buena contigo misma, ser tolerante, incluso distraída. Al final de la semana, el agua de la tetera se habrá enfriado un poco, habrá bajado de nivel, habrás restablecido el equilibrio...

15 de mayo de 1952

Limpiar la casa y ponerse guapa

Tengo una amiga tan lista que, cuando falta su asistenta y ella misma tiene que limpiar la casa, aprovecha y hace un tratamiento de belleza.

En este momento te estarás preguntando: ¿lista o loca? Lista, sin duda. Voy a contarte cómo, repitiendo lo que ella me contó. Y para mayor garantía debo decirte que un día la sorprendí en pleno tratamiento de belleza mientras limpiaba la casa...

Primero, antes de empezar el trabajo más pesado, se quita el esmalte de las uñas, empapa sus manos con la crema apropiada y se pone unos guantes viejos que mantengan la crema en su sitio. Así, al acabar la tarea de limpiar cosas sucias, tiene las manos más suaves que nunca y las uñas a medio camino de la aplicación de un nuevo esmalte.

Segundo, antes de iniciar trabajos que implican vapor de agua —como cocinar o lavar la ropa en agua caliente— se pone una buena crema nutritiva en la cara. La combinación de crema y vapor de agua no solo hace que la crema penetre en los poros, sino que tonifica la piel.

Tercero, se aplica un tónico en el pelo que trabaja en favor de su belleza mientras ella trabaja en favor de la belleza de la casa. A veces se esparce yema de huevo por el pelo y cuando acaba de trabajar se lava la cabeza.

Sin olvidar que, de vez en cuando, detiene el trabajo para respirar profundamente, lo que, además de descansar, tonifica todo el cuerpo.

Ahora te pregunto yo: ¿lista o loca?

20 de mayo de 1960

Cómo tratar a la asistenta

¿Cómo llevarse bien con la asistenta? Esto sí que es un enigma… Hay quien ha establecido todos los detalles y se ha quedado sin su cocinera. Hay quien trata a la cocinera como si fuese una reina, solo para verificar que el trono está vacío. Y hay amas de casa tan perfectas, pero tanto, que acaban lavando los platos ellas. Como se ve, casi todo puede funcionar o ser un desastre. Pero, en fin, he aquí algunas sugerencias que tal vez den resultado. Buen resultado, espero.

Intenta, por ejemplo, por lo menos no demostrar que tú no sabes hacer el servicio que se le pide a ella.

Procura esconder tu mal humor. Es inútil empujar con un gesto irritado la comida que no te gusta. Explica con buenos modales que prefieres faisán o pavo en vez de picadillo todo los días.

Interésate por los problemas personales de tu asistenta (pero solo hasta cierto punto, a menos que quieras tener «problemas personales» en vez de asistenta). Recuerda que vive en la misma casa que tú. Ayúdala a mejorar de vida, trátala como a una persona que, como tú, tiene alegrías y sufrimientos, humillaciones y aspiraciones. Si todo esto hace que la asistenta se vaya, por lo menos habrás sido humana y esto te servirá de consuelo mientras lavas los platos con odio.

No la confundas con mil órdenes ni modifiques esas órdenes a cada momento. Procura establecer un plan de trabajo, racional y fácil de entender. Respeta los días de fiesta de tu asistenta. No aproveches que ya está a punto de salir para pedirle que lleve un recado a Niterói.* Y si el lunes no está en

---

* Ciudad brasileña cercana a Río de Janeiro. (*N. de la T.*)

casa para servir el desayuno, entonces suspira y hazlo tú misma. No hay otro remedio.

3 de junio de 1960

Mientras no llega la nueva cocinera

La cocinera se ha despedido... Ya sé que es una «tragedia». Pero dicen que quien tiene un limón en vez de llorar porque es ácido tiene que hacer una limonada... No estoy sugiriendo que hagas una limonada con la cocinera, y uno de los motivos de esa imposibilidad es que se ha ido.

Lo que quiero decir es que podrías aprovechar el intervalo entre una cocinera y la siguiente —espero que un intervalo pequeño...— para reorganizar la casa, hacer un plan.

Me vas a preguntar: ¿por qué aprovechar el cambio de cocinera? Porque una de las cosas más difíciles de conseguir es hacer que alguien cambie de rutina, de método, o que acepte una «novedad».

Pero, mientras esperas a la cocinera nueva, puedes planear varias mejoras. La nueva que venga nunca sabrá que ha habido transformaciones, aceptará la novedad, ya que todo en la casa le será todavía un poco extraño.

Por ejemplo, las costumbres de alimentación. ¿Querrías que la familia comiese más verdura? ¿Querrías que los sábados fuesen día de pastel? ¿Y a las tres de la tarde te gustaría una merienda leve? Pues, cuando llegue la nueva cocinera, dile con naturalidad: «Aquí en casa solemos...», etc., etc.

31 de mayo de 1960

Las preocupaciones no ayudan

Medita bien sobre esto. Las preocupaciones no llevan a nada útil, a nada productivo. La mayoría de las preocupaciones que has tenido, casi la totalidad, podemos afirmar que afortunadamente no se han realizado. Por lo tanto es un precio muy caro por una crisis que puede ser que suceda, y que tú estás pagando ya.

Reconocemos que la costumbre de la preocupación es la más difícil de extinguir. Hay un sinnúmero de razones que esgrimen los que se preocupan con las cosas que podrían suceder y una de ellas es: no ha pasado hasta hoy, pero puede pasar. ¿Y fulano? ¿No le llegó su vez?

A estos respóndeles que nada es más estéril y tonto que sufrir por anticipado, por lo que tal vez nunca llegue a suceder. Y si por mala suerte llega a suceder, entonces sufriremos, pero en su momento, después de consumarse el caso y después de haber hecho todos los esfuerzos para remediarlo.

La preocupación roba la salud y por increíble que parezca atrae la desgracia. Aunque solo sea por eso, tú, que me estás leyendo, deja de preocuparte tanto, porque al final puede ser que te suceda lo que tanto temes.

1 de julio de 1960

Presa de las preocupaciones

Te pareces al animal del dibujo, pero en vez de estar atada a una lata ruidosa, estás atada a tus propias preocupaciones. Tanto la lata como las preocupaciones van detrás, adonde quiera que el animal y tú queráis ir. Pero hay dos diferencias: a) no fue el animal el que se ató a sí mismo la lata y en cambio eres tú quien inventa las preocupaciones; b) el pobre animal no puede desatar la cuerda, y tú sí puedes.

—Analiza la palabra «preocupación». No, no es una clase de gramática. La palabra se divide en «pre» y «ocupación». Y quiere decir ocuparse antes, ocuparse antes de tiempo. En realidad, preocuparse no es más que anticipar los acontecimientos, y eso, desde el punto de vista lógico, es una tontería. Habrás gastado tu capacidad de emoción de la peor manera posible.

¿Por qué no coges unas tijeras y simplemente cortas el cordón que te ata a la lata? La indecisión envejece más que los años. Resuelve hoy mismo tu problema. ¿Y si este es irresoluble? Entonces… resígnate, porque esta es también una manera de cortar la cuerda. Había una señora que tenía una verruga en la cara y el médico no quería extirpársela. Un día, mirándose al espejo, se preguntó curiosa: ¿cuánto tiempo hace que examino la verruga para ver si ha disminuido? La respuesta fue asombrosa: veinte años. ¿Por qué, se preguntó ella, no di el asunto por cerrado, en vez de sufrir durante veinte años?

Preocuparse puede convertirse en una costumbre, como morderse las uñas. Tal vez llegue el día en que te pregunten: ¿por qué estás preocupada? Y tu respuesta honesta debe ser: por nada, simplemente estoy preocupada.

22 de mayo de 1952

Mujeres cansadas

«Estoy convencida de que la gran mayoría de los malestares y las dolencias que afligen a las mujeres tienen causas psíquicas. Y a causa de la tensión mental de la que he hablado, a causa de todas las tareas que asumen, de las contradicciones del ambiente en el que se debaten, las mujeres están constantemente cansadas, hasta el límite de sus fuerzas. Esto no significa que sus males sean imaginarios: son reales y devoradores como la situación que expresan. Pero la situación no depende del cuerpo, es este el que depende de ella. Así, la salud no perjudicará el trabajo de la mujer cuando esta tenga en la sociedad el lugar que necesita. Al contrario, el trabajo la ayudará poderosamente a obtener un equilibrio físico, no permitiéndole que se preocupe por este sin cesar».

¿Quién dijo esto? Una de las mujeres que más han estudiado los problemas de las otras mujeres: Simone de Beauvoir. ¿Estás de acuerdo?

29 de agosto de 1960

La felicidad se fabrica

Alguien dijo una vez que, para ser feliz, una mujer necesita solo dos cosas: ¡buena salud y mala memoria!

Hablemos pues de la salud, que viene primero, pues permite que las mujeres vivan mejor, sean más bellas y soporten con ánimo los incidentes de la vida. La salud se basa sobre todo en el sueño…, mucho sueño.

Dormir es acumular energías, eliminar el cansancio que, insidioso, nos arrastra a veces a la cólera, a la tristeza, a los malentendidos. Dormir es mucho más simple; y con más garantías que atracarse, por ejemplo, de «píldoras tranquilizantes»… En ciertos círculos de la sociedad, ahora están muy de moda. Pero no son una panacea. Al contrario, son un arma de doble filo, como no se cansan de advertir los médicos. Antes de «doparse», las mujeres deben intentarlo todo y recurrir a ese paliativo solo en circunstancias de emergencia.

Intentarlo todo… No me digas que es fácil decirlo, que la vida diaria exige demasiado para tener tiempo de cuidarse y de descansar, no respondas que eso es bueno para las mujeres que no trabajan y son ricas. La verdad no es esta. Al contrario, frecuentemente se da lo opuesto. Las que tienen una profesión, sea cual sea, aquellas que no pueden prestar demasiada atención a sus achaques, son más fuertes que las otras.

En cuanto a la mala memoria, consiste en olvidar lo que nos ha causado dolor y recordar solo los buenos momentos. La felicidad se puede «fabricar» progresivamente, día tras día. Las personas infelices, frecuentemente, lo son por su propia culpa.

¡Recuerda, pues, nuestro consejo y procura mejorar tu salud y empeorar tu memoria!

19 de agosto de 1960

La medida de las cosas

El descanso no es un lujo, es una necesidad. La mayor parte de la gente cree que una madre mientras tiene hijos pequeños nunca puede descansar porque tiene que estar permanentemente a su lado. Es verdad. Pero también es verdad que la madre hará mejor su trabajo si puede disfrutar de vez en cuando de unas verdaderas vacaciones. Porque madres e hijos se cansan mutuamente: vigilar y ser vigilado es una relación que cansa un poco los nervios... ¿Acaso no es verdad que ciertas cocineras pierden el apetito porque están siempre en la cocina? Pues piensa en eso...

No basta con tener dinero. Hay que saber comprar. Y no basta con saber comprar... Hay que saber usar...

Un vestido, por más bonito que sea, usado fuera de ocasión no adorna. Al contrario. Un peinado «suntuoso» puede estar simplemente «fuera de lugar» si acompaña a un traje de sport. Tú lo sabes, y sabes que el dinero gastado en la peluquería será dinero perdido.

La verdad es que nos sentimos bien cuando nos sentimos «apropiados», adecuados.

¿Hay poca carne para la cena? Usa la cabeza. Quiero decir, ponla al servicio de la invención de un menú que exija menos carne. Una ensalada de berenjena, por ejemplo, «aumenta» el plato principal. Un arroz al horno es, muchas veces, una gran solución. ¿Y huevos? ¿Una tortilla con verduras en juliana? ¿Y una sopa de tomate que preceda al plato de carne y haga que esta ya no necesite ser tan abundante?

¿Sabes divertirte? Pues deberías hacer un curso. Para mucha gente divertirse significa pasar el tiempo o matar el tiempo. Otros se divierten con la mayor seriedad, y, al menor contratiempo, reaccionan ofendidos. Están los que se divierten bostezando... Están los temerosos de que les guste. Y los que dan a la diversión una tensión casi explosiva. Parece que el curso de diversión es una necesidad. Pero un curso divertido, claro.

11 de mayo de 1960

Para descansar, anda

El trabajo ennoblece… pero deforma. La espalda se comba si la persona trabaja curvada, los tobillos se vuelven gruesos si se trabaja de pie; si se trabaja todo el día sentada las caderas aumentan de volumen.

El remedio —siempre que no sea posible cambiar de trabajo— es combatir diariamente las deformaciones de tu oficio. De lo contrario, dentro de diez o veinte años, algún punto de tu cuerpo estará definitivamente perjudicado.

¿Cómo luchar contra ese mal, te preguntarás tú, que tienes una ocupación confinada y sedentaria? Las respuestas son varias y todas ellas simples.

No pases el domingo en el cine o tirada en la cama hasta tarde. Vive, todo lo posible, al aire libre, toma provisiones de oxígeno, que es como un baño interno: purga tus toxinas con ejercicios respiratorios. Procura hacer deporte para combatir tu deformación profesional: anda en bicicleta si tus piernas no se mueven lo suficiente; nada, juega al tenis, al ping-pong o a la pelota, si tu espalda se encorva.

Durante la semana procura distenderte un poco. Se puede incluso, sin parar el trabajo, relajar los brazos, las piernas, estirar la espalda, echar los hombros para atrás, respirar.

Por la mañana, al tomar un baño, aprovecha que el aire caliente ha ablandado tus músculos para desoxidar las regiones de tu cuerpo que «se cansan» más. Por ejemplo, si tu trabajo te mantiene encorvada, haz movimientos con los hombros y ejercicios abdominales. Si, por el contrario, trabajas de pie, debes procurar activar la circulación de las piernas con ejercicios de la parte inferior del cuerpo.

Utiliza también tus trayectos de trabajo. Si son cortos hazlos valientemente a pie, a buen paso, con la cabeza erguida, el cuerpo erecto. Si son largos anda al menos una parte del camino.

Y no digas que te cansas de andar. Cuando andas, en realidad, estás descansando.

2 de septiembre de 1960

Cuida tus nervios

El buen humor, la comprensión, la alegría, son virtudes que la mujer debe cultivar con especial cuidado, porque se reflejan en su piel, en el brillo de sus ojos y de su pelo. El principal enemigo y obstáculo de esos «triunfos» para tu belleza está en ti misma: tus nervios.

El nerviosismo causa insomnio y mala digestión, y ese estado de irritación constante que, además de perjudicar la apariencia física de cualquier mujer, la hace insoportable como compañía. Los hombres detestan a la mujer siempre irritada, inquieta, con mal genio. Esto, cuando no hace que lo pierdas para siempre, destruye la felicidad de tu hogar.

Procura aprender a dominarte, a dejar los problemas de momento irresolubles para cuando puedas resolverlos, a controlar tus explosiones de rabia, a evitar que los pequeños sinsabores te trastornen. No seas pesimista, procura reír.

Cuando insistimos tanto en que la mujer debe esforzarse para conservar su belleza es porque, en realidad, la belleza femenina está de cierta forma ligada a tu felicidad, porque está ligada a la admiración masculina y a la atracción sobre el hombre amado.

La mujer dominada por los nervios no puede ser una mujer bonita, o, por lo menos, no tan bonita como podría ser. Si no tienes fuerza de voluntad suficiente para controlarte y para controlar tus nervios, busca entonces un médico, trátate, obedece sus indicaciones, no solo tomando medicinas sino descansando bastante, alimentándote de forma regular y sana.

Es preciso que hagas eso. Es indispensable para mantener tu felicidad conyugal y la del hombre que amas. Será difícil, al principio, pero el bien que eso te hará te compensará de todo.

1 de enero de 1960

Cura de sueño

Dormir es la mejor manera de mantenerse en forma. No piensas que el sueño es tiempo perdido, ese es un argumento que usan las personas nerviosas. Los que no quieren adaptarse a las reglas del sueño acaban por sentir algún desequilibrio, en general en el sistema simpático, y acusan injustamente al hígado o al estómago.

Hay varios modos de dormir mal. El más común es ir acumulando, poco a poco y sin darse cuenta, noches no muy bien dormidas y acabar sintiéndose mal, sin saber por qué. Esa forma acumulativa de fatiga termina por hacer que se instale en el cuerpo y en el alma un cansancio crónico, ya más difícil de combatir.

Si quieres puedes hacer una cura de sueño. Un mes, más o menos, de este tratamiento —que es al mismo tiempo un tratamiento de belleza— y tendrás la impresión de que vienes de unas largas vacaciones.

¿Qué hay que hacer? En primer lugar, corta lo más posible los compromisos nocturnos muy largos. Después intenta llevar una vida sana. Sobriedad es la palabra que resume esa vida sana. Sobriedad en la comida, sobriedad en la bebida: ausencia total de tóxicos, como alcohol, café, cigarrillos. Hay que mantener también una higiene mental: aprende a relajar los nervios, a encerrar los problemas antes de irte a la cama.

Tu habitación debe estar aireada. Clara y soleada de día, oscura por la noche. Si eres friolera cúbrete con mil mantas pero no dejes la ventana cerrada.

Si tu cuarto, de madrugada, es invadido por la claridad, duerme con los ojos protegidos por una máscara. (Tú misma puedes hacerla, con satén negro doble y cordones elásticos).

¿Los ruidos de la calle o de la casa perturban tu sueño? Ponte algodón en los oídos, o mejor, unas pequeñas bolas de caucho que se encuentran en las buenas tiendas.

La cura de sueño debe ser natural y no provocada por hipnóticos o sedantes. Aprende durante ese tiempo cómo dormir bien y nunca más olvidarás la lección.

20 de junio de 1952

Personalidad

Existen dos tipos de personalidad, los introvertidos y los extrovertidos. El primer tipo es el de aquellos cuyos intereses están orientados hacia su interior. Pertenecen a él, generalmente, personas sin grandes responsabilidades, soñadoras, espectadoras y no participantes de la vida. Los extrovertidos tienen sus intereses en los objetos y acciones externos, generalmente luchan para vivir y tienen a otros bajo su responsabilidad, son activos, dirigentes.

Lo ideal es un término medio, el equilibrio entre el sueño y la realidad, entre la vida práctica, externa, y el profundísimo mundo interior. Aquí van algunas sugerencias para el desarrollo equilibrado de tu personalidad:

1. Procura variar y ampliar tus actividades. La limitación de los intereses te hace a ti misma limitada.

2. Toma decisiones, con firmeza y confianza. La indecisión es lo peor del mundo.

3. Modifica tus opiniones cuando las razones que te presenten sean justas y convincentes. La tozudez sin fundamento es una señal de poca inteligencia.

4. Procura reír, ser alegre. La risa beneficia a la salud y aumenta la simpatía.

5. No rumies tus rabias, que eso te hace mal. Es muy natural que sientas rabia pero alguna que otra vez no la controles; déjala explotar para librarte de ella.

6. No cultives exageradamente el amor propio y el orgullo. La admiración y el respeto ajenos no pueden ser exigidos sino que tienen que ser conquistados.

7. Estudia, procura instruirte interesándote por todo tipo de lecturas.

Con esas cualidades serás tú misma, adquirirás autoconfianza, y, para tu sorpresa, las victorias serán mucho más fáciles.

2 de octubre de 1959

La que no quiere ser ingenua

Cuando se riñe a un crío porque dice que ha comido muchos dulces, la próxima vez comerá posiblemente los mismos dulces, pero tendrá la prudencia de no contarlo.

Cuando el marido llega tarde y dice que se ha quedado hablando con unos amigos, la mujer pone tal cara de enfado o de duda que la próxima vez hablará con los amigos, pero dirá que tuvo que quedarse a trabajar. Bien, un día la esposa descubrirá que no fue el trabajo. Y, claro, pensará que tampoco fueron los amigos.

Cuando la asistenta dice que no ha comprado huevos porque se ha olvidado, la señora se siente tan mal tratada por lo que imagina ser desconsideración o descuido que la asistenta, cuando se vuelva a olvidar de algo, inventará una excusa falsa pero más verosímil.

Cuando la red de mentirijillas esté urdida será difícil deshacerla sin enorme trabajo, sin algunas ofensas mutuas, sin resentimientos e incomprensiones. Sin embargo, la red se urdió principalmente por la desconfianza.

15 de septiembre de 1960

No excites a los niños

Nunca se debe comentar ante un niño acontecimientos impactantes, como una enfermedad grave, una muerte, un desastre. El niño, que tiene una imaginación fértil y activa, compondrá con tintas fuertes todo el acontecimiento, volviendo y revolviendo en su cabeza los detalles del caso. Es como si hubiese presenciado el acontecimiento.

Cuando pasa algo impactante que no pueda ocultarse a los niños procura dar al hecho un aspecto natural, evita comentarlo con otros adultos y, si lo haces, que sea lejos de los niños. Alguien hablará sobre el acontecimiento y fatalmente ellos acabarán por saberlo. Tú, entonces, usarás como escudo para desviar la atención del niño palabras de consuelo, sacando del accidente el máximo provecho, en el sentido de que sirva al niño como ejemplo de posibles peligros. Tu tranquilo y natural proceder dará al niño una impresión menos desagradable del hecho y hará que lo acepte con cierta naturalidad.

12 de octubre de 1960

Si tu hijo es un «problema»

La culpa, amiga mía, es del método educativo que utilizas. Es preciso que entiendas a tu hijo. Y el camino principal para llegar a esa comprensión es el amor. Amar a un hijo, sin embargo, no es absorberlo, dominarlo, amoldarlo a las ideas y a los objetivos de sus padres. Este error, muy común entre padres que desean ver a sus hijos victoriosos, provoca en el niño o en el adolescente la reacción de huir de la atmósfera sofocante del hogar. La personalidad de esos jóvenes quiere afirmarse, y lo hace escogiendo caminos casi siempre equivocados y perjudiciales para ellos mismos. Procuran actuar «contra» las enseñanzas y las imposiciones de sus padres, dando a estos la impresión de ingratitud, malos instintos y falta de sentimientos. Se crea un ambiente de desconfianza y resentimiento mutuos.

Otro error en la educación de los hijos es el «respeto» llevado al exceso. Mantener a los hijos a distancia, destruyendo cualquier lazo amistoso, convierte a padres e hijos en extraños entre sí, creando en el niño un sentimiento de abandono y soledad. «Cuando sea lo suficientemente mayor como para comprenderme…» es como algunos padres disculpan esa manera de proceder. Error. Cuando el niño se haya transformado en adulto será demasiado tarde. Nada podrá entonces unirlo a los padres.

También la bondad excesiva, la condescendencia exagerada, afectan y perjudican a tu hijo. Los padres que acceden a todos los caprichos infantiles, que se inclinan siempre ante ellos, pasan a ser considerados por el niño como un juguete, o a lo sumo como un compañero de juegos más débil. El hijo no siente en los padres la protección, la comprensión y el apoyo que necesita. Se siente, al contrario, desesperado. Pierde la confianza que debería tener en los adultos.

No se formulan leyes generales para la educación de un niño. Es verdad que existe la ley de base para todas, que es la comprensión a través del amor. Pero los métodos para aplicarla varían de acuerdo con el temperamento, la sensibilidad, los sentimientos de cada uno de nuestros hijos. Cada niño es un mundo nuevo, y corresponde a sus padres descubrirlo para conquistarlo y hacerlo fructificar.

6 de noviembre de 1959

Educación

Es preciso inculcar a los niños ciertas reglas de buena educación que puedan perdurar toda la vida.

Procura preparar a tu niño para que pueda salir a la calle y gozar de las delicias de un paseo sin que esté a cada momento pidiendo cosas imposibles o insistiendo en quedarse en lugares inaccesibles.

Los jardines públicos tienen lugares específicos para jugar y ahí el niño podrá divertirse a su gusto, pero al mismo tiempo debe intentar no molestar a los mayores tirando tierra en los bancos o perturbando con gritos e interrupciones la conversación de los adultos.

Con sus amiguitos debe intentar ser amable y no obligar a los otros a hacer su voluntad. Las renuncias deben ser de todos para que haya satisfacción general. Un niño que juega con todos y no se pone de mal humor es una compañía ideal y sus amigos lo buscarán siempre para formar parte de sus juegos. Eso disciplina al niño, y lo prepara para vivir en el mundo de los adultos, que está lleno de sacrificios y concesiones.

En definitiva, debe enseñarse al niño, tanto como lo permita su edad y comprensión, a adaptarse a las diversas situaciones a las que se enfrenta, para que su éxito futuro sea completo, dándole una vida más feliz.

10 de agosto de 1960

¿Para qué sirven los amigos?

Esta es una pregunta que se suele hacer en el peor momento de algún problema grave. ¿Para qué sirve un amigo? Para ayudarnos en las situaciones más difíciles.

No estamos de acuerdo con ese razonamiento utilitario. Un amigo puede servir, eventualmente, para una gran necesidad, y esto es una prueba cabal de que la amistad es verdadera. Sin embargo, también servirá de mucho para los momentos de alegría, satisfacción y para las horas serenas de confidencia. Un amigo será tanto más precioso cuanto más consiga provocar recuerdos agradables en los que participan de esa amistad. Las largas horas de entretenimiento, en una conversación agradable, el tomar partido a favor de un amigo, los pequeños sacrificios…

Gran cosa, importante cosa es tener un amigo. De esos que tienen la serena autoridad de disentir de la opinión emitida sin que haya un conflicto, sin que haya orgullos heridos. De esos que tenemos la certeza de que acudirán en momentos difíciles, pero a los que deseamos no tener que darles nunca ese trabajo. De esos que no necesitan pasar por la prueba de los «momentos difíciles».

20 de julio de 1960

El arte de recibir a tus amigos

Forma parte de los conocimientos que una mujer elegante debe tener el saber recibir, servir y agradar a sus visitas. Aquí van unos consejos, que serán de alguna utilidad:

Si vas a ofrecer un cóctel en tu casa empieza por apartar la mesa hacia un rincón de la sala y coloca sobre ella los aperitivos salados y los dulces. El mantel tiene que ser preferentemente blanco y las frutas variadas y las flores servirán de adorno. Estas, de tu gusto particular, colocadas en el centro de la mesa o distribuidas artísticamente, darán el toque chic. Para obtener un mejor efecto debes distribuir los platos de manera que el propio color de los alimentos ayude a la decoración. Sirve, preferentemente, aperitivos salados y picantes, aceitunas rellenas, pastelitos delicados, banderillas, sándwiches cortados pequeños, anchoas, arenques, canapés de todo tipo, queso, gambas, salchichas, rabanitos, fiambres y una enorme variedad entre la que podrás escoger. Los palillos, para que los invitados los usen al picar los aperitivos salados, pueden ayudar también a arreglar una mesa, si son de plástico, de colores, y deben ser colocados en varios palilleros. La variedad de platos dependerá de tus preferencias, naturalmente. Existen recetas deliciosas y muy fáciles.

El cóctel se sirve generalmente por la tarde o al comienzo de la noche y puede ser precedido por refrescos o por un ponche. Los cócteles (bebidas) que se sirvan serán preferentemente de tipo «seco», y el whisky con soda o solo con hielo también puede ser servido con éxito. Las bebidas se sirven en bandejas y se llevan a los invitados, o se sirven en un bar improvisado en el lugar.

El hielo en los vasos no debe sobrepasar las cuatro piezas. Los vasos de whisky son grandes y sin pie, pero para los cócteles se usan copas de 5 a 7 centímetros. Si quieres servir más cantidad puedes usar también vasos de los pequeños.

18 de diciembre de 1959

En sociedad

Cuando llega el momento de las presentaciones llega para mucha gente la hora de tartamudear. A veces hasta se nos escapa el nombre de las personas. ¿La solución? Un segundo antes de esbozar el gesto de presentación, rememora los nombres y, si sientes alguna dificultad, todavía tendrás tiempo de recordarlos o incluso de disimular, prolongar un poco el intervalo, y, si fuera necesario, pedir a alguien que refresque tu memoria.

¿Qué nombre decir primero? Se empieza por el nombre del caballero si se presenta a una señora, exceptuando el caso de altos dignatarios o de caballeros de mucha edad; en estos casos es la señora la que es presentada. Una señora se presenta a otra mayor.

Y se presentan las jóvenes a las señoras casadas.

9 de noviembre de 1960

Ahorra para hoy

Hoy en día ahorrar ni siquiera es «guardar para más tarde», es ahorrar para el mismo presente.

¿Qué hacer para no gastar más de lo necesario? Voy a sugerirte algunas medidas generales que siempre terminan dando resultado.

Tienes que saber el precio de las cosas. Y del gas y la electricidad. Tú misma debes determinar, en líneas generales, los menús de la semana: la familia tendrá comidas bien equilibradas desde el punto de vista nutritivo y sin desperdicio.

En cuanto al vestuario, hay pequeños cuidados que aseguran al mismo tiempo economía y buena presentación. Lavar con frecuencia la ropa interior significa, además de buen gusto, conservarla más tiempo. Cualquier tejido se debilita si, en el lavado, hay que frotarlo mucho para que quede limpio.

Los zapatos, por ejemplo. Lo mejor es no esperar para mandar arreglar los tacones a que los zapatos ya estén pidiendo otros: un arreglo a tiempo prolonga la vida y el aspecto de cualquier cosa. Hay que coser los tirantes de las combinaciones cuando es necesario y no cogerlos con imperdibles. Además de ser feo, el imperdible acaba por romper la tela. Hay que cepillar y airear los vestidos antes de devolverlos al armario.

Es necesario revisar los bolsos y sacar todo lo inútil. Lo inútil solo deforma el bolso y lo prepara para acabar tirándolo. También se puede aplicar al cuero un betún incoloro, para conservarlo o restituirle la flexibilidad.

La economía, cuando no se vuelve manía ni avaricia, es una fuente de sobriedad, y, claro, de más dinero.

1 de julio de 1960

Belleza para seducir

¿Has pensado alguna vez cuánto tiempo y dinero gastan las mujeres en la belleza?

Por lo que se refiere al tiempo, al menos la mitad de las horas que están despiertas.

¿Todo para qué? ¿Para conseguir la belleza por la belleza propiamente dicha? No, claro. Para gustar y seducir a los hombres, para casarse con ellos.

Los que tratan, como técnicos, de la belleza femenina acentúan la importancia del uso de la pasta de dientes adecuada, del champú correcto, perfume, pintalabios, desodorante, tejidos, cuero, permanentes.

No es fácil de explicar, pero para él la belleza femenina está en una indefinible cualidad (casi química) de atracción. Y los elementos de esa atracción casi química varían en relación con cada hombre.

Bien, pero ¿qué hacer? ¿Por qué una joven no puede asumir la extraña e imposible responsabilidad de gustar a todos los hombres a la vez? Marlene Dietrich responde: «Una mujer inteligente tiene como punto de mira un único hombre. Se viste, anda y habla para gustarle exclusivamente a él. Una mujer tonta los pone a todos en el punto de mira y generalmente no gusta a ninguno».

Robert Palmer, uno de los jueces en concursos de «Miss Universo», dice que en esos concursos lo que él a veces consideraba una belleza de esas que dejan sin aliento era considerado por otro juez un desastre.

Más Robert Palmer: «Lo que más cuenta en la belleza de un rostro son los ojos, porque tienen un lenguaje propio y elocuente. Son la clave de la personalidad. Después de los ojos, la estructura ósea del rostro es lo que más importa. Pero todo eso es superficial. La verdadera belleza es muy profunda, y el hombre que no sea superficial puede encontrarla y apreciarla».

17 de junio de 1960

Las vacilaciones inútiles

Cuando llegas a decir de un vestido: «Quizá todavía voy a querer ponérmelo alguna vez, de modo que lo voy a guardar», es porque en realidad ya no sirve ni para una vez. Está viejo o *démodé* o con un aspecto usado que no hay plancha, ni manera, ni tintorería que lo arregle.

Pero si lo cuelgas otra vez en el armario pueden pasar dos cosas: que lo olvides durante dos años inútiles, o que un día decidas ponértelo y salir y, como siempre, será ese día cuando te encontrarás con alguien en la calle y te dará rabia. Hay también una tercera hipótesis, de las más antipáticas, cada vez que abres el armario para elegir algo de ropa y ese vestido-problema te provoca la duda: «¿Me lo pongo una vez más o no? Hoy no. Pero ¿por qué no?». En fin, una de esas cosas pesadas de la vida diaria. Quiero decir las vacilaciones inútiles que solo llenan la cabeza de «¿sí o no?».

La verdad es que parece que tenemos el avaricioso gusto de abrir un armario y verlo bien lleno. Ahora pregúntate: ¿cuántos de esos vestidos llevas realmente? Si meditas la respuesta será sorprendente. Tengo una conocida que descubrió solo dos o tres vestidos que le gustasen.

El resto tardaba tanto en usarlos que, pensándolo bien, no los usaba realmente. ¿Qué hizo entonces? Después de ese inventario objetivo, decidió dos cosas:

1. necesitaba unos dos vestidos más de «uso real», de esos que hacen algo por ti y no sirven solo para llenar el armario;

2. bastaría con pensar un poco y descubriría varias mujeres para las cuales sus vestidos inútiles servirían de abrigo y alegría.

Entonces decidió dar abrigo y alegría. Y ella misma se sintió alegre.

29 de abril de 1960

Vestidos de cine

Estoy hablando de esos vestidos de artista de cine que vemos en la pantalla, se los describimos a la modista y en la vida real no quedan bonitos.

El diseñador que dibujó el vestido para la pantalla sabe que será visto desde los ángulos más diversos y no solo a la altura de nuestros ojos, como en la vida diaria. Sabe que será iluminado para conseguir efectos especiales. Muchas veces incluso los tejidos son fabricados especialmente para la película, mezclando hilos diversos (hasta de metal) para conseguir la especial fotogenia del conjunto.

El diseñador de la pantalla no crea solo un vestuario. Es el creador de un personaje, un creador de la segunda piel del actor, y quien la admira es el espectador. Pero el mismo modelo, copiado para la vida diaria, puede perder la magia y convertirse en un trapo…

24 de octubre de 1960

Para ratones (o mejor: Contra ratones)

Hasta hoy no se sabe si los ratones viven cerca de nosotros porque somos criaturas simpáticas o porque nos clasifican como «animales útiles», o si simplemente somos un granero excelente. Quién sabe si somos para los ratones un «mal necesario»; por lo que se asustan de nosotros habría que creer que aún no han descubierto un remedio contra las personas.

Ni nosotros. Es decir, todavía no hemos descubierto el remedio perfecto contra los ratones. (Quien vaya un día a pasear por Urca,* ya que las autoridades no «pasean» por allí, va a querer que el próximo Premio Nobel sea dedicado al descubridor de la muerte rápida de estos bichos).

Tal vez matar sea una cosa que no nos compete. Pero por lo menos ahuyentar a los ratones (se irán a otras casas,

* Barrio de Río de Janeiro. *(N. de la T.)*

de donde serán ahuyentados hacia otras, etc., hasta el infinito).

Humildemente, he aquí un paliativo de los más suaves para enviar a los ratones a casa de los vecinos: colocar en los armarios hojas de menta piperita. El secreto es simple, es modesto: a los ratones no les gusta ese olor. La pimienta en polvo también sirve: se esparce bien por los armarios, por ejemplo. (Si el ratón no se va, por lo menos estornudará mucho y al menos le habremos hecho la vida insoportable). Sin bromas: parece que funciona de verdad. Y si es menta piperita, da un perfume agradable a las cosas.

12 de julio de 1960

Retoques al destino

Pescar marido

Ya no estamos en la época en que la única finalidad de una joven era pescar marido. No importaba cuál fuese su calidad. Un marido era el objetivo. Felizmente eso se acabó. Hoy, asistiendo a la universidad, liberándose de los falsos tabúes que hacían de la mujer un ser inferior y eternamente sumiso, el problema del matrimonio pasó a ser encarado de una forma mucho más acertada y serena. Si una joven no encuentra su ideal, no se casa y ya está. Eso no tiene nada de malo. La sociedad ha olvidado el antiguo prejuicio contra las solteronas, y la mujer ha pasado a ser respetada por su propio valor, sin necesitar una presencia masculina a su lado para imponerse. Existen todavía jovencitas anticuadas que viven ese drama ridículo de «pescar» marido. Me gustaría aconsejarles que se acompasen con su tiempo. Que quieran casarse, tener su hogar e hijos, es natural. Naturalísimo. Pero elegid un marido como compañero de vida, el hombre al que debéis amar y respetar hasta el fin de vuestros días. Nada de precipitación. Si el hombre ideal no aparece hoy, aparecerá mañana. Un error en la elección de tu marido puede ser la causa de todo un futuro arruinado. No solo tu futuro. También el de tus hijos.

30 de octubre de 1959

Los novios y los regalos

Es muy común el intercambio de regalos entre jóvenes que se aman e incluso entre amigos. Naturalmente estos detalles deben ser ofrecidos en el momento oportuno y, lo que es más importante, tienen que ser escogidos de acuerdo con la intimidad y la extensión del compromiso que une a los enamorados.

Una joven que se relaciona con un chico aún sin compromiso podrá regalarle cualquier objeto que represente solo un recuerdo y no un valor. Una agenda, un pequeño calendario para la mesa de escritorio, son más apreciados que los regalos más caros e íntimos. Un chico podrá dar regalos de más valor a su novia, si así lo desea, pero con esta actitud estará dando más importancia al vínculo sentimental. Ella podrá interpretar ese gesto como un deseo de profundizar en la amistad o simplemente considerar que su pretendiente es un manirroto.

De un modo general la joven siempre deberá esperar la iniciativa del chico para ofrecerle un regalo, es decir, quien debe empezar el intercambio de regalos debe ser siempre el hombre y no la mujer.

23 de septiembre de 1960

¿Cuál es el marido ideal?

Hay mujeres que prefieren a los rubios, otras prefieren a los morenos de tipo atlético. Eso de las preferencias físicas es fácil de escoger. Lo que importa saber es qué tipo de hombre elegiría una mujer como marido ideal. Qué conjunto de cualidades, virtudes y capacidades debería tener para satisfacer las exigencias de una esposa.

Según la opinión de un grupo de chicas, un marido deberá ser cariñoso y fiel. Estos son los principales atributos. Deberá también ser trabajador, y algunas preferirán, después de esta cualidad, que el marido en cuestión sea ambicioso. Otras prefieren que además de trabajador sea tranquilo, amante del hogar.

Por lo tanto, cariñoso, fiel, trabajador y ambicioso o casero, esas son las principales cualidades que deberá tener el marido ideal. Pero ¿existe realmente el marido ideal, o solo vive en la imaginación de las jovencitas soñadoras?

No es tan difícil —creemos— encontrar un marido que cumpla con las exigencias de las hijas de Eva, porque, cuando un hombre está enamorado, consiente en convertirse en aquello que su amada quiere que sea. Es una pena que pasado ese periodo de pasionitis aguda, el hombre vuelve a ser lo que era, con todos sus defectos y limitaciones.

21 de septiembre de 1960

¿Las mujeres son más astutas?

En cuestión de astucia parece que las mujeres se llevan la palma. Los hombres parecen no tener ninguna tendencia especial hacia esa cualidad propia de los gatos…

Las mujeres cuando no consiguen algo o alguna información directamente intentan con mañas y tretas saber lo que quieren. Acaban, naturalmente, por lograrlo y eso gracias a la astucia que usan para disimular situaciones o para adaptarse a ellas.

Los hombres cuando desean algo siempre van por el camino directo, lo que puede dar buenos resultados o no, mientras que las mujeres no se arriesgan a perder la partida y toman todas las precauciones para que sus planes resulten victoriosos.

Hay mujeres que tienen especial predilección por esos juegos indirectos y salen con tanta habilidad de situaciones embarazosas que muestran extraordinaria inclinación hacia el espionaje o cualquier otra actividad de parecidas características.

No hay duda de que la astucia y el disimulo son armas auténticamente femeninas y las mujeres las usan para vencer en el combate de la vida, especialmente contra las otras mujeres cuando el tema es: ¡el hombre!

22 de enero de 1960

Eva y el dinero

¡Las mujeres gastan demasiado! Parece ser que las mujeres, más que los hombres, tienen la tentación de gastar. Tal vez sea porque son ellas las que hacen las compras para la casa, o porque tienen una debilidad especial por los escaparates bien ordenados. Lo cierto es que los comerciantes consideran a las mujeres las grandes compradoras.

Los maridos suelen quejarse de ese deseo de gastar, que es tan propio del sexo femenino y que causa tantos perjuicios a la familia. Sin embargo, si lo miramos bien, las mujeres no gastan realmente tanto y, si lo hacen, es por necesidad. Las aspiraciones de toda la familia encuentran eco en el corazón solícito de la madre excepcional. Ahora es que el marido necesita una camisa más fina, ahora son los niños que necesitan zapatos o que quieren ese juguete que toda la ciudad desea. Todo eso tiene que resolverlo el ama de casa que mantiene bajo su control los cordones de la bolsa familiar. Comprará o no comprará… Esa es la cuestión. Si el corazón flaquea un poco, aunque sea por un momento, las últimas reservas de resistencia desaparecen y la mercancía pasa a manos de la compradora. Muchas veces esa concesión va a resultar muy cara para equilibrar las finanzas. Pero ¿quién puede juzgar el corazón de una madre, cuando desea ver una sonrisa de felicidad estampada en los ojos de un hijo, aunque sea por un momento?

18 de enero de 1961

Los hombres y los consejos femeninos

El hombre siempre cree que su opinión es mejor y que, por lo tanto, debe prevalecer, cueste lo que cueste. La terquedad masculina en esta cuestión es un hecho ya comprobado. Prueba de esto es el consejo de un dignatario chino, que sugiere a los hombres que nunca acepten los consejos de sus esposas aunque ellas tengan razón. ¡Peor para ellos!

Si la mujer aconseja al marido no tomar tanta salsa de aquella, probablemente él comerá más todavía y tendrá una indigestión dos veces peor, solo para probar que su media naranja no sabe lo que dice.

Un caso típico de esa «alergia» masculina es lo que pasó hace poco en un tribunal: la esposa se quejaba de su marido sordo porque cada vez que ella empezaba a decirle algo por su bien, el muy tozudo desconectaba el aparato de audición.

¡Si ni el rey de Siam pudo comprender que una mujer tenía razón y el rey estaba equivocado!

Sin embargo cuántos maridos podrían evitar situaciones embarazosas y desagradables si escuchasen más los consejos de sus esposas.

Un consejo es lo que no aceptamos porque deseamos la experiencia, y la experiencia es lo que nos queda cuando hemos perdido todo lo demás.

4 de marzo de 1960

Comprende a tu marido

No es tan difícil como parece. Si se le trata con cariño, con un poco de mimo, si no se le lleva la contraria, todo hombre es un ángel. Cariño no nos es difícil darle, si lo amamos. Mimos…, después de todo creo que este es verdaderamente el destino de las mujeres, ¿no os parece? No contrariarlo…, ese es el problema. Eso no siempre es fácil, y no siempre es posible. A pesar de todo hay que tener prudencia, tacto e inteligencia cuando decididamente no podemos estar de acuerdo con él. Nunca hacerlo con altivez y severidad. Eso despierta en el hombre el instinto de lucha y nace la discusión que muchas veces destruye el hogar. Los hombres detestan las discusiones aún más que nosotras, o eso dicen. Pero no las rechazan cuando hay una pequeña razón para ellas. La mujer, por su temperamento más afectivo y predispuesto al perdón, olvida con facilidad las malas palabras surgidas en una discusión. A los hombres no les pasa lo mismo. Conozco algunos que vieron su matrimonio arruinado por una palabra irreflexiva de su mujer. Uno de ellos, que vivió en la misma casa con su mujer durante doce años sin decirle una palabra, me contó que se casó por amor, pero que todo ese amor desapareció el día en que ella maldijo su matrimonio y en el auge de una discusión exclamó: «Maldito sea el día en que me hicieron casar contigo». «La hicieron casar.» Y ella respondió que era una niña cuando se casaron, y que los otros adultos fueron responsables de la tontería. No es tan grave, o no nos lo parece, lo que ella dijo. Sin embargo, por esa frase, ella perdió a su marido, toda su felicidad se fue al garete. Acabada la educación de los hijos, se separaron definitivamente.

¡Cuidado, por lo tanto, con la manera como tratas a tu marido, amiga y lectora! Piensa en lo que sería perderlo... y atiende a sus caprichos. Si no, usa diplomacia y delicadeza. Te aseguro que es el mejor medio de domarlos.

4 de septiembre de 1959

Reciprocidad

La mayor parte de las mujeres sueña con el hombre ideal. Para ese hombre ideal exigen un físico atractivo, personalidad, cultura, caballerosidad y, casi siempre, dinero y posición social. Está bien. Nadie va a desear como compañero a un hombre que no posea tales requisitos. Se acepta cuando no hay otro remedio, pero no se le coloca en el altar del ideal.

Lo que pasa, sin embargo, es que las mujeres casi nunca piensan en lo que darán a ese hombre a cambio de tantas cualidades exigidas. ¿Un físico bien cuidado? ¿Un espíritu brillante? ¿Dulzura? ¿Comprensión? La primera cualidad la usan, generalmente, solo como arma de seducción y, bien agarrado el marido, se desinteresan de él. Continúan arreglándose, sí, pero para los extraños. Para el marido no. ¿Espíritu brillante? No gastan esa riqueza con el pobre compañero, de quien habían exigido y siguen exigiendo tanto; guardan sus frases ingeniosas, su buen humor, su alegría, para usar en los salones. En la intimidad, casi no hablan, o si lo hacen es solo para quejarse de los achaques, de los problemas con el servicio y de la falta de dinero. La dulzura femenina se transforma en un insoportable refunfuñar. La comprensión pasa a ser una leyenda.

Veamos, amigas y lectoras, ¡eso no es justo! Si existe un hombre que merece de nosotras toda la simpatía, todo el cariño y todo el calor de nuestro encanto, ese es nuestro marido, que nos proporciona un hogar, nos apoya en las horas de depresión, nos ayuda en las enfermedades, nos protege con su nombre y con su persona. Además, no debemos olvidar que el hecho de estar ligado a nosotras por la ley no lo esclaviza, y que hay otras mujeres por el mundo, que también buscan su hombre ideal y que puede ser que deseen al nuestro. Insatisfecho, sin recibir nada de lo que se le debe, será presa fácil. Y reconquistarlo, después de perderlo, es mucho más difícil de lo que pensamos. Casi puedo decir que es imposible.

6 de febrero de 1960

Receta de matrimonio

Hay muchas recetas para un matrimonio feliz, como hay innumerables recetas para el mismo tipo de pastel, de tarta o de flan. Los ingredientes varían solo ligeramente, para que la uniformidad no se transforme en rutina.

Esta receta tiene como puntos principales dos ingredientes: el deseo de acertar y la noción falsa de la felicidad.

Los jóvenes contrayentes que desean sinceramente ponerse de acuerdo haciendo concesiones razonables, y que no procuran medir lo que dan por la medida de lo que reciben, tienen un punto muy importante a su favor y pueden decir que la batalla está medio ganada.

El segundo es un concepto más arraigado: la falsa noción de felicidad. La mayoría de los jóvenes están convencidos de que la felicidad entra en nuestro corazón por pura suerte o casualidad, que no necesita ningún esfuerzo por nuestra parte y que si no nos casamos con el hombre o con la mujer de nuestro destino no seremos felices.

Todo esto no pasa de ser un tópico, ideas repetidas incontables veces, que acaban por encontrar guarida en nuestro corazón. La felicidad, para ser alcanzada, tiene que ser duramente perseguida, atraída por decenas de medios y modos. Nada de sentarse a esperar que nos llame. Nosotros somos los que debemos hacerle señas con una vida ordenada, de objetivos equilibrados y razonables, con una dosis de sacrificio, y el corazón lleno de optimismo.

9 de marzo de 1960

¿Los feos son mejores maridos?

No se puede plantear esta cuestión desde una perspectiva tan restringida, pero podemos argumentar, desde el otro lado del problema, sobre los hombres guapos. Se ha dicho alguna vez que los hombres de bella apariencia física son una plaga para la sociedad. Esto es una crítica injusta y no carente de envidia. ¿Alguien ha dicho que una mujer bonita es un mal? Muy al contrario…

En realidad, las probabilidades de que un hombre guapo sea un buen marido son menores que las que tiene un hombre con pocos atractivos físicos. Un hombre de tipo galán está siempre rodeado de admiración femenina, y esa admiración es tan fuerte que muchas mujeres llegan a despreciar el hecho de que el hombre esté comprometido. La apariencia física siempre ha ejercido una profunda atracción sobre las mujeres en general.

Si, por una parte, una esposa casada con un hombre guapo siente un justificado orgullo de ser acompañada por él y de recibir su amor, por la otra vivirá siempre en constantes sobresaltos, porque sabe que su marido es terriblemente codiciado. En compensación la esposa de un hombre feo, sin tener a su lado un galán que atrae la atención de todas las mujeres con las que se cruza, tendrá una vida más tranquila y sin aprensiones, porque sabe que su marido pasa desapercibido.

7 de septiembre de 1960

No es sólo el príncipe azul

Tanto se habla de chicas que no escogen suficientemente bien al compañero de su vida y que, por eso, fallan en su matrimonio, que hasta nos olvidamos de las que escogen demasiado y se quedan sin compañero...

Quién sabe si tú, sin tener realmente conciencia de ello, sigues esperando al príncipe azul. Y, quién sabe, a lo mejor tienes una idea vaguísima de lo que es un príncipe azul y no encuentras en ningún hombre las señales de un sueño que tuviste cuando tenías quince años. Si este es tu caso, ¿no ha llegado ya la hora de vivir la realidad? La mejor guía para un matrimonio no es una pasioncita. Si tienes ternura, no importa que tu cabeza no dé vueltas de pasión. El matrimonio también es amistad, también es delicadeza, compañerismo y alegría serena.

18 de agosto de 1960

Ah..., las definiciones

A veces entendemos muy bien las cosas, pero a la hora de definirlas no lo logramos. A veces he pensado si será una incapacidad mía o si es realmente difícil definir. O las dos cosas.

Pero un día vi una definición tan indirecta que llegué a la conclusión de que el truco muchas veces es rodear el tema, y al rodearlo, si lo miramos bien, ya lo hemos dicho. Y la definición era de las más difíciles. Era sobre religión, dada por S. M. Shoemaker, en su libro *La experiencia de la fe*.

Dice: «Un hombre no consigue describir o definir a su novia, y mucho menos lo que siente por ella, ni analizar qué es lo que hace que ambos se gusten, aunque el brillo de sus ojos y la dificultad de hallar palabras sean bien elocuentes. Las personas y las relaciones personales no se dejan encuadrar en definiciones precisas. Un fotógrafo consigue decirnos algo sobre una persona. Pero un amante acaba por desistir:

—No lo sé explicar, la única manera es presentarle a mi novia.

»Y es esto —concluye el autor— lo que podemos decir sobre Dios».

Y con esta frase intenta presentarnos a Dios.

24 de mayo de 1960

Las peleas

¿Las parejas que discuten a veces son infelices? Hay mujeres que empiezan a hablar pronto, intentando discutir con el marido, y si él consigue guardar un silencio heroico, empiezan a acusarlo de indiferente y cruel, de marido que no presta atención a lo que dice su esposa. Esas mujeres, con tal actitud, están creando un enorme abismo entre ellas y su marido, víctima de la incomprensión y del egoísmo de su esposa.

Las peleas, sin embargo, pueden servir como fuente aclaradora o, para usar una palabra más moderna, para liberar al cónyuge que se siente oprimido o víctima de una injusticia. Una pelea sin grandes consecuencias tiene también el efecto de limpiar un ambiente cargado. Si esas discusiones son por un asunto corriente, como la poca atención del marido o el retraso de la esposa más de dos horas; o si el marido se queja de que no le ha hecho buena comida últimamente o la esposa cree que su marido la está olvidando y no le dedica tanto cariño como antiguamente, entonces no hay que temer que se transformen en algo más grave y puedan acabar en separación. Son solo conversaciones necesarias entre esposos para aclarar dudas y tomar nuevas directrices. A veces son muy eficaces.

31 de diciembre de 1960

La gota de agua

Existe en el matrimonio un punto límite en que la tensión entre marido y mujer puede estallar por el menor incidente. Sería interesante, y útil, localizar precisamente ese punto límite, pero no es fácil. Podríamos incluso citar varios motivos de divorcio alegados recientemente en tribunales americanos, sin conseguir, a pesar de eso, catalogar las razones que llevan a una pareja a separarse.

La humillación, por ejemplo, fue lo que llevó a un marido a pedir el divorcio. A su esposa le gustaban los animales, contó al juez. El gusto en sí no era censurable. Pero es que ella lo obligaba a compartir la habitación con un gato, un perro, un loro, tres acuarios de peces y seis cobayas. Además vivía diciendo que prefería la compañía de los animales a la suya.

Lo que hizo a otro marido alcanzar el punto límite fue la edad ajustable de su mujer. Antes de la boda ella le dijo que tenía 39 años. Después corrigió el número por 49. «¿Y esa es su verdadera edad?», preguntó el juez al marido. «No, ¡realmente tiene 55 años!».

Uno de los motivos más comunes de ruptura matrimonial es que uno de los cónyuges quiera modificar el temperamento, las costumbres y los gustos del otro. Un marido recientemente pidió el divorcio porque, según él, «mi mujer empezó por prohibirme beber cerveza. Después me hizo prometer que no fumaría más en casa. Cedí a esas exigencias, incluso a la de abstenerme de usar pijamas a rayas; pero cuando decidió interferir en mi gusto para las corbatas…».

Está claro que si no fuera la corbata, cualquier otro artículo podría servir cuando se alcanza el punto límite. Una pareja llegó a la conclusión de que les resultaba imposible la vida en común porque no se adaptaban como compañeros de juego. Pero, evidentemente, antes del juego, habían surgido otros desacuerdos que se fueron acumulando hasta formar la famosa gota de agua que hace desbordar el vaso…

12 de agosto de 1960

Ellas mandan

¡Qué tontas son esas mujeres que ignoran que son ellas las que mandan y gobiernan!

A primera vista parece que el hombre manda, pero es siempre la mujer quien decide. Es también ella la que conquista.

Cuando quiere esconder algo, lo esconde con tranquilidad, consciente de su poder y ascendiente. Cuando el hombre hace algo en secreto, sea lo que sea, enseguida piensa: «Si mi mujer lo supiese...». Esto revela que la mujer manda... y que el hombre teme.

Por eso te digo: tonta, no luches por imponer tu voluntad, pues, al final, va a dar lo mismo, y «él» pensará como tú piensas.

Napoleón era un genio, nadie osaba hablar en su presencia, pero en presencia de Josefina Napoleón se arrodillaba.

No grites para imponer tus ideas: alcanzarás tu objetivo con bondad y ternura... Guerreando la mujer nunca ha ganado ninguna batalla...

14 de octubre de 1960

Indiscreción

Los hombres dicen que nosotras, las mujeres, no sabemos guardar un secreto. ¿Será verdad eso? Plutarco ya contaba esa historieta, que no dice mucho en favor de nuestra discreción: los senadores romanos se iban a reunir para discutir un asunto que no querían hacer público. La esposa de uno de ellos, muy curiosa, tanto insistió que su marido acabó contándole que un ave gigantesca había pasado sobre Roma, armada con una lanza y un casco. El Senado se iba a reunir para discutir con los sacerdotes si ese hecho representaba un peligro o un buen augurio para el Imperio Romano. La esposa del senador, excitada con la noticia, corrió a contársela «en secreto» a su criada de confianza, que también prometió no contárselo a nadie. Al llegar al Senado para la sesión, el senador se encontró con un gran alboroto y una multitud esperándole, deseando saber detalles y exigiendo la respuesta de los sacerdotes al extraño acontecimiento. El senador se libró como pudo, y más tarde, al llegar a casa, reprochó a su mujer su locuacidad. Esta, muy mujer, le aseguró que no había contado a nadie el secreto y que si este se había hecho público debía de ser por la liviandad de la esposa de cualquier otro senador que no había sabido callarse. El marido le dijo entonces que toda la historia del pájaro no era más que una invención suya, en el último momento, para librarse de su insistencia, lo que probaba que el origen del rumor solo podía ser uno.

Plutarco cuenta esto naturalmente para desmoralizarnos. Pero ¿los hombres saben guardar un secreto? Si no guardan ni el de sus conquistas... ¡o el de las conquistas que ni siquiera hacen!

23 de diciembre de 1959

¿La mujer o el oro?

Parece que de pueblo a pueblo las fuentes de inspiración para las obras de arte son diferentes. La *Ilíada* y la *Odisea* tuvieron como estímulo y razón de ser de sus héroes el amor. En Alemania, en cambio, el famoso Anillo del Nibelungo cuenta la lucha por el tesoro, y lanza a los dioses unos contra otros por la conquista del oro. El amor fue relegado a un segundo plano. ¿Prueba esto que los alemanes aman menos? No lo creo. Aunque menos románticos, no son insensibles a las locuras del amor. Hay que recordar que fue el amor más lírico de todos los tiempos el que inspiró a Goethe para escribir su *Werther*. En el mundo actual, ¿qué decir? La mujer, si no trata de afirmar su prestigio, acabará por quedarse atrás. El dinero y el poder están decididamente dominando más a los hombres y el llamado «bello sexo» va perdiendo su «cartel». ¡Decididamente hay que reaccionar, amigas mías!

23 de marzo de 1960

Y el amor se desvanece

¡Tener un amor! ¡Amar!… ¡Ser dueño de un cariño!… ¿Alguien imagina lo que esto significa?… ¡Es como tener el sol irradiando dentro del alma! Es la alegría de andar sobre la tierra, es el arte de volar hasta las nubes. Es el don de hacer que los deberes sean blandos o duros…

Nuestra existencia convierte en luz las tinieblas opacas y nos alivia de todo lo que está dentro o fuera de nosotras mismas…

El amor lo concilia todo, ligándonos a la vida y poniendo en nuestro corazón el miedo a perderla.

Utilizamos toda la energía material y espiritual que poseemos en ese grande y profundo bien terreno.

Cuántas vidas renacen por un poco de amor; cuántas ilusiones toman cuerpo…

Cuidemos muy bien del amor que poseemos, porque si bien es cierto que nace de la cosa más pequeña, también es cierto que se desvanece con facilidad y cualquier cosa puede matarlo, a veces la falta de una caricia, otras una simple corriente de aire frío…

30 de septiembre de 1960

Ellos detestan…

… que se vea la combinación, aunque sea bonita.

… un peinado tipo «existencialista», que más parece una madeja embrollada o un peinado de mendiga.

… ese bolso que, abierto un momento, da la rápida impresión de una miniatura de pocilga, con perdón por la comparación: cuentas antiguas y arrugadas, un peine con pelos, un poco de polvo de maquillaje caído, un pañuelo que debería haber sido lavado hace semanas, papelitos dispersos con mil notas, un pintalabios con el estuche manchado de rojo. Eso le puede pasar de vez en cuando a cualquier mujer, lo que no se permite es «siempre».

… las uñas con el esmalte descascarillado, que da la penosa impresión de cicatrices mal curadas.

9 de agosto de 1960

Lo que ellas dicen

Mme. Jolie Gabor, madre de las tres Gabor y bonita como ellas: «Si quieres ser amada a cualquier edad empieza por romper el calendario y tirar el reloj. ¡Esos dos objetos son la obsesión equivocada de la mayoría de las mujeres!».

Paulette Godard cerca de los cincuenta años: «Hay que luchar por la juventud. ¡Yo lucho con ayuda de la bicicleta!». (Efectivamente, además de Marilyn Monroe, ella es la única a quien no le molesta pasear en bicicleta entre los Cadillacs de los otros).

Marlene Dietrich: «Ser bella es un arma de dos filos. Hay que evitar que se vuelva contra ti con el paso del tiempo. Yo comprendí muy pronto que la belleza no era suficiente para ser amada toda la vida. Y entonces empecé a luchar…».

9 de septiembre de 1960

El valor

¿Quién es más valiente? ¿El hombre o la mujer?

Es muy simple. Habla de sacar una muela o de una inyección intravenosa. Aconseja a un amigo y a una amiga, por igual, que deben ponerse una serie de aquellas inyecciones grandes, en la vena, y verás la reacción de cada uno. Con frecuencia el hombre aparentará valor hasta que se enfrente a la jeringa, pero otras veces se desmayan con una simple inyección intramuscular. No es un chiste, cualquier enfermera podrá atestiguar lo que se dice aquí.

El hombre se enfrenta más fácilmente a una situación difícil en la que una mujer temblaría de la cabeza a los pies, como un robo en casa, o un accidente, pero cae completamente abatido por un dolor de muelas o de cabeza. Se considera cierto que los hombres se quejan tanto cuando sienten algo aunque sea insignificante porque les falta paciencia y espíritu de comprensión y al mismo tiempo porque enferman con menos frecuencia.

Hay, sin embargo, una gran diferencia entre el valor del hombre y el de la mujer. La mujer tiene valor para el sufrimiento, reacciona vigorosamente ante una desgracia, pero huye de un ratón, mientras que el hombre resuelve problemas intrincados y sale a pecho descubierto en la noche oscura tras un ladrón que intentó asaltar su casa, pero gime perdidamente por un trivial dolor de cabeza.

27 de julio de 1960

Test de cortesía

No seas demasiado exigente con «sus» modales. Pero si quieres ayudar a tu marido a parecer más cortés, haz con él este test y comprobad los dos en qué fase de progreso está.

—Cuando entra en un restaurante con una señora, ¿deja que su compañera lo preceda? (El hombre entra primero en el restaurante, para buscar mesa).

—Cuando sale del restaurante, ¿va delante de su compañera? (La señora debe precederle a la salida).

—Cuando pasea con una señora y un amigo, ¿coloca a la señora entre los dos o va junto a su amigo? (La señora debe ir entre los dos caballeros).

—¿Él baja del autobús o tranvía antes o después de una señora? (Baja antes, para ayudar a la señora a bajar cómodamente).

—Cuando los lugares en el teatro o en el cine están en el centro de una fila, ¿deja que la señora lo preceda? (No).

—¿Qué hace cuando su compañera saluda, en la calle, a alguien que él no conoce? (Aminora un poco la marcha por si la señora quiere pararse un momento).

8 de julio de 1960

Marido y mujer

Las mujeres tienen y deberán tener gran influencia en la vida del marido. Hay un dicho antiguo y poco original que dice «La mujer hace al hombre». Nada más cierto, porque la esposa, con su amor y capacidad de organización, puede ayudar a su marido a subir en la vida, haciendo que él tenga más confianza en sí mismo.

Una mujer que recibe al señor de la casa con un aspecto cansado y desplegando ante él un rosario de quejas sobre sus problemas caseros, discusiones con el servicio y rabietas de los niños está aburriendo a su marido y solo conseguirá que él vaya aborreciendo gradualmente su hogar. En una atmósfera así, las preocupaciones que el marido tal vez traiga de la calle, sus preocupaciones, sus problemas, no encuentran una válvula de escape y aumentan, poniéndolo de mal humor, nervioso y poco apto para resolver las situaciones que le esperan al día siguiente.

¿Qué debes hacer para ayudar a tu marido a progresar en la vida? En primer lugar debes mostrarle de diversas maneras que tienes confianza en él. Al mismo tiempo debes interesarte por su trabajo, oír sus largas disertaciones sobre los acontecimientos del día, y procurar mantener siempre la casa limpia y presentarle platos sabrosos y agradables a la vista.

20 de diciembre de 1960

Vida en común

¡Los hombres y las mujeres se aburren mutuamente! Cuando se casan deciden vivir juntos, cuidarse uno al otro, y compartir sus comidas, sus pensamientos, sus costumbres y sus vacaciones, en fin, todo, hasta la muerte. Un mundo que ya no tiene fin. No me extraña, pues, que se aburran uno al otro.

En realidad, cada hombre necesitaría cinco [sic] esposas: una que sería el encanto, otra que sería el ama de casa, una tercera que sería su amor y, finalmente, una para escucharlo con paciencia. Por otra parte, la mujer también necesita cinco maridos: el primero para ganar dinero, el segundo tendría que ser gracioso, otro un guardaespaldas, el cuarto cargador, y el último para divertirla.

Robert Louis Stevenson dijo una vez que dos personas que van a vivir tantos años juntas tienen que tener una cierta dosis de inteligencia para no aburrirse hasta la muerte. Según los psicólogos, un individuo del sexo masculino pasa generalmente un tercio de su tiempo sintiéndose aburrido mientras que las mujeres se aburren con mucha mayor frecuencia. Una esposa de cada siete tiene aburrimiento crónico y siempre cree que necesita cambiar de ambiente, hablar con otras personas y ver cosas nuevas. Solo cuando dos personas tienen muchos intereses en común y mutua tolerancia pueden vivir juntas sin periodos de desánimo.

Por otra parte, en un caso de divorcio, el marido dijo al juez: «Ella no sabe hablar de nada a no ser de cocina. No consigo mirarla sin bostezar». ¡Pobre mujer!

22 de julio de 1960

Ellos detestan…

… capas superpuestas de esmalte sobre las uñas que les dan un aspecto de viejas garras gastadas. Cuando la laca está descascarillada y no hay tiempo de renovarla es mejor quitarla que intentar corregirlo con arreglos.

… mujeres que se peinan en la mesa del restaurante. Retocar el pintalabios o empolvarse muy ligeramente es tolerable en la mesa. Pero peinarse, nunca.

… las mujeres que hacen mil muecas para pintarse los labios. Es inútil ser bonita un minuto antes y un minuto después si de repente sucede algo inesperado: una cara haciendo muecas increíbles.

… las chicas que se empolvan de esta manera discreta: sacudiendo la esponja antes de usarla y levantando una nube que empolva también la ropa del caballero.

… una almohada llena de marcas de pintalabios solo porque *madame* no se quitó el maquillaje antes de acostarse.

3 de agosto de 1960

La ilusión de la generosidad

A todos nos gusta decir que somos generosos y desprendidos, pero si nos analizamos con objetividad llegaremos a la conclusión de que el primer amor, la primera generosidad, la gran preocupación los sentimos por nosotros mismos. Cuando el «yo» lo tiene todo, cuando el «yo» está contento, entonces empezamos a ser generosos con los otros. A nadie amamos tanto como a nosotros mismos; somos nuestro gran amor.

Cuando estamos enamorados, no amamos porque nuestro cariño dé felicidad a otra persona sino porque nos da felicidad. Si se trata de defectos, nos creemos siempre libres de ellos. Si son virtudes, están tácitamente incluidas en la opinión que tenemos de nosotros mismos.

Raramente tenemos el valor de preguntarnos: «¿Por qué estoy haciendo esto? ¿Por mí o por los demás?». Siempre la conciencia nos respondería: «Por ti; si no te gustase y no te diese algún bienestar, no lo harías».

Los más generosos son culpables de este pecado. Y los que lo ignoran o lo niegan, es porque no tienen el valor y el coraje de reconocerlo.

17 de diciembre de 1960

Generosidad

¿Son los hombres más generosos que las mujeres? Un mendigo profesional solía decir que las mujeres no son tan generosas como parecen. Suelen ser mucho más avaras. Dan consejos en vez de dinero. En cuanto a los hombres, es mucho más fácil que den limosna, especialmente cuando van acompañados.

Pero esa generosidad cuando van acompañados es solo un esfuerzo para impresionar a la novia, por lo tanto no debería contar como un punto favorable.

Se cuenta el caso, por ejemplo, de aquella mujer que tuvo que separarse del marido porque este, por economía, no permitía que ella tomase postre. Ineludiblemente cada día empezaba una discusión a la hora de cenar, después del plato principal.

Pero los porteros y los empleados en general están de acuerdo en que las mujeres dan propinas muy pequeñas en comparación con las que dan los hombres.

En compensación, los hombres no deberían tener tanta fama de generosidad solo porque gastan más dinero cuando salen con su novia o porque compran unas orquídeas cuando ni siquiera podrían comprar una margarita. Desde niños los hombres sienten esa necesidad de «exhibirse», especialmente ante una chica.

Lo cierto es que la generosidad real no puede ser juzgada por tales apariencias exteriores. El único lugar donde se puede formular un juicio así es en la intimidad del hogar, y ahí ambos sexos se igualan.

29 de junio de 1960

¿Estás preparada para casarte?

Cuantas más veces respondas «sí» a las siguientes preguntas, más preparada estarás. Solo vale un «sí» verdadero, sincero…

—¿Te parece que tener pretendientes está perdiendo la gracia?

—¿Sientes que puedes resolver problemas sin consultar con tu madre o con tu padre?

—¿Tu novio y tú estáis de acuerdo sobre la religión?

—¿Evitas hacer planes para reformar o corregir a tu futuro marido después de la boda?

—¿Crees que te gustará quedarte muchas noches en casa, ocupada en pequeñas labores domésticas, si no podéis salir mucho?

—Si casarse ahora significase, por razones financieras, vivir con tus suegros, ¿preferirías aplazar la boda?

—¿Prescindirías de un vestido nuevo o de un artículo de lujo en favor de un objeto para la casa?

—¿Aplazarías la «casa ideal» en favor de la casa práctica y realista que tus posibilidades permiten?

—¿Has estudiado el coste de vida en relación con el dinero del que dispondréis después de la boda?

—¿A tu novio y a ti os parece bien el cursillo prematrimonial?

10 de agosto de 1960

Inutilidad

Cuando lo hemos hecho todo para que nos amen... y no lo hemos conseguido, nos queda un último recurso: no hacer nada más.

Por eso, cuando no obtengamos el amor, el afecto o la ternura que habíamos solicitado..., será mejor desistir y buscar más adelante los sentimientos que nos negaron.

No hagamos esfuerzos inútiles, porque el amor nace o no nace espontáneamente, nunca por imposición.

A veces es inútil esforzarse demasiado... No se consigue nada; otras veces nada damos y el amor se rinde a nuestros pies.

Los sentimientos son siempre una sorpresa. Nunca han sido una caridad mendigada, una compasión o un favor concedido.

Casi siempre amamos a quien nos ama mal y despreciamos a quien más nos quiere.

Así, repito, cuando lo hayamos hecho todo para conseguir un amor, y hayamos fallado, nos queda un único camino..., el de no hacer nada.

12 de octubre de 1960

Clases de seducción

Seducción y feminidad

La seducción de la mujer comienza con su aspecto físico. Una piel bien cuidada, unos ojos bonitos, brillantes, el pelo sedoso, un cuerpo elegante, atraen las miradas y la admiración masculina. Sin embargo, para que esas miradas y esa admiración no se desvíen decepcionadas, es necesario que otros factores, muy importantes, influyan favorablemente, formando lo que podríamos llamar la «personalidad cautivadora» de la mujer.

La alegría, la delicadeza y la feminidad de los gestos, de las actitudes, de las palabras, por ejemplo. Un ser alegre siempre predispone a los otros a la simpatía, siempre que no sea una alegría ruidosa o vulgar. La chica tristona, desinteresada de todo, de aspecto enfermizo o hastiado, aburre siempre a los hombres. Y huyen de ella como de un castigo.

La feminidad es otra cualidad positiva. Muchas mujeres modernas adoptan actitudes masculinizadas, palabras groseras, libertad exagerada de lenguaje o de maneras, y creen que eso es bonito, que van a encantar a los hombres. Error. Todavía no conozco a un solo hombre que no confiese preferir la feminidad a todas las otras virtudes de la mujer.

Otro factor de seducción es la personalidad. No la personalidad que se impone a gritos y con exigencias, sino una personalidad que está junto a la de su compañero, ayudándolo, incentivándolo, comprendiéndolo. Sin disminuirlo nunca, sin recriminarle que no es brillante, que no es rico o atractivo como otros que conoce. Una personalidad hecha de un poco de vanidad, un poco de coquetería, un poco de malicia risueña, un poco de ternura, un poco de abnegación. Y mucho, mucho, de feminidad.

30 de diciembre de 1959

El color del glamour

Técnicamente el negro es la inexistencia. Pero, en términos de moda femenina, es el color del momento y sobrepasa a todos los otros en seducción y elegancia. Ha dejado de ser ahora una prerrogativa del invierno y es el color que se llevará también este verano, no de manera clásica y discreta, sino para ser ultrachic y encabezar las tendencias de la moda. Además, ¿qué mujer no se siente atraída por él? Tanto para las rubias como para las morenas es el color del encanto, de la personalidad. Según su aplicación puede ser suave, osado, impactante, puro o violento…

Pero ¡atención! Es un color que no soporta la mediocridad. Cuidado si tu piel no es lozana o si ya pasas de los 40. El negro exige un maquillaje impecable, un aspecto *soigné*, pelo bien peinado. Mechones caídos sobre los hombros, pelo revuelto, son un veneno para el negro. Si tu piel está perdiendo el tono cálido que le dio el sol, si te sientes «gris», no dudes, durante ese momento de transición, en recurrir a algún producto que te dé artificialmente una piel dorada, o maquíllate con una base que iguale las manchas.

Tus cejas y pestañas deben estar impecablemente cepilladas y maquilladas. Elige una «sombra» clara o incluso plateada para los párpados, en armonía con el tono de tus ojos. Y abandona el pintalabios muy claro. Un pintalabios vivo hace destacar mejor el cutis y el negro de un vestido. Un rojo azulado sienta muy bien a tu piel marfileña. Si tu pelo es pelirrojo o de un rubio rojizo y tu piel dorada, elige un pintalabios anaranjado, pero no mucho.

Ni que decir tiene que las manos y las uñas maltratadas afean el negro, así como los guantes y los bolsos manchados.

Pero eso, como ninguna de vosotras ignora, se aplica a todos los colores. Pero, cuando elige el negro —el color más nítido, más impecable, más seductor—, la mujer tiene la obligación de ser, más que nunca, nítida, impecable, seductora.

8 de noviembre de 1960

Perfume, la más antigua de las armas

Es un arma, sí, pero de esas que tienes que usar a traición. Cierto tipo de honestidad en los trucos de seducción femenina es contraproducente. No puedes, por ejemplo, perfumarte ante el «ser amado», porque en vez de estar usando un arma solo estarás mostrando cómo se usa…

¿Son deshonestas estas precauciones estratégicas? No, porque el perfume se anuncia por sí mismo: todos notan que te has perfumado, y no se puede desmentir.

No se trata, por lo tanto, de esconder la realidad. Se trata de rodearla de un esquivo misterio. Perfumarse ante un hombre sería, por decirlo así, como ofrecerle un frasco de perfume. Y lo que este debe hacer por ti es mezclarse de tal modo contigo misma que su presencia sea inmaterial y forme parte de tu personalidad.

Y la personalidad también es una cosa sutil. La personalidad es aquello que, indefinible, hace de ti una presencia.

Rodea tu presencia de un halo de perfume y estarás rodeándote de tu propio misterio; no estarás mintiendo, estarás diciendo la verdad de un modo bonito.

Y, por eso mismo, si tu perfume es más que un leve halo, estarás presentando el perfume, no a ti misma.

13 de mayo de 1960

El perfume debe anunciar la presencia de la mujer

El perfume que uses deberá ser como una emanación de tu personalidad. Y no como los efluvios de un perfume (sic).

Usar un perfume que «funciona» en tu amiga, pero que no se adapta a ti, es como saludar con un sombrero ajeno.

¿Cantidad? Tú no eres un frasco, eres una persona. ¿Eres un anuncio de perfume? Solo vas perfumada.

No dejes que tu perfume entre en una habitación mucho antes que tú. El perfume debe envolverte, no precederte. A eso se le llama usar un perfume discretamente.

El perfume acentúa tu presencia. ¿Te gustaría ser «acentuada» a gritos? Muchos perfumes significan para el olfato lo que la voz alta y estridente significa para los oídos.

9 de junio de 1960

El misterio del perfume

No apliques perfume en la ropa. Estropearás las dos cosas. La ropa puede mancharse. Y el perfume acaba por ser muy fuerte y sin misterio. Lo más recomendable es ponerse el perfume en la piel. Esta lo absorbe y el resultado es más personal. Conseguirás un perfume que nadie tendrá completamente igual, porque nadie más tiene tu piel, con su olor propio y con su grado de calor. Tu piel absorbe el perfume y lo devuelve con un poco más de ti misma. De ahora en adelante el perfume ya no se llamará, digamos, «Adórenme, por favor», sino que pasará a ser «El adórenme, por favor, de María», esto suponiendo que una de vosotras se llame María.

Entre ponerse perfume en la ropa o en la piel, hay una diferencia más o menos comparable a la que existe entre un vestido colgado en la percha o llevado sobre el cuerpo.

10 de junio de 1960

Perfume y veneno

Tal vez tu tipo combina con un perfume penetrante, envolvente. Sí, pero no está bien usarlo para una comida o una cena. «Envenenarás» la comida y quitarás el hambre a los que te rodean. Después de esa comida o cena, habrá una cierta confusión, la gente pensará que ha comido un asado con olor a jazmín, digamos, o que tú llevas un curioso perfume de asado. En fin, que no funciona.

Si tu tipo combina con un perfume dulce, la cosa no mejora mucho. ¿Una mayonesa con perfume dulce? No va bien.

¿Qué usar, entonces? Un perfume bueno pero que no «domine». Algo que de vez en cuando «viene», que de vez en cuando «desaparece». Tal vez el mismo perfume, penetrante o dulce, sirva: depende de la cantidad aplicada.

11 de junio de 1960

Frascos

Cuando compres perfume debes preferir los frascos pequeños. El contenido de los grandes se evapora antes de que hayas podido usarlo todo.

No solo se evapora. Se altera con el tiempo. A veces se vuelve aceitoso, pesado y muy desagradable. El frasco pequeño lo terminarás del todo, pero el grande se desperdiciará.

No guardes el frasco de perfume en un lugar expuesto al sol: la esencia se altera con el calor.

No guardes el frasco de perfume en un lugar con mucha luz: la claridad transforma el perfume.

Cuando compres perfume no pruebes muchos a la vez: tu nariz se confundirá y no sabrás lo que estás comprando.

13 de junio de 1960

Cómo perfumarse

Una gota detrás de las orejas. Otra en las muñecas. Alguna en la nuca. Si quieres, otras dos en el interior del codo, y con este extraño «interior del codo» quiero decir en la articulación de los antebrazos con los brazos. Una gotita en las sienes. Y así a cada movimiento tuyo el perfume se mueve también.

De forma general es preferible un perfume más seco que dulce. A menos que tu tipo exija, por la dulzura de tu índole e intenciones, una esencia realmente dulce.

En realidad el perfume es una cuestión de gustos, y eres libre para elegir el que te gusta.

Pero no solo es cuestión de gusto: también lo es de ocasión. Nunca debes usar un perfume denso, a base de almizcle, para hacer deporte, por ejemplo, o para un paseo al aire libre. La languidez que esos perfumes comunican dejaría sin ánimo a los otros deportistas o a los que se propusieran una caminata de kilómetros.

15 de junio de 1960

Cualidades para hacer a una mujer más seductora

Los tiempos modernos han traído la emancipación de la mujer en casi todos los campos. Eso es un gran bien. Sin embargo hay mucha confusión sobre esto y lo que se ve es que muchas representantes del sexo femenino entienden que ser emancipada y tener una personalidad impactante es imitar a los hombres en todas sus cualidades y todos sus defectos. La agresividad, la costumbre de adoptar actitudes poco distinguidas en público y muchas otras cosas están perjudicando la belleza de la mujer y quitándole el atributo que más gusta a los hombres: su feminidad. La facultad de ser diferente de los hombres en actitudes, palabras, mentalidad.

Tenemos en la mano una lista de cualidades esenciales para una mujer, que no solo la harán encantadora, sino que, aún más importante, aumentarán su atracción para el elemento masculino.

La mujer debe ser antes de nada femenina. Debe tener la habilidad de controlarse hasta el punto de dejar que los otros tengan más importancia que ella en su estricto medio de relaciones. La inteligencia y el sentido común deben ser dos cualidades imprescindibles para la mujer. La mujer debe tener sentido del humor y dignidad y debe saber preservar su individualidad. La única cualidad que la mujer no necesita tener es... lógica.

22 de enero de 1960

¿Qué es *sex-appeal*?

No se analiza, no se copia; incluso la expresión es intraducible a otras lenguas.

Es la atracción. Mira a Brigitte Bardot, en el cine, en las fotos. Su cara, su cuerpo, están muy lejos de los cánones de belleza. Sin embargo atrae extraordinariamente. ¿Y Marilyn Monroe? Si la miras bien ves sus defectos físicos. Pero todo lo que hace subyuga, fascina.

La cuestión es: ¿se puede conseguir el *sex-appeal*? ¿Se puede adquirir el fluido magnético?

¿Qué te parece?

10 de octubre de 1960

¿La belleza explica el *sex-appeal*?

La belleza no lo explica. Marilyn Monroe, por ejemplo. Ella encarna el *sex-appeal* en estado natural, aquel que no se puede adquirir. De la misma forma que, en el pasado, nadie pudo igualar el poder de seducción que fue atributo de Eve Lavallière, de Mae West, o de Marlene Dietrich.

Si quieres imitar ese poder misterioso e innato, no lo conseguirás. El *sex-appeal* no se transmite.

Te preguntarás, ¿entonces la mujer que no tiene, por naturaleza, *sex-appeal* está condenada a no sentir nunca el misterio de ser seductora? Edwige Feuillère, la gran actriz francesa, cree que quien no lo tiene, no lo tiene, y se acabó. Pero la famosa vedette Line Renaud afirma: «Hace diez años yo no era nada, hace diez años que me perfecciono, ¡y mire lo que soy hoy!». Bien, ¡hoy Line Renaud es el mismo *sex-appeal*!

11 de octubre de 1960

Descubriendo tu propio *sex-appeal*

A veces basta con una nadería para hacer un gran descubrimiento. Hay mujeres que, acentuando un pequeño detalle, lo transforman en un arma de seducción.

Recuerda: no es necesario un cambio radical, al contrario. La modificación es casi invisible; se trata a veces del largo adecuado del pelo, de una nuca bien «perfilada», de un maquillaje más hábil de los ojos, de un dibujo más generoso de los labios... Todo depende de la materia prima que eres tú misma.

Una mujer que anda encorvada tal vez se transforme por completo cuando aprenda a andar mejor. Una mujer que se viste de forma común tal vez con un poco de coraje sea más personal.

Desde el momento, además, en que te convences de que tú misma eres tu propia materia prima, desde ese momento ya has empezado a tener un nuevo encanto...

14 de octubre de 1960

Cómo ser atractiva

Para abrir el tema, estarás realmente perdida si piensas que una mujer atractiva atrae a todos los hombres. No creas que tu encanto puede atraer indistintamente a rubios y morenos, deportivos y bohemios.

Y, una vez establecido que no sirve copiar el *sex-appeal* de otras mujeres —pero sí crear el propio—, lo que puedes empezar por hacer es examinarte metódicamente. Y descubrir qué características tuyas debes y puedes acentuar.

Haz el descubrimiento de ti misma y poco a poco verás que es más seguro y compensador valorarte que ser hoy una copia borrosa de Sofía Loren y mañana otra copia borrosa de la Lollobrigida. Líbrate de la «obsesión-vedette» y encontrarás tu propio camino.

13 de octubre de 1960

Siempre mujer a través de los tiempos

Más pura que una pintura, en la Edad Media la idea de belleza cambió drásticamente.

Inspiradas por lo que el caballero consideraba perfección, ¡cómo lucharon para santificar sus encantos mortales!

¿Qué hacían? Casi se arrancaban las cejas, lo que daba suavidad a sus ojos. Se rapaban la línea de nacimiento del pelo, alejándola mucho, y el resultado era una frente muy amplia, mucho más noble.

Y se empolvaban el rostro hasta conseguir la palidez que, en el Renacimiento, aún fue más alabada.

21 de septiembre de 1960

Sé irresistible

«No es bonita, pero...». Sí, pero es seductora. La belleza por sí sola no interesa a los hombres. Y en las amistades, tampoco es la belleza lo que cuenta. El *sex-appeal* interesa por poco tiempo, es fuego de paja. Pero la seducción prende. Es una cosa mágica: envuelve, aunque no se entienda cómo. Tal vez no seas bonita. No tiene importancia. Puedes ser irresistible sin ser bella. En gran parte depende de ti. Esta es la primera clase. Tal vez pienses que no has aprendido nada positivo. Pero sí que has aprendido. Has aprendido que ser amada no depende de la belleza.

2 de junio de 1960

Amor *versus* edad

Los especialistas en el tema afirman que la mujer moderna ha prolongado veinte años el periodo más rico de su vida, el de la seducción. Y todo esto asegurado con base biológica. Según las estadísticas, la longevidad humana ha aumentado considerablemente: en el siglo XVII la mayoría de las personas moría a los treinta y cinco años, mientras que actualmente la fecha fatídica está en torno a los sesenta y cinco. Hoy en día la mujer de cincuenta años no es más vieja que la mujer de veintinueve años de 1830, o de treinta y cinco años en 1900.

Consejos de la médica Anna K. Daniels: «Interésate por lo que te rodea. Una vida psicológicamente pobre es una vida que tiene poco contacto con la de los demás. Una vida rica y feliz atrae. Vive de un modo útil, prestando servicios. No abandones tu actividad (o hazlo lo más tarde posible). Si te jubilas, que sea para buscar algo y no para abandonar algo».

Convéncete de que, si las mujeres cambian, también los hombres evolucionan con la edad en sus deseos y exigencias. El amor que reclaman se alimenta más de comprensión, de presencia. Desea una plenitud sentimental más delicada, más profunda. La doctora Daniels cita la fórmula de Saint-Exupéry: «Amar no es mirarse el uno al otro, sino mirar los dos en la misma dirección».

8 de septiembre de 1960

Equilibrio entre vivacidad y calma

Nadie quiere ser una «mosquita muerta», ni parecer un dibujo de flor en la pared. Queremos estar vivas, y transmitir vida. Pero eso no quiere decir que nos transformemos en una «pila de vivacidad». Por ejemplo: enseña a tus manos a quedarse quietas cuando están desocupadas. El nerviosismo es uno de los grandes enemigos de la seducción. Hablar con la boca es mucho más eficiente que hablar con gestos. Y, ya que hablamos de manos, recuerda que las uñas femeninas no son garras afiladas. Aunque tengas simbólicamente garras, disimula. Tampoco creas que la sencillez es tener manos de cocinera. (Recuerda que hoy el equilibrio es una cosa tan rara que, por eso, no todas las mujeres son seductora).

6 de junio de 1960

Elegancia y belleza

Muchas son las mujeres que se cuidan la piel, se cepillan el pelo, van a la modista y se preocupan en general por la apariencia. Poquísimas, sin embargo, muestran preocupación por la línea de su columna vertebral. Hablar de la columna vertebral las sorprende. Sin embargo, si piensas en elegancia y belleza, piensa también que no hay encaje, terciopelo o joya que disimule una mala postura del cuerpo. Quien no sabe estar de pie o andar, o mantener la cabeza erguida, debería meditar un poco sobre eso. No pretendo que aprendas a desfilar. Pero recuerda que una mala postura del cuerpo es fuente de malestar y, con el tiempo, puede volverse definitiva. Todos los órganos se alteran un poco y eso se refleja incluso en el rostro. Recuerda también que, «andando bien», la mujer infunde confianza, optimismo. Y puedes estar segura de que una silueta erguida, que no se encorva, hace parecer más joven. No hay belleza que resista una figura débil y blanda.

Para ayudar a quien necesita corregir su postura, he aquí algunos ejercicios:

1. Posición de partida: talones juntos. Levanta los brazos rectos hasta el nivel de la cabeza. Después inclina el torso, proyectando los brazos hacia delante, controlando que las piernas se mantengan tensas. Los brazos y los hombros deben formar una línea horizontal perfecta.

2. Conseguida esa posición, y repetida, intenta una variante: flexiona una pierna hacia delante y después la otra, manteniendo la horizontalidad de los brazos. Ejecuta esos movimientos varias veces.

3. El tercer ejercicio exige el punto de partida del primero, con los brazos doblados y pegados al cuerpo, los puños a la altura de los hombros. Inclina el torso hacia delante y hacia atrás, con movimientos elásticos y sin rigidez.

4. El cuarto ejercicio es idéntico al descrito, pero lo haces sentada en el suelo, con las piernas estiradas y muy juntas. La flexión del busto, naturalmente, es menos pronunciada.

12 de mayo de 1960

Dosificar los defectos

Ser seductora no consiste en no tener defectos, sino en dosi-
ficarlos… El tedio, ¿hay algo más destructor que eso? ¿Quién
aguanta oír refunfuñar a una mujer por muy bonita que sea?
Deberíamos hacer de vez en cuando una autorrevisión: ¿Estoy repitiendo demasiado las mismas historias? ¿Hablo demasiado? ¿Hago preguntas sin parar? ¿Me quejo demasiado?
¿Me estoy volviendo una de esas personas pegajosas? ¿Vivo
pidiendo disculpas? Todo el mundo tiene algo de eso y son
estos defectos comunes a todos los que nos hermanan… Pero
cuidado con la dosis. (Hoy has recordado que eres perfectamente aceptable con los posibles defectos que tengas, pero no
los dejes galopar: sujeta bien las rienda).

8 de junio de 1960

El oro… en el arte y en la vanidad

Ha habido pintores que, suprimiendo el paisaje y la perspectiva de sus lienzos, han presentado sus figuras sobre un fondo
fuertemente dorado. Buffon, el gran naturalista, solo escribía
con plumas de oro, como si estas pudiesen influir en sus pensamientos.

Madame de Montespan, que se hizo famosa por el horror
que tenía al baño y a las más primarias normas de higiene, se
presentó, una vez, en la corte de Luis XIV, con un vestido que
Mme. de Sevigné describió como «de oro sobre oro, bordado
en oro y por encima un oro ensortijado, canutillo de oro,
mezclado con un cierto oro, que lo convierte en el tejido más
divino que se pueda imaginar». A nosotros, hoy, esto nos parece demasiado oro, demasiado mal gusto, demasiado exhibi-
cionismo. Preferimos un cuerpo bien lavado y perfumado en-
vuelto en simple algodón. Pero, en fin, aquellos eran otros
tiempos…

26 de febrero de 1960

Ser fea…

No existen mujeres feas. No es una afirmación liviana, lo digo basándome en la experiencia que he adquirido sobre el arte de embellecer a la mujer y de atraer la atención masculina. Con la variedad de cosméticos y productos artificiales que los laboratorios crean actualmente para mejorar lo que la naturaleza dio a la mujer, solo es fea quien quiere. No voy a decir que todas podrán tener la carita de Elizabeth Taylor o el cuerpo de Gina Lollobrigida, pero una bonita sonrisa, una piel suave, un pelo sedoso, unos ojos brillantes, eso lo podemos obtener todas. Con un poco de trabajo, mucho de perseverancia y algo de inteligencia. La mujer moderna ya no depende solo de los dones que la naturaleza tuvo a bien darle para ser atractiva. Porque el hombre moderno tampoco va ya solo en busca de una linda carita o de unas curvas más o menos armoniosas. Claro que eso influye. Mucho. Pero no lo es todo. Los cuidados con la propia apariencia, una conversación interesante, finura, feminidad, son dones que se pueden adquirir fácilmente y que hacen de una mujer, sin ningún don físico especial, un ser atractivo y hasta bello. Por lo tanto, si tú, al mirarte al espejo, no ves el reflejo de una figura a lo Marilyn Monroe, no te entristezcas. El mundo hoy es de la mujer inteligente. La belleza también. Y… consecuentemente, el amor. Estúdiate en detalle, cuídate y descubre en los ojos masculinos que te admiran que el espejo también puede mentirte.

23 de octubre de 1959

Cultura general de colores (I)

Casi todo el mundo pinta su casa de blanco porque no tiene valor para elegir otro color. Y se viste con el color que «toca» porque no confía en su propio gusto.

En primer lugar: tienes derecho a que te guste o no una tonalidad y a usarla para ti o para tu casa como te apetezca. Eres dueña de tus colores.

Por ejemplo: una caja pintada de azul marino parece más pesada (y por lo tanto más difícil de cargar) que pintada de amarillo claro.

Las paredes pintadas de tonos rojos o anaranjados dan sed. ¿Lo sabías? Si ya sabes algo más que antes aquí termina la clase I del cursillo de cultura general específica.

17 de junio de 1960

Cultura general de colores (II)

Las mujeres siempre se las arreglan para poner un toque rojo en algo.

A los hombres les gusta el azul. En el ambiente de trabajo «refresca» la cabeza. La temperatura mental se restaura hasta su punto de eficiencia normal si el azul se equilibra con cortinas anaranjadas o almohadones anaranjados.

El gris reduce la emoción. El amarillo, al contrario, es el color que da energía y hace que las personas convivan mejor, con más chispa mental y emocional.

Hay técnicos que aconsejan pintar las aulas de amarillo para los niños retrasados.

El amarillo no es bueno para que los bebés se duerman, los pone demasiado alerta.

Si ya sabes algo más que antes aquí termina la clase II del cursillo de cultura general específica.

18 de junio de 1960

Cultura general de colores (III)

Un cuarto pintado de azul calma a la gente. «Gente» incluye a los bebés, que dormirán mejor.

Otro color estimulante es el rojo. (En la clase II hablamos del amarillo). Despierta el pulso, el cerebro, el hambre. A veces se ha pintado el vestuario de los jugadores de fútbol de rojo para que no se desalienten durante los intervalos de juego.

Para una sala de espera, lo mejor es realmente el azul: uno se impacienta menos.

Si estás a la misma distancia de una silla roja y de una silla azul, la roja te parecerá más cercana. A un conductor le parece más difícil adelantar a un coche rojo, amarillo o crema que a uno negro, azul o verde.

Si ya sabes algo más que antes aquí termina la clase III del cursillo de cultura general específica.

20 de junio de 1960

Cultura general de colores (IV)

Los colores también afectan a los seres no humanos. A los mosquitos, por ejemplo, les gusta el negro, el azul y el rojo. Odian apasionadamente el naranja. A las moscas el azul les parece francamente repelente. Las carnicerías estarían más libres de moscas si pintasen las puertas y las ventanas de azul. En tu terraza una bombilla anaranjada repelerá a los mosquitos.

Los colores deben trabajar para ti. Pocas personas saben hasta qué punto la preferencia individual por los colores tiene importancia en una casa. Una pareja debe elegir conjuntamente la combinación de tonalidades. Y, sobre todo, saber lo que les gusta en el hogar. Si este representa el paraíso después de un día tenso de trabajo, los colores deben «combinar» y armonizarse. Los colores en contraste, en este caso, no serían aconsejables: demasiado estimulantes. (Armonizar, de manera general, significa usar varios tonos del mismo color, o colores de la misma familia).

Si ya sabes algo más que antes aquí termina la clase IV del cursillo de cultura general específica.

21 de junio de 1960

Los colores y nuestro estado de ánimo

Casi podríamos decir (y acertar): «Ella estaba triste, entonces se puso un vestido rojo». No se dice porque, en general, quien está triste quiere que los otros vean claramente la tristeza que siente, y elige ropa sombría, colores muertos. O entonces desea ser coherente consigo misma y viste sus sentimientos con el color simbólico de ese sentimiento. Pero quien desea combatir la depresión hace lo contrario. La próxima vez que te sientas deprimida intenta poner en la habitación donde pasas más tiempo algo rojo: flores, una pantalla de lámpara, no importa qué. Mientras tenga un tono vibrante, rojizo. Es probable que te entren ganas de salir de la depresión con la fuerza de un toro. (Aunque se dice que los toros no distinguen los colores, se enfurecen con la provocación de los gestos del torero).

Y también se da el caso de que desde primera hora de la mañana «sientes» que «todo conspira contra ti». Como, en realidad, nada conspira contra ti (es raro lo contrario), lo más probable es que te hayas despertado con lo que se llama un humor de perros. En ese caso, prueba a rodearte de verde o de azul, que son colores fríos, frescos, serenos. Tu humor se suavizará.

21 de septiembre de 1960

Colores apropiados

Hay colores que, aunque son muy bonitos y agradables de ver, son muy juveniles y no quedan bien en una mujer que pasa de los 40. Estampados con animalitos, exceso de colorido, rojos muy vivos, amarillos, verdes desvaídos, o incluso los azules y rosas muy dulces y muy «quinceañeros».

Una adolescente debe evitar los colores tristes y oscuros; la mujer, cuando llega a la mediana edad, debe huir de lo que es propio de la juventud. Ambas parecen ridículas si actúan de otra manera.

Los tejidos que recuerdan el arcoíris, con rayas de todos los colores y tonos. Pueden ser alegres, luminosos, pero solo sientan realmente bien a las jovencitas de 15 años.

Como para la moda, el peinado, el maquillaje, la edad debe influir también en la elección de los tejidos. Los satenes brillantes, los tafetanes, deben ser usados con moderación.

Los estampados grandes nunca sientan bien a las personas gordas. Además de aumentar la silueta, llaman la atención sobre la persona y su exceso de peso. Lo ideal para las gordas es la tonalidad uniforme, tirando a oscura. Si te gustan mucho los estampados, debes elegirlos pequeños y discretos. A las delgadas les sientan muy bien los estampados y pueden abusar libremente de los dibujos y de los colores. Deben evitar, sin embargo, los vestidos de un único color, porque eso afina aún más la silueta. El negro y el azul marino son colores que adelgazan. El blanco, el crema, el amarillo, las líneas horizontales están indicados para quien desea ensanchar la figura.

27 de abril de 1960

Qué sería del amarillo...

Un antiguo proverbio parece preocuparse mucho con lo que le pasaría al amarillo si no fuese por el gusto individual. O tal vez el proverbio habla directamente de «mal gusto».

Tal máxima no puede ser más anticuada. Hace mucho que ya no hay que referirse al amarillo como el último refugio de los que tienen la libertad de tener mal gusto...

En primer lugar el amarillo es el color del sol, y esto siempre facilita que nos guste. Después, el amarillo, aun sin compararlo con el sol, tiene una luminosidad que transmite brillo a casi todos los colores de piel.

Sin hablar del hecho de que el amarillo sufre aún las consecuencias de ese antiguo prejuicio. Y en realidad eso ha sido una ventaja: así este color se ha podido mantener un poco más original y no ser completamente vulgarizado.

Y ya que hablamos de vulgaridad, hay a quien el amarillo le parece un poco vulgar. Pues con este color pasa algo curioso: solo hace vulgar a quien ya lo es o tiene una tendencia en ese sentido.

Naturalmente no se trata de un color pacífico; tiene sus peligros, y casi siempre en el campo de los accesorios. No todo combina con el amarillo sin «gritar». Los accesorios deben ser estudiados, bien medidos y decididos teniendo en cuenta lo «discreto». Como el amarillo es un color muy positivo, lo que lo acompaña «casará» mejor con las tonalidades intermedias, o con el blanco y el negro.

Todavía hay otro capítulo para analizar: hay amarillos y amarillos. No es necesario usar aquel tono que parece existir para ahuyentar a las moscas. El amarillo tiene sus delicadezas, sus formas de ser más evasivas…

Aunque… incluso el amarillo para ahuyentar moscas tiene su momento. ¿Quieres verlo? Imagínatelo en una falda corta de playa (no para esta temporada, claro) en un tejido grueso de lonita. ¿Lo imaginas? Pues yo también, y me gusta…

25 de mayo de 1960

Colores y gustos

Los gustos y los colores no se discuten, incluso porque tus gustos en materia de colores revelan tu personalidad. La prueba de esto puede obtenerse con un test bastante simple.

Haz una lista de colores: 1.º los que prefieres, en orden decreciente; 2.º los que no te gustan, siempre en orden decreciente, y 3.º los que te resultan indiferentes. El sentido de tus elecciones podrá basarse en la siguiente relación:

AMARILLO — Positivo: buscas una puerta de salida para expandirte mejor. Negativo: tu cualidad es la concentración. Indiferente: tiendes a la displicencia y al egoísmo.

MARRÓN — Positivo: quieres enraizarte en las cosas simples de la vida, huir de innovaciones. Negativo: deseas singularizarte. Indiferente: amas sobre todo la comodidad.

GRIS — Positivo: necesitas rodearte de afecto. Negativo: tienes sed de acción y de novedades. Indiferente: eres inconstante.

VIOLETA — Positivo: una naturaleza reservada, temerosa. Negativo: tendencia a adoptar actitudes impersonales. Indiferente: reaccionas vigorosamente contra las interferencias.

VERDE — Positivo: no eres influenciable. Negativo: tienes la necesidad incesante de liberarte. Indiferente: no temes a la soledad.

NEGRO — Positivo: tu deseo es absoluto y excluye todo lo demás. Negativo: solo tienes confianza en lo que haces. Indiferente: nunca renuncias a tus ambiciones.

ROJO — Positivo: siempre quieres conquistar. Negativo: eres inflexible en tus decisiones. Indiferente: sofocas tus impulsos.

AZUL — Positivo: amas el reposo, la seguridad. Negativo: tendencia a la astucia. Indiferente: una naturaleza suave.

Procura combinar el sentido de los diferentes colores de acuerdo con el significado que tengan para ti y conseguirás así un cuadro en tecnicolor de tu personalidad. No olvides, sin embargo, que cada color tiene muchos matices…

24 de agosto de 1960

La actitud general

Un andar seductor depende de ti. Hay que saber mantener el cuello armoniosamente sobre los hombros y la cabeza armoniosamente sobre el cuello. ¿Esto no forma parte del andar? Eso es lo que crees… Esto también es andar. Evita levantar la nariz como si estuvieses buscando señales de lluvia. Evita mirar al suelo como si hubieses perdido dinero y valor. ¿Y tus zapatos? No importa lo que costaran. Si te aprietan, tu rostro se crispa, tu humor se amarga, el andar es lamentable y toda tú pareces un zapato. No andes como un soldado: vivir no es desafiar al mundo, ni cumplir un deber. Pero hay quien piensa que ser femenina es andar como un pajarito. Un andar de pajarito solo interesa a otro pajarito. Y, por favor, no te contonees. Ser femenina en dosis masivas es pretender la seducción al por mayor. La seducción es sutileza. (Lo que debes recordar hoy es que te está permitido ser lo que eres: naturalmente seductora, sin necesidad de ser agresiva).

3 de junio de 1960

Manos..., detalle de belleza

A veces encontramos mujeres bonitas, bien vestidas, bien cuidadas, que presentan, sin embargo, este fallo grave en su elegancia: unas manos feas. Los masajes con una crema especial, el esmalte siempre correcto, de un color cuyo tono combine con el color de la piel, gestos armoniosos, la elección acertada de las joyas que armonicen con su forma, pueden hacer bonitas esas manos.

Estudia con tu manicura el corte de uñas que te vaya mejor, de acuerdo con la forma y la longitud de los dedos. Las uñas no deben ser ni demasiado cortas ni demasiado largas. A las manos morenas les quedan bien los esmaltes oscuros, que ayudan a aclararlas.

No lleves demasiadas joyas, especialmente si las manos no están impecables. Al elegir un anillo, recuerda que los colores pálidos quedan mejor en las manos rojizas y viceversa. Si tienes las manos pequeñas no lleves anillos con piedras exageradas, porque estas solo quedan bien en las manos grandes, de dedos largos.

Acostúmbrate a usar una crema apropiada, diariamente, para blanquear y suavizar la piel de las manos. Hazte masajes en los dedos, bajando hasta las palmas, como si estuvieses poniéndote unos guantes. Y, ya que hablamos de guantes, si tienes que hacer ciertos trabajos domésticos, como lavar, cocinar, etc., no lo hagas sin guantes, porque el calor, el agua caliente y la potasa que contienen generalmente los jabones de cocina enrojecen, irritan y estropean las manos.

Estudia los gestos, intenta que sean armoniosos, delicados. Dan una pésima impresión las manos inquietas, de gestos nerviosos y duros. Nunca olvides que las manos denuncian, mucho más que los ojos, tu estado de alma y tu carácter. Procura controlarlas. Los hombres aprecian siempre las manos delicadas y claras de una mujer. Innumerables sonetos se han hecho para ellas y es necesario, por lo tanto, no descuidar ese detalle, que es importantísimo para tu belleza.

25 de diciembre de 1959

El gesto

Si crees que tienes capacidad para ser una buena actriz (con eso quiero decir también «discreta»), entonces usa tus gestos para una mayor seducción.

Si crees que eres capaz de ser natural, dentro del arte de los gestos, perfecciona los tuyos. Pero si sientes que tener unos gestos armoniosos es «fingir» entonces no leas esta lección. Porque es preferible sentirse a gusto que tener la impresión de estar en un escenario.

Los gestos comunican tanto como la palabra, y a veces mucho más. Pero no siempre deben sustituirla: quien intenta sustituir demasiado la palabra por el gesto acaba gesticulando, cosa completamente diferente.

¿Quieres saber a qué llamo gesto? Pues bien: incluso mirar es un gesto.

¿Y quieres saber hasta qué punto el movimiento te representa? Pues recuerda que es casi imposible hacer gestos suaves cuando el alma está rígida.

15 de julio de 1960

Mujer-capullo de rosa

En el siglo XVIII cayeron los artificialismos, las pelucas, las mujeres fatales.

Surgió el ideal de la mujer-capullo de rosa. En la palidez del rostro los labios eran apenas rosados, si es que eran rosados. Los cabellos se rizaban en largos tirabuzones. Era el estilo de la era victoriana: la simplicidad virginal.

Y las cosas iban tan bien, aparentemente, que un optimista de la época hizo este comentario: «Me parece imposible que el colorete vuelva nunca más a un rostro femenino».

El comentarista no sabía lo que es la moda. No se le ocurrió que las mujeres se habían vuelto tan «virginales» porque ese era el ideal moral y convencional de los hombres. Que, evidentemente, cambiaron enseguida.

26 de septiembre de 1960

La seducción… de la limpieza

Un rostro limpio es un rostro fresco. «Medio limpio» es un problema; la dueña del rostro no se considera obligada, el rostro no está realmente sucio, y sin embargo parece medio empañado, medio turbio, medio… sucio. Todo eso viene del invisible depósito de polvo, base, polvos, colorete, y de la prisa al retirar el maquillaje.

Pero no es solo eso: ponerse polvos de arroz con una esponja que necesitaba ser lavada hace tres días es como ponerse polvos de arroz con polvo del camino.

Un cepillo para el pelo que no está limpio empaña el brillo del pelo, y hace que haya que lavarlo con más frecuencia.

11 de noviembre de 1960

La ropa

¿Quién sufre más con la ropa que lleva? ¿El hombre o la mujer? Una mujer no puede andar bien con tacones altos. Un profesor de educación física llegó incluso a decir que los zapatos estrechos que llevan perjudican mucho a los músculos. Es verdad, perjudican mucho, pero una mujer nunca va a salir de casa con su mejor vestido y zapatos planos. La ropa masculina también es bastante incómoda: cuellos estrechos, mangas largas, trajes demasiado calurosos. Algunos usan todavía ropa más formal. El almirante Dewey llevaba chaleco durante la batalla de Manila. De cualquier forma, las mujeres aún sufren más que los hombres.

En la época de Shakespeare algunas mujeres tenían la cintura tan fina como la pierna de un becerro por los corsés apretadísimos que llevaban. A principios de siglo se estableció incluso una discusión médica sobre ese tema y se abandonó el corsé. Sin embargo aún se gastan millones, anualmente, en cinturones y otras cosas que ellas usan para controlar la naturaleza, como dicen.

Tal vez consigan controlarla, pero difícilmente la vencerán. La mayoría de las mujeres cuando lleva shorts o *slacks** consigue aumentar sus encantos, pero nunca mejorarlos.

27 de mayo de 1960

Definiendo el flirteo

Todo el mundo sabe qué es un flirteo, pero nadie consigue encontrar una definición precisa por el simple motivo de que no existe nada más impreciso que el flirteo. Y la razón es que no se trata de un sentimiento que sale del corazón como el amor, la amistad o incluso la ternura.

Frecuentemente, se oye decir a las chicas: «Me gusta para flirtear, pero no lo quiero como novio en serio y mucho menos como marido».

La frase puede ser traducida como: «Es un hombre para un pasatiempo agradable, pero no lo quiero para todos los instantes de mi vida. Nos gusta bailar juntos, escuchar discos juntos y, cuando hay dinero, dar paseos en coche o pasar algunas horas de la noche en una *boîte*, pero no es el compañero al que aspiro».

* Pantalones estrechos. *(N. de la T.)*

En realidad el flirteo, para una joven soltera, es una especie de test para el futuro, una ficha de control. Una chica, incluso cuando se da aires de seguridad, siempre se siente un poco inquieta en relación con su éxito con el llamado sexo fuerte. Y el flirteo es el medio de poner a prueba su encanto y, al mismo tiempo, de conocer mejor a los hombres, juzgarlos, descubrir lo que cada uno piensa de las mujeres en general y de ella en particular…

Hay también casadas que flirtean y es frecuente que aleguen que actúan así para estimular los sentimientos de sus maridos, que ya no les parecen tan solícitos. Una pequeña dosis de celos siempre es saludable, dicen ellas…, y tal vez tengan razón.

Ah, si los maridos comprendiesen que, por el hecho de estar casada, una mujer no se transforma en una estatua de piedra, que es natural que le guste ser cortejada y que si otro hombre nota que es bonita y se lo dice, si se fija en sus cambios de peinado o en un vestido nuevo, es natural también que ella preste atención a quien le da una confianza en sí misma que su marido se olvida de alimentar.

¡Pero tal vez los maridos, después de leer lo que se acaba de decir, pasen a ser más atentos y a flirtear con sus esposas!

26 de octubre de 1960

La seducción de la mirada

Las mujeres del antiguo Egipto se adelantaron dos mil años a la mujer de hoy en materia de ojos. También ellas se concentraban en la seducción de la mirada usando una sustancia negra llamada *khol*, para alargar las cejas y oscurecer las pestañas. En aquella época ya usaban también sombra verde en los párpados: y eso no es invención nuestra, está probado.

¿Y peluca? Pues sí, usaban pelucas negras para conseguir el «estilo sensual del Nilo».

19 de septiembre de 1960

La vitamina A y los ojos

Para tener una mirada bonita hay que tener buenos ojos. Es necesario que los ojos estén sanos y la vitamina A es la vitamina de la buena visión. Es la que combate la llamada «ceguera nocturna», lo que sentimos cuando entramos en un cine oscuro y no conseguimos ver nada. La vitamina A es, también, la que da más brillo a la mirada. La encuentras (la vitamina) en la leche y derivados, y en las verduras, sobre todo en la zanahoria. Zanahoria cruda, rallada, esa es la ensalada para tus ojos.

Y, hablando de vitaminas, la B2 desempeña también un papel muy importante en la belleza de la mirada. Se encuentra en el hígado, en la leche, en los huevos, en las espinacas, en los guisantes.

No existe belleza en unos ojos enfermos.

9 de noviembre de 1960

Cursillo de emergencia

¿Y cuando has recibido una invitación a última hora, después de haber pasado un día agotador? Te miras al espejo y ves lo que te parece irremediable: una mirada sin brillo. No te asustes, no voy a sugerir que te pintes brillo en los ojos, el brillo es algo que viene de dentro.

¿No hay remedio, entonces? Sí lo hay. Cuando la falta de brillo viene del cansancio, recupéralo (el brillo) relajando los músculos tensos del cuerpo. ¿Cómo? Así: inclina el cuerpo hacia delante a partir de la cintura, y deja la cabeza, el cuello y los brazos literalmente pender, flojos, blandos. Pasado un momento enderézate de nuevo y estírate, con los brazos levantados, tanto como puedas. No bruscamente, pero con toda la intención de desperezarte hasta la última punta de ti. Repítelo todo unas cuantas veces.

Otra cosa que a última hora quita el cansancio del rostro y da vivacidad a los ojos: masajéate los lóbulos de las orejas o la parte superior de las mismas. Hasta que se pongan rojas. No se trata de magia: esta es una manera segura de dar al rostro y al cuello un baño de circulación. Después de esta práctica hasta se piensa mejor: el despertar es completo.

6 de julio de 1960

Más consejos de urgencia

Tienes que salir y ves que no te da tiempo de hacer todo lo que necesitarías para «salir guapa»; ¡solo va a darte tiempo de tomar un baño!

Entonces haz de ese baño tu tratamiento de belleza, como quien mata dos pájaros de un tiro.

Por ejemplo, supongamos que estás nerviosa después de un día cansado y quieres recuperar tu aspecto reposado y tranquilo. Toma un baño con agua bastante fría en la que habrás disuelto dos puñados de sal gruesa. Diez minutos solo (no más) y te sentirás otra, o mejor, volverás a ser tú misma. En vez de sal puedes poner en el agua algunas gotas de aceite de pino.

Si necesitas un estimulante, una ducha muy caliente o muy fría te despertará realmente. (El agua tibia da sueño).

¿Y si te sientes estimulada cuando sabes que te cuidas bien? Entonces toma un baño suavizante, de esos de los que sales convertida en un «ser de lujo». Antes: cose una bolsita en la que pondrás cinco cucharadas de papilla de harina de avena. Luego: sumerge la bolsita en la bañera llena. Después: métete en la bañera. Luego: fricciónate la piel con la bolsita. Resultado: piel clara, fina, aterciopelada, sensación de confort y lujo que se reflejará en tu rostro, en tus actitudes. Sabes que has tomado un baño de belleza y te sientes bella. Sentirse guapa es uno de los medios más eficaces para ser guapa.

8 de julio de 1960

Cursillo de preguntas

(Saber que se está «correcta» da confianza en sí misma, y ayuda mucho a tener esa «pose» natural que forma parte de la mujer naturalmente seductora. Esta es una clase de preguntas. Aprenderás con tus propias respuestas).

—¿Cuántas uñas con el esmalte descascarillado consideras número suficiente para renovar el esmalte de todas?

—A pesar de no ser realmente un crimen, ¿qué te parece llevar unos zapatos con el tacón torcido?

—¿Y qué te parecen los zapatos con el cuero «erizado», cuando el betún resolvería el problema?

—¿Crees que no tiene importancia usar el vestido del día anterior sin haberlo aireado?

—¿Te sientes bien cuando te encuentras inesperadamente con alguien en la calle y entonces notas que llevas el vestido arrugado?

—¿Crees que las uñas inmaculadas son solo un lujo?

—¿Crees que si la combinación es cara no importa que sobresalga del dobladillo del vestido?

—¿Te parece que da igual coser el tirante roto que cogerlo con un imperdible?

12 de julio y 4 de agosto de 1960

Cursillo sobre el pelo

¿Qué es el pelo? Tal vez contestes que «está claro que el pelo es el pelo», y lo es, claro, tienes razón. O tal vez respondas: «Quiero saber cuidar de mi pelo y no saber qué es». Bien, pero saber algo sobre ti misma —y tu cabello también es tú— siempre informa sobre el material de que estás hecha y eso a su vez te aclara la manera de tratar contigo misma. Bien, el pelo es un elemento anexo a la piel. Su parte visible es la que conoces, constituida por células muertas. La parte invisible, la de la raíz, se implanta en el folículo, y está formada por células vivas. La química del pelo; veamos. El pelo está hecho de queratina (como las uñas, por ejemplo, las plumas y los cuernos). Esta materia contiene carbono, hidrógeno, oxígeno, nitrógeno, azufre. Las partes del pelo que contienen azufre son las más vulnerables a los decolorantes, alcalinos, permanentes, etc.

28 de junio de 1960

Después de la fiesta

Hay una cosa generalmente un poco triste: se llama «después de la fiesta». Es un poco triste porque marca una diferencia enorme. Y la diferencia, en general, la causas tú misma, por falta de lo que se llama *savoir vivre* (la traducción literal es «saber vivir»; nuestra traducción es «saber tener estilo»).

El estilo consiste en no parar de repente de ser seductora solo porque la fiesta se ha acabado. Es decir, el día siguiente no debe ser como un soufflé deshinchado. Te preparaste para una gran noche, utilizaste todos los medios de seducción a tu alcance... ¿Te parece que después puedes parecer un espantajo mal dormido, con el pelo tieso de laca, restos de pintura en la cara, en definitiva, el desaliño instalado? No quiero decir que debas, al día siguiente, mantenerte todavía en actitud de baile. Pero tu cara debe estar fresca, tu ropa de *sport* agradable, tus gestos suaves. El día siguiente vale mucho.

26 de julio de 1960

Malicioso detalle

Pues un monumento en la cabeza era bonito. Eso sucedió en el periodo extravagante que precedió a la Revolución Francesa. Oh, la gran explosión en la cabellera. Y podemos garantizaros que era moda pero también una belleza.

Las aspirantes a la gracia usaban pelucas que alcanzaban la monumentalidad de paisajes marítimos. No era solo el monumento lo importante. El detalle malicioso también tenía su papel. El «lunar de belleza» se pegaba con amor cerca de los labios, y entonces se llamaba «Coquette». El mismo lunarcito negro, cuando se ponía cerca de la aleta de la nariz, recibía el nombre de «Perverso». Y si se pegaba en el rabillo del ojo se llamaba «Apasionado».

23 de septiembre de 1960

Con un aire dulce

Alrededor de 1940, los rigores de la guerra tal vez pidieron que el rostro femenino fuese menos «planeado», y que la mujer tuviese una apariencia más suave. Lo que los americanos llaman *girl next door* (la vecina de al lado) era lo ideal. Se quería que la chica fuese muy atractiva pero, al mismo tiempo, que representase una imagen familiar, relajante.

Entonces Betty Grable era la *pin up* de éxito, y su retrato hacía latir de nostalgia el corazón de los soldados.

Y las otras chicas, claro, se acercaban al tipo Betty Grable. Pelo largo, por ejemplo, solo coronado por un discreto *pompadour,** era la marca esencial de la belleza. Se copiaba también el maquillaje moderado de la Grable, el contorno de sus labios.

Y todas tenían un aspecto dulce, que hoy consideraríamos ligeramente empalagoso.

29 de septiembre de 1960

---

* El ...... de B........ .. .. *(N. d. l. T.)*

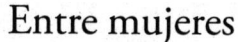

Entre mujeres

Cofre de buhonero

Debéis de conocer de vista o de oído algún «cofre de buhonero», la pequeña tienda ambulante, que tan útil fue a nuestras abuelas, aisladas del mundo en los caserones de las haciendas o en las cabañas de paja, al borde del camino. Y que todavía sirve a la legión de mujeres que se esconde por esos campos de nuestro interior y solo puede llegar a la población más cercana a lomos de ese tradicional burro, porque en los estrechos senderos no cabe un automóvil, ese extraño animal de «pata redonda» y ojos ardientes de hombre lobo. Mujeres que, tal vez, todavía no saben bien el nombre de ese nuevo pájaro plateado, que brilla al sol y no canta, ruge, ruge con un sordo rugido que desciende, rompiendo el silencio de sus chozas. Aquí, desde el asfalto, con todo tipo de almacenes a nuestro alrededor, con tiendas bien surtidas en cada esquina, con comercios de lujo, que nos aturden con sus luces y sus bellezas, ofreciendo, a los que tienen la bolsa repleta, las cosas más bonitas y ricas que salieron de la mente de los joyeros y de los modistos de la Rue de la Paix y St. Honoré; con Institutos de Belleza que se multiplican día a día y venden, diluida en ampollas, una cara de muñeca de porcelana sacada de embriones de pollo, pelo líquido de cualquier color, cutis en crema y en polvo del tono que la clienta prefiera, todo tipo de cremas y lociones; en el centro de un paraíso así es difícil que las mujeres imaginen la existencia de lugares en los que el buhonero y su cofre son esperados con la ansiedad con que se esperaba al Mesías. Pero quien va ha corrido leguas y aún, de vez en cuando, come polvo por esas tierras salvajes del Brasil sabe que existen y sabe que el vendedor ambulante es también un pionero, desbravador de bosques, que lleva, en su cofre, principios de civilización, rudimentos de higiene, a lugares adonde difícilmente podrían llegar por otro medio. La figura anónima del buhonero con su cofre nunca ha sido suficientemente recordada por los hombres que han escrito sobre nuestra vida, por los que aman nuestras cosas. Nunca se ha prestado al buhonero ni el más humilde homenaje. Y bien que lo merecía. Porque lleva también un poco de alegría entre sus quincallerías, alegría ingenua para su numerosa clientela femenina. Cuando el buhonero llega es un alborozo en los alrededores. Alguien ha oído el mec-mec-mec del instrumento con el que se anuncia, la noticia corre de boca en boca, las mujeres acuden y rodean el cofre. Un cofre milagroso que tiene de todo un poco. Peines gruesos para peinar, lendreras para limpiar las cabezas, peinetas de adorno con piedrecitas brillantes, hebillas o pasadores, horquillas de todas las formas y tamaños, brillantina que deja el pelo «brillando que es una maravilla», aguas de olor, polvo de arroz blanco como la harina, cajitas de carmín que dan color de salud, piezas de encaje, seda basta, ballenas de corsé, corchetes, agujas, hilo, botones para calzoncillos, de madreperla y de vidrio de todos los colores, alfileres de sombrero, broches, zapatillas, medias de seda y de algodón, medicinas para el dolor de muelas y para el dolor de oído de los niños, aceite de Santa María para acabar con las lombrices, botellitas de aceite de ricino que tanto sirve para el pelo como de purgante en un apuro, ¡Dios mío, qué será lo que no sale del cofre del buhonero! Los ojos de las mestizas brillan de alegría. «¡Qué bonito!». Es un collar de cuentas rojas que va a dar la campanada en el cuello de Rosenda. «Mira, comadre Cotinha, ¿no da gusto verlo?». Es el colorido de las cintas que revolotean en la mano enrojecida y gruesa de Nhá Bé. «¿Y esto para qué sirve?». Y el buhonero paciente explica el uso del cepillo de dientes y del *soutien* de tela fuerte, que modela el busto. Si el poblado es grande, el buhonero vacía el cofre, porque solo volverá dentro de dos o tres meses, en su constante girar por el mundo. Y la vanidad de las mujeres, que es la misma en la señoritinga y en la aldeana, no puede esperar tanto tiempo. Allá se va el buhonero. Alegre porque ha dejado alegre a la clientela y ya no le pesa el cofre. Es así el buhonero: un hombre simple, lleno de paciencia, mezcla de andariego y de negociante humilde. Así es su carro: tiene de todo un poco para su numerosa clientela, toda ella casi únicamente de mujeres. Creemos, amigas lectoras, que queda explicada la razón, la existencia y —si Dios quiere y los directores de *O Comício* también— la permanencia del «Cofre de buhonero» en nuestra modesta sección.

5 de septiembre de 1952

Un día pleno

¿Alguien no sabe qué es un tití? Es un mono pequeñísimo, a primera vista tan pequeño como un ratón, y del mismo color. Por eso la mujer, después de sentarse en el tranvía y de lanzar una tranquila mirada de propietaria por los bancos, se tragó un grito: a su lado, en la mano de un hombre gordo, estaba aquello que parecía un ratón inquieto y que en realidad era un vivísimo tití. Los primeros momentos de mujer *versus* tití los pasó en convencerse de que no se trataba de un ratón disfrazado.

Después comenzaron unos momentos deliciosos: la observación del animalito. Todo el tranvía, además, estaba interesado en él. Pero era privilegio de la mujer estar cerca del mico. Y con gran placer comprobó lo mínima que es la lengua de un tití. Parecía una raya de lápiz rojo que hubiese saltado de un papel. También tenía dientes: casi se podría jurar que había millares de dientes, cada laminita más pequeña que la otra y más blanca. El tití no cerró la boca ni un minuto. Sus ojos eran redondos, un poco hipertiroideos, combinando con un ligero prognatismo: todo eso no le daba un aspecto exactamente impúdico sino una carita medio entregada de niño de la calle, de esos que están resfriados y chupan un caramelo ha-

ciendo ruido y sorbiendo. El tití no paró ni un segundo.
Cuando saltó al regazo de la señora, esta reprimió un ridículo
frisson, no de asco, bueno, quizá sí de asco. Inmediatamente
se le pasó la repugnancia porque los pasajeros la miraron con
simpatía y ella se sentía una favorita. No lo acarició porque
eso sería ya una exageración, y tampoco tenía falta de cariño.
En realidad su dueño, el hombre gordo, sentía por él uno de
esos amores sólidos y severos, de padre hacia su hijo, mezcla
de orgullo y de sentimientos más tiernos. El hombre era de
esos que, sin parecerlo, tienen un corazón de oro. Ningún tití
tuvo mejor dueño. El mico era su perro, pero es el perro el
que mira a su dueño con una mirada amorosa, y, en este caso,
era el dueño quien miraba al perro con fidelidad.

El tití se comió una galletita. El tití se rascó rápidamente
la oreja redonda con la patita trasera. El tití chillaba. El tití se
colgó en la barandilla del tranvía, despertando a las caras más
indiferentes que pasaban en los tranvías del sentido contrario;
después mordisqueó el dedo de su dueño, el tití tenía un rabo
más grande que él. Junto a la señora, una señora contó a otra
señora que una vez tuvo un gato precioso.

En ese ambiente feliz de familia un camión enorme quiso
adelantar al tranvía y, al chocar con él, le arrancó un lateral y
casi lo hizo volcar. Todos saltaron deprisa. La señora, atrasada,
con cita en el médico, cogió un taxi. Solo entonces se acordó
del tití. Y lamentó que, en días tan vacíos de acontecimientos,
las cosas se repartiesen tan mal que la aparición del tití y un
accidente pasasen al mismo tiempo. «Apuesto», pensó la señora, «a que no va a pasar nada durante mucho tiempo, apuesto
a que ahora vendrá la época de las vacas flacas». Pero ese mismo día pasaron otras cosas.

11 de julio de 1952

Hogar, ingeniería de mujer

La noticia breve venía en forma de anécdota y no describía al
tipo de hombre, lo que es una pena. Al lector le gusta ver el

personaje y da menos trabajo cuando ya tenemos una fotografía. Un negativo siempre es un negativo. En todo caso debía de ser más bajo que alto, menos delgado que gordo, más necesitado de un preparado a base de petróleo que de un buen cepillo de nailon para el pelo. Así es como imaginamos a los hombres de buen corazón, y debía de tenerlo de mantequilla el que pasó la mano por la cabeza llena de greñas de la niña y dijo con bondad:

—¡Qué pena que no tengáis un hogar!

—Hogar sí que tenemos, lo que no tenemos es un casa para poner el hogar dentro —respondió la pequeña, que tenía cinco años y vivía con su padre, su madre y dos hermanos más en un justísimo cuarto de hotel. Naturalmente, asombrada por la ignorancia de su barbudo amigo. Y sin saber la felicidad que tenía, sin saber que era dueña de esa cosa maravillosa, que va desapareciendo en esta época ultracivilizada de platillos volantes planeando sobre la cabeza de los hombres. Es como para pensar que son los hombres que no tienen un hogar los que inventan esas jerigonzas complicadas. Porque un hogar es tan agradable, tan bueno, que cuando se tiene uno no se deben de tener muchas ganas de andar embarrancado en hierro, en metales, en ácidos corrosivos, cociéndose los sesos en altas matemáticas en una fábrica o en un laboratorio. Lo que muchos tienen es casa —y son los afortunados, porque la mayoría no tiene ni una cosa ni otra—, pero una casa tan vacía de hogar como la lata de galletas después de que pasen sobre ella los niños en el desayuno. Una casa es difícil, pero aún se puede encontrar: quien compra un boleto puede ver que llega su día. El funcionario público duerme en la fila de un ayuntamiento y el empleado de banco va alimentando la esperanza de caerle en gracia al patrón y en una tabla de intereses al 7 %. Pero hogar, hogar de verdad, solo con mucha suerte. Incluso porque nadie sabe la fórmula de un hogar. En rigor, no se sabe bien qué es lo que hace un hogar. Se sabe que puede hacerse, muchas veces deshacerse y, algunas, también rehacerse. Es algo parecido a la electricidad, no se entiende su origen, pero si falta la luz dentro de casa todo el mundo sabe que está oscuro. Entonces el hogar es eso. Es lo que aquella cría de cinco años sintió con tanta fuerza y que todos nosotros sabemos si está presente, como sabemos si ha habido un problema serio en las turbinas o un simple cortocircuito en un fusible.

Hay personas prácticas y previsoras que suelen tener una especie de hogar en conserva, en un rincón del armario, junto a otras cosas enlatadas y, con ellas, se sirve a las visitas esperadas. Pero la gente nota enseguida la diferencia con aquel otro que tiene, como el palmito fresco, el sabor de las cosas simples y naturales. Parece que quedó establecido, al comienzo de la creación, que el hombre haría la casa para dar un hogar a la mujer. Y que la mujer construiría el hogar, para dar casa y hogar al hombre. Sí, porque el hombre tenía que tener ventaja, no podía ser menos. Pues es eso: la casa es la arquitectura del hombre y el hogar, esa cosa simple y compleja, evidente y misteriosa, que depende de todo y no depende de nada, esa cosa sutil, fluida, envolvente, es simplemente la ingeniería de la mujer.

15 de agosto de 1952

Cosas antiguas

Qué bonitas son las cosas antiguas que se han vuelto opacas y amarillentas porque sobre ellas ha pasado la vida, porque crecemos y vivimos tocándolas, fijando en nuestra retina sus formas, haciéndolas partícipes de nuestros secretos, de la primera carta de amor, del primer beso, de los sueños de felicidad. Fueron sueños que nos hicieron cerrar los ojos para abrirlos después frente a la vieja cómoda, a la mesa anticuada o al sillón descolorido que, durante varias décadas, nos harán recordar la esperanza perdida o realizada, la alegría y el sufrimiento nacidos junto a aquellos viejos muebles y objetos.

No hay nada, por más bello, elegante o moderno, que nos dé esta sensación de mutua y muda comprensión, de solidaridad incluso, que los muebles y objetos antiguos saben transmitirnos.

¡Qué tremenda traición cometemos cuando sustituimos alguna de esas cosas por otra nueva y brillante, que tardará varios años en adquirir el alma que le transmitiremos!

19 de octubre de 1960

La hermana de Shakespeare

Una escritora inglesa —Virginia Woolf—, queriendo probar que ninguna mujer, en la época de Shakespeare, podría haber escrito las obras de Shakespeare, inventó para él una hermana llamada Judith. Judith tendría el mismo genio que su hermano William, la misma vocación. En realidad sería otro Shakespeare, solo que, por gentil fatalidad de la naturaleza, llevaría faldas.

Antes, en pocas palabras, V. Woolf describió la vida del propio Shakespeare: había asistido a escuelas, había estudiado en latín a Ovidio, Virgilio, Horacio, y además todas las otras bases de la cultura; de niño había cazado conejos, deambulado por los alrededores, observado bien lo que quería observar, almacenando infancia; ya muchacho, se vio obligado a casarse a toda prisa; esa ligera liviandad le dio ganas de escapar y ahí se fue, camino de Londres, en busca de fortuna. Como está probado, le gustaba el teatro. Empezó por colocarse como vigilante de caballos en la puerta de un teatro, después se metió entre los actores, consiguió ser uno de ellos, frecuentó el mundo, afiló sus palabras en contacto con las calles y el pueblo, tuvo acceso al palacio de la reina, acabó siendo Shakespeare.

¿Y Judith? Bueno, Judith no iría a la escuela. Y nadie lee latín sin saber al menos las declinaciones. A veces, como tenía tantos deseos de aprender, cogía los libros de su hermano. Sus padres intervenían: le mandaban zurcir medias o vigilar el asado. No por maldad: la adoraban y querían que fuese una verdadera mujer. Llegó el momento de casarse. Ella no quería, soñaba con otros mundos. Su padre le pegó, vio las lágrimas de su madre. Luchando contra todo, pero con el mismo ímpetu que su hermano, ató su fardel y huyó a Londres. A Judith también le gustaba el teatro. Paró a la puerta de uno, dijo que quería trabajar con los artistas; hubo una carcajada general, todos imaginaron otra cosa. ¿Cómo podría conseguir comida? No podía seguir andando por las calles. Alguien, un hombre, sintió pena de ella. Poco después esperaba un hijo. Hasta que una noche de invierno se mató. «¿Quién», dice Virginia Woolf, «podrá calcular el calor y la violencia de un corazón de poeta cuando está preso en el cuerpo de una mujer?».

Y así acaba la historia que no existió.

22 de mayo de 1952

La latitud de la moralidad

La mujer musulmana, si por casualidad es sorprendida por un extraño cuando se encuentra someramente vestida, hará como primer gesto el de cubrirse el rostro y no el cuerpo. Eso nos parece extraño, aunque su gesto sea parecido a nuestro hábito de usar una máscara en Carnaval, cuando nos parece oportuna la protección del anonimato. El velo que las musulmanas usan en público es la exaltación de ese mismo deseo de encubrir la personalidad, aunque sus razones sean diferentes de las de un juerguista en Carnaval.

No hace mucho tiempo en Damasco, una turba enfurecida, tirando piedras y disparando tiros, forzó la entrada de un teatro donde se exhibía una compañía francesa, como protesta contra el rostro —y no el cuerpo— desnudo de las actrices. De la misma manera, a finales del siglo pasado, durante un baile de máscaras en Nueva York, los asistentes fueron apedreados exactamente por el motivo opuesto. Y al recurrir a la policía, esta les advirtió que no tenían derecho a su protección porque estaban fuera de la ley.

La intensidad del sentido de la vergüenza, como se puede deducir de los ejemplos expuestos, varía según la región. Mientras tanto, los modernos medios de transporte, que acortan las distancias y hacen accesibles lugares anteriormente aislados, tienden cada vez más a equiparar el sentido de la moral. No hace muchos años era costumbre de varios pueblos bañarse en público sin ropa. Pero esta costumbre está desapareciendo rápidamente debido a las protestas de los visitantes extranjeros.

A primera vista, la decencia parece una virtud tan absoluta e indivisible como, pongamos, la honestidad. En realidad, sin embargo, presenta una variedad de formas que dependen de factores divergentes como la edad, las costumbres, las leyes, la época, el clima, la hora del día (¿podéis imaginar un biquini en una cena de gala?) y otros. Cada factor tiene un significado adicional que necesita una interpretación diferente.

Así son de vagos y confusos los límites de la moral, que solo puede ser juzgada de acuerdo con su latitud geográfica o histórica. E, incluso así, el juicio es siempre precario...

26 de agosto de 1960

El recuerdo del gesto de dar

Cada una de nosotras tiene un proverbio favorito, aunque no viva citándolo y repitiéndolo... ¿Cuál es el tuyo?

El mío es un proverbio chino. Es verdadero, a mi entender. Y bonito. Hace comprender. Y embellece la vida. Es este: «Un poco de perfume siempre queda en las manos de quien ofrece rosas».

Nunca he regalado rosas sin sentir que en mis manos queda un poco de su perfume. Nunca he hecho un favor sin sentir que en mis manos ha quedado el recuerdo del gesto de dar.

Nunca he dado amor sin sentir que también he recibido amor.

¿Quién sabe si el «aura» que envuelve a las personas generosas viene de que conservan, en su aspecto tranquilo y suave, el perfume de quien ha ofrecido rosas?

Mi alegría por dar llega a veces a parecerme egoísmo, de tanto como me beneficio cuando doy. Incluso me parece que soy yo quien recibe realmente.

Un día vi a una señora muy ocupada en atender a un niño que había dicho: «¡Mamá, ven aquí!». ¿Hecho trivial? No, no era trivial. Ese niño de tres años había sido recogido por la señora cuando, con dos días de vida, casi se moría de hambre.

26 de mayo de 1960

La víctima profesional

Es tan bueno quejarse. Pero ¿y cuando el hechizo se vuelve contra el hechicero? Es decir, empiezas por exagerar un poquito aquí, un poco allí, porque ves que no impresionas lo suficiente y quieres conseguir la comprensión que mereces. Pues bien: exagera un poco aquí, exagera un poco allí y el hechizo se volverá contra el hechicero cuando tú, sin darte cuenta, empieces a creértelo. Y, sin comprender cómo, pasas a ser una víctima profesional.

Una víctima profesional obtiene algún placer. El placer de llamar la atención, el placer de recibir piedad. Pero ese placer, con el tiempo, va siendo cada vez más difícil de conseguir. Primero porque la gente se va cansando y lo máximo que dan es una piedad distraída. Segundo, porque la víctima habitual poco a poco se va convenciendo de su infelicidad y ya no hay consuelo que la consuele.

Y además está lo siguiente: ser víctima profesional acaba marcando la cara como de víctima, se empieza a tener un aspecto lamentable… y nadie lo lamenta, solo tú misma.

28 de julio de 1960

La hora en que empieza el domingo

Soplaba un viento malo que no dejaba leer a nadie. No servía de nada acomodar el periódico a la forma que parecía exigir. Inmediatamente daba una vuelta, entraba entre las páginas del suplemento, no sé qué promesas de amor les haría porque ellas se ponían imposibles, rebeldes, locas por verse libres de las manos que las retenían. Una noticia de periódico es como la vida: continúa, continúa siempre y tenemos que ir volviendo las hojas, como se da la vuelta a la hoja del calendario cada día, cada mes y cada año. En uno de esos momentos sucede lo que se teme. El viento, desaforado, soltó una carcajada, cogió todas las hojas y se fue con ellas, orgulloso como un sultán. No serviría de nada correr detrás de ellas. En el primer rompiente, allí mismo, en la orilla del mar, había acabado con la virginidad de las noticias y dejado en la arena empapada sus cuerpos inservibles. Sin nada más que hacer miramos y escuchamos a los vecinos. Enfrente, un hombre gordo, con gafas oscuras y gorra de color crema pasaba la mano con dulzura por el lomo de una perrita atigrada, sin raza y sin rabo. Cosas que no le hacían ninguna falta; la diablilla debía de saber que sería la desgracia de cualquier doberman soltero, si por casualidad uno de esos nobles de la Casa de Cerbero pudiese andar, democráticamente, por la playa en las mañanas plebeyas de domingo. Era pequeñita, rolliza sin ser gorda, el pelo brillante: el blanco, blanco cegador y el negro, negro de susto. Pero no era físico su atractivo. Era por su manera de mirar dulce, de ser humilde con dignidad. El hombre estaba muy quieto y concentrado, no se podía adivinar en qué estaba pensando: su mano iba y venía con una caricia lenta y su mirada continuaba pegada a la espalda de su perrita. Su mirada, porque su pensamiento tan pronto parecía andar por esos mundos de Dios como parecía estar hablando en secreto con el pensamiento del animalito, que bajaba la cabeza o levantaba los ojos hacia su dueño, con un aire de perfecta comprensión. Después él entró en el agua; la perrita fue con él. Salió inmediatamente, temblando de frío, se sentó sobre las patas traseras y se quedó mirando tan cariñosa al hombre gordo que se envolvía en las olas que daban ganas de ser aquel ciudadano, incluso con sus michelines, solo para ser propietario de una mirada tan dulce y cariñosa. De repente se puso nerviosa, una ola más grande cubrió al hombre; ella temblaba mucho más y movía la patita delantera, la derecha, como quien llama a la persona que le preocupa en un momento de peligro. Llegó un conocido, pidió permiso, se sentó y empezó a hablar. No le gustaban ni las carreras de caballos ni el remo. La natación sí, le encantaba. Las carreras solo pueden interesarle a quien tiene un caballo amigo del alma corriendo. Entonces sí, se puede entusiasmar, gritar y hasta morir de un colapso. Pero, así en frío, ¿escoger un pura sangre desconocido y gastar en él el oro de dieciocho quilates de nuestras emociones, sin ningún vínculo afectivo? Menuda tontería. Lo mismo con el remo; entonces ¿uno estira el cuello, ve a un tipo cualquiera haciendo fuerza con los remos y dice: «voy a apostar por él»? No, no era hombre para eso. Vino de atrás una carcajada terrible, de mujer, un surco de sonido duro, en el espacio. La mujer se reía, se reía por todo y de todo, por nada y de nada. Debía de reírse de las cosas de reír y también de las cosas de llorar. Se reía solo con la garganta, sin una gota de alma. Y, pensándolo bien, es un ultraje a su sexo, un atentado a la salud pública la risa de una mujer que no sabe reír. Todas las mujeres deberían saber reír y las que no saben deberían aprender. Y también debería haber en la ley del silencio un artículo condenando a silencio de risa, a cualquier hora del día o de la noche, a una mujer que no sabe reír. Debería, pero no lo hay. Por eso aquella mujer irritaba a todo el mundo con sus risotadas enervantes. Miré otra vez. El periódico empapado había desaparecido; era un pedazo muerto de arena el lugar donde estaban la perrita y su dueño y yo sentía en la espalda un silencio de sepultura. Lejos, en el mar revuelto, un puntito y un brazo gesticulando. No se trataba de ningún ahogado. Era mi amigo que se despedía. No había nada más. Estaba todo tan quieto y tan vacío como la ciudad en una tarde de sábado. El mar ya había bajado la persiana y dejaba descansar a la playa. Comprendí que había empezado a ser domingo.

22 de agosto de 1952

¡Basta de cinturón!

Al poner el papel en la máquina me viene a la mente una pregunta primitiva, ingenua, que sería casi idiota si, en su simplicidad, no fuese la semilla de esta crónica. «¿Qué es la moda?». Confieso que me lie. Definir siempre es difícil, peligroso y, algunas veces, pedante. Especialmente para una mujer, incluso tratándose de asuntos femeninos. Las definiciones implican profundidad filosófica y la filosofía es, según dicen los hombres, para el cerebro del hombre y nunca para sesos de gallina, que es como ellos creen que son los nuestros cuando pretenden inmiscuirse en la ciencia que va de Platón a Sartre, con pequeñas escalas en Spinoza y Heidegger. Saltemos, pues, la pregunta peligrosa y quedémonos en la otra, que vino tras ella y cuya especulación podrá dar mayor provecho colectivo. «¿Cuál es la finalidad de la moda?». Está claro que la moda tiene una finalidad y no es necesario ser ningún genio para responder que es dar a la mujer sugerencias para vestir sin exhibirse, ser admirada por sus vestidos, mirada de soslayo por sus amigas, elogiada por los hombres. Darle la posibilidad de ser chic incluso aunque no sea elegante. O de reforzar la elegancia, si ya nació con ella. Y la mujer procura vestirse bien igualmente con un objetivo, el de agradar y ser admirada. En esta cuestión las mujeres se dividen en tres grupos: uno —el menor— de tendencia narcisista, que cuida su vestuario por simple gusto personal, para satisfacción propia; otro —el mayor— para ser admiradas indistintamente por tirios y troyanos; y el tercero especialmente para dejar a los hombres con la boca abierta. Las que no se encuadran en uno de ellos no se visten, se cubren el cuerpo, y hace mucho que gozan de la dulce paz de un convento o de un monasterio. Pero es justamente aquí donde la historia se complica: si la mujer se viste para agradar, para ser vista y admirada, cómo se explica que algunas de ellas, con las marcas evidentes de la moda, anden sueltas por Cinelândia,* en las ca-

* Nombre popular que recibe desde los años 30 la Praça Floriano, en el centro de Río de Janeiro, por la concentración de cines y teatros. (*N. de la T.*)

rreras del Jockey* y en el Municipal,** cuando debían estar encerradas en una jaula o en aquel edificio apropiado, que antiguamente estaba en Praia Vermelha?*** ¿O actuando en el Circo Garcia?**** Indiscutiblemente estarían en uno de esos sitios si el Sindicato de Costureras ya hubiese logrado una ley punitiva para las transgresoras de la Moda. Porque la moda es como el tráfico. Los automóviles pueden andar por la calle, pero cuando el semáforo se pone en rojo tienen que parar. Un cinturón elástico es para usarlo, pero cuando se tienen más de cincuenta años hay que saber que el semáforo está en rojo. Hace poco oí el desahogo indignado de un señor de buen gusto, un esteta genuino. Iba él por la Rua Gonçalves Dias y delante de él una señora ya de unos sesenta respetables años con el número de años doblado en michelines estrangulados por un cinturón flexible, de veinte centímetros de anchura y color de remolacha hervida. La grasa iba rebotando por toda la circunferencia y la mujer feliz de la vida, dando saltitos, como un periquito sobre la lechuga. Confesó el señor que tuvo ganas de acercarse a ella y, como un fino galanteador, lanzarle un piropo: pedirle que le regalase sus ojos. Y, saboreando la venganza, hizo el diálogo:

—¿Mis ojos? ¿Tan bonitos le parecen?…

—Estúpidos, señora mía. Con ese par de ojos seré feliz el resto de mi vida. Pasaré a ver las cosas más horrendas como si fueran las más bellas de la tierra. Con ellos se mira usted al espejo y viene a pasear por Cinelândia. No hay que decir nada más.

Y el señor alzaba los brazos al cielo con gritos de protesta:

* Se refiere al Jockey Club Brasileiro, principal hipódromo de Brasil. *(N. de la T.)*

** El Teatro Municipal, uno de los más importantes de Río de Janeiro. *(N. de la T.)*

*** Se refiere al Hospital Nacional dos Alienados, también llamado Hospicio D. Pedro II, fundado en 1852 en Praia Vermelha, Río de Janeiro. *(N. de la T.)*

**** El Circo Garcia (1928-2002), fundado por emigrantes españoles, fue en los años 50 y 60 el más importante de Brasil. *(N. de la T.)*

«¡Hay que hacer una llamada urgente para que pare el uso de estos cinturones! ¡Basta de cinturón!». Tiene toda la razón. Hay que tener ojos para vestirse con elegancia. Ojos intuitivos, con sentido común, y no solo órganos visuales. Y hay que tener mucho cuidado con ciertas modas que se expanden como epidemias, que atacan a gordas y flacas, altas y bajas, viejas y jóvenes. La de los cinturones es una de ellas. Ya es hora de hacer una campaña masiva de vacunación contra los cinturones. De bombero o de mono de trabajo, vamos a acabar con los cinturones. ¡Basta de cinturón elástico!

19 de septiembre de 1952

La difícil conquista de un amor

Me encontré con un buen amigo en una cola en la calle. Hablábamos animadamente cuando mi amigo se asombró y me dijo:

—Mira qué cosa más rara.

Miré hacia atrás y vi, viniendo de la esquina hacia nosotros, a un hombre que venía con su perro tranquilo sujeto por una correa.

Pero había en el perro algo que no era perro. Su actitud era la de un perro, y la del hombre era la de un hombre con su perro. Pero no lo era.

Tenía un hocico alargado como para poder beber en un vaso hondo, un rabo largo y duro, tieso. Podría, es cierto, ser solo una variación individual de la raza. Mi compañero de cola lanzó la hipótesis de un coatí, pero me pareció demasiado perro para ser un coatí.

O era el coatí más resignado y engañado que había visto nunca.

Mientras tanto el hombre se acercaba tranquilamente.

Tranquilamente no: había una tensión en él. Era la calma de quien se controla y ha aceptado la gran lucha. Su aspecto era desafiante. No se trataba de un hombre pintoresco o raro: era por valor por lo que iba en público con su extraño animal. Yo estaba, sin saber por qué, intrigada. Y vagamente angustiada.

Mi amigo sugirió la hipótesis de otro animal del que en ese momento no recordaba el nombre. Pero nada me convencía: había un misterio en la situación.

Solo después, poco a poco, entendí que mi confusión no era exactamente mía, venía de que aquel animal ya no sabía quién era, y por lo tanto no podía transmitirme una imagen nítida de sí mismo.

Hasta que el hombre pasó cerca de nosotros. Sin una sonrisa, la espalda rígida, exponiéndose altivamente; no, nunca fue fácil pasar ante una fila humana que juzga. Fingía prescindir de la admiración o de la piedad, pero cada uno de nosotros reconoce el martirio de quien protege un sueño. Es tan difícil mantener vivo un sueño y fingir que es verdad a costa de intentar no ver la realidad en nuestro interior...

Aproveché que el hombre pasaba por mi lado y osadamente le pregunté:

—¿Qué animal es este?

Intuitivamente mi tono fue suave para no herirlo con mi curiosidad inhumana y malsana.

Le pregunté qué animal era aquel, pero mi pregunta quizá incluía el tono de una indagación más profunda: «¿Por qué hace esto? ¿Qué carencia es la que le hace inventar un perro? ¿Y por qué no un perro de verdad, si necesitaba dar afecto a un animal? ¡Si los perros existen! ¿O es que no tiene más manera de poseer la gracia de este animal que atándolo con una correa? ¿Sabe usted que no nos apoderamos sin más ni más de un amor? ¿No sabe que si aprieta demasiado una rosa con la fuerza del amor la deshace?».

Todo eso que no dije estaba incluido en la pregunta. Sé que el tono es una unidad indivisible en palabras, sé que si profundizase demasiado en eso yo también estaría desmenuzando una rosa. Pero también sé que desmenuzar el silencio en palabras es una de mis maneras sin gracia de amar el silencio. Y que así es como a veces he asesinado aquello que me empeño en comprender. Sé bien que, gracias a Dios, uso más el silencio que las palabras.

El hombre, sin parar, respondió sucintamente, reservado, aunque sin aspereza.

Y era realmente un coatí, ¡por Dios!

Nos quedamos mirando. Ni mi amigo ni yo sonreímos. Y nadie en la cola se rio del hombre; ese era el tono, esa era la intuición. Pero mirar se puede. Y sentir.

Era un coatí que se creía perro.

A veces, con sus gestos de perro, aminoraba el paso entre los árboles y las cosas, lo que tensaba la correa y frenaba un poco a su dueño, con la habitual sincronización de hombre y perro.

Seguí con la mirada a ese coatí que no sabía quién era.

Imagino: si el hombre lo lleva a jugar a la plaza y a tomar el aire, debe de haber un momento en que el coatí se siente incómodo:

—Pero, Santo Dios, ¿por qué los perros me miran tanto, como si no fuera uno de ellos? ¿Y por qué me huelen desconfiados?

Imagino también que, después de un perfecto día de perro, el coatí debe de decirse melancólico, mirando las estrellas:

—¿Qué me pasa? ¿Qué me falta? ¡Soy tan feliz como cualquier perro bien tratado! ¿Por qué entonces este vacío, esta nostalgia y tanta añoranza no sé de qué? ¿Qué ansia es esta, como si yo solo amase lo que no conozco?

Y el hombre, el único que podría liberarlo de la pregunta, ese hombre criminal, nunca le dirá que es un coatí para no perderlo para siempre.

Pienso: ¿cuántas personas son el patito feo que en realidad será después un bello cisne? El coatí que era un perro feo un día se revelará como un coatí de verdad, otra raza, otro destino. ¿Cuántas personas no son lo que realmente son? Además de grave, el intercambio de personalidad es angustioso, apenas se puede disimular. Pienso en maridos o esposas que no le dan derecho al otro a ser lo que realmente es y nunca le cuentan el secreto.

Y pienso también en la inminencia de odio que hay en el coatí.

Siente amor y gratitud por el hombre. Pero por dentro la verdad no puede dejar de existir, el coatí no comprende que lo odian porque está vitalmente confuso. Lo sé, porque siento odio cuando no me dejan tener mi verdadera realidad (¿cuál?). Sigo vitalmente confusa y no perdono.

No, a veces perdono, porque quien me toma por otra necesita mucho a esa otra inventada.

Conozco un caso en que la esposa pidió el divorcio y nadie sabía por qué, ya que se trataba de una pareja aparentemente estable y el marido trataba a su mujer con todo el amor. Pero ella no aguantó: huyó para ser ella misma y por fin libre. No sé si acabó por encontrarse. Pero por lo menos lo intentó.

¿Y si al coatí se le revelase de repente el misterio de su verdadera naturaleza?

Tiemblo al pensar en la fatal casualidad que sería que este coatí inesperadamente se encontrase con otro coatí.

Y si en él se reconociese: «Yo soy igual que él». Tiemblo al pensar en ese instante en el que sentiría el pudor más feliz que se nos ofrece: yo soy yo…, nosotros somos iguales…

Ya lo sé, tendría derecho —cuando lo supiese— a masacrar al hombre con el odio por lo peor que un ser puede hacerle a otro: adulterar su esencia para usarlo.

Yo estoy a favor del animal: tomo el partido de las víctimas del mal amor.

Pero imploro al coatí que perdone con bondad al hombre. Y que lo perdone con mucho amor. Antes de abandonarlo para siempre, claro.

Mayo de 1977

Pastoral

Una conocida nuestra tiene como característica no apoyarse en la imaginación ajena para usar la propia. A todo en la vida le aplica su gusto por inventar, que, por más lejos que vaya, nunca cae en el mal gusto o en la extravagancia.

Por ejemplo, fuimos invitadas a comer en su casa. En el momento de pasar al comedor los varios *after you* se interrumpieron por la visión de la mesa más bonita que se pueda imaginar para cualquier día, cuánto más para un sábado lleno de sol. Sobre un mantel de lino grueso, la decoración era, como se suele decir, una fiesta para los ojos. No se trataba de cristal de Murano ni de porcelana de siglos extintos.

Nuestra amiga había compuesto como centro de mesa la más viva de las naturalezas muertas. En una bandeja invisible había amontonado en aparente desorden grandes espigas de trigo, manzanas rojas, enormes zanahorias doradas, redondísimos tomates de piel casi a punto de estallar, cayotas de aquel verde líquido, piñas tan silvestres que hasta venenosas parecían, naranjas anaranjadas —naranjísimas de tan maduras—, melones de indias que parecían miniaturas de puercoespines, gordos pepinos, pimientos huecos y amarillos que ardían en los ojos, todo eso enmarañado en húmedas barbas de maíz. Sin hablar de los racimos de uvas, las más violetas de las uvas negras, también ellas uvísimas, que apenas podían esperar el instante de ser aplastadas. Léase la descripción muy deprisa para tener una idea de conjunto y no de cada detalle. Al lado del plato de cada invitado, junto a la servilleta, había una gavillita de trigo o un manojo de rabanitos o una tajada violenta de sandía. Todo eso cortado por la acidez que se adivinaba en los verdes limones. Jarros de la leche más blanca adornaban la mesa. Y en vasijas de barro temblaba hasta casi desbordar un vino casi morado.

No se puede describir el ánimo campestre que invadió a los invitados. Si una vaca mugiese en la sala nadie se sorprendería. Cuando el perro del vecino ladró, todos se acordaron de las cacerías en las que ninguno había participado. El hambre se transformó en la más pura y saludable de las hambres. Ante nosotros estaba el símbolo de la abundancia. No una falsa riqueza de objetos, sino la riqueza natural de la tierra. Aunque nadie lo dijese (temíamos sensatamente el ridículo de una frase), todos pensábamos «retorno a la naturaleza», «vida primitiva», etc. Los invitados de formación clásica pensaban en la diosa Ceres y en el cuerno de la abundancia. Quien bebía vino bañaba los ojos en la pureza de la lechosa leche. Quien bebía leche, la bebía como si fuese vino. También la cordialidad era rural. Decíamos tonterías sin la menor crítica a las tonterías ajenas; nadie habló mal de nadie. Era la fiesta de la cosecha y se hizo una tregua.

4 de julio de 1952

Lo que la mesa revela

En opinión de los psicoanalistas, la manera como la gente se sienta a la mesa y come es significativa para el estudio de su personalidad porque tiene su origen en factores precisos, entre los que se pueden incluir no solo los llamados «buenos modales» sino también la educación moral y religiosa, la herencia, etc.

Así, en términos psicoanalíticos, el rechazo de una invitación puede ser un indicio de hostilidad. Apartar un plato frecuentemente traduce un «sordo desacuerdo». Una persona de temperamento afectuoso acepta, siempre que sea posible, las comidas y cenas que le ofrecen y —lo más importante— come de todo. Es verdad que existe la posibilidad de la alergia: podemos ser alérgicos a un plato o a quien nos ha invitado, sin que eso signifique que somos hostiles a toda la humanidad...

En el restaurante, invitados por alguien, si escogemos a propósito el plato más caro, es porque, en el subconsciente, estamos intentando castigar al anfitrión, ¡tal vez porque nos parece que nos debe mucho más que una cena!

Por otra parte, si el plato escogido es claramente el más barato, se trata de un nítido complejo de inferioridad.

Otro síntoma curioso y no muy común..., el de quien siempre quiere pagar la cuenta del restaurante. Según parece revela ser un hambriento, no de comidas sino de elogios, deseoso de la buena opinión de los demás.

¿Por qué un señor modesto, invitado por su jefe o por alguien de importancia, tiende a copiarle en la elección de los platos? Simplemente porque desea elevarse al nivel del otro y, por lo menos un instante, imaginarse también rico o importante.

El insatisfecho engulle lo que le colocan en el plato, sin saborearlo, como si estuviese librándose de una tarea o temiese ser perjudicado, recibir menos de lo que considera que le es debido.

Conclusión: a la persona equilibrada le gusta comer por el simple placer que le proporciona el sabor de la comida, y no es exigente al elegir un menú. ¡Atención, pues, a las revelaciones que puedas hacer sobre tu personalidad cuando te sientas a la mesa!

5 de octubre de 1960

Lo que las pieles sugieren

El hombre moreno, cara de crío, con las sienes que empiezan a canear, desde su lejanía de las cosas reales y prácticas estaba lejos de valorar su alta cotización personal en una plaza donde son raros estos codiciados especímenes de *argenté* cuarentón. La mujer escuchaba con interés.

—¡Visón! ¡Un visón gris! ¡Qué locura un visón gris! Es un pedazo de nube que las mujeres se echan a la espalda. ¡Mira, mira si no es así! —Y enseñaba en la página de la revista la figura estupenda, casi sumida en el anuncio de uno de esos abrigos del cielo—. Cuando veo a una mujer que lleva sobre los hombros, sin sentirlo, la responsabilidad de un visón gris, tengo unas ganas locas de pedirle que me lleve a cuestas... —Entonces la chica que escuchaba se asombró—. Sí, señora, a cuestas, ir a cuestas de un visón es el permiso que tenemos de meter la mano en el bolsillo del abrigo y gozar de la suavidad de esa piel finísima...

—Y oligárquica —atajó la chica.

—El visón gris no es para llevarlo. Es un bocado para comer... ¿Te imaginas una copa de visón gris con nata?

Su amiga cerró los ojos, apretó las comisuras de la boca y tragó en seco. Parece que no lo imaginaba. O, tal vez, imaginaba algo muy distinto. Que la mente de su amigo se había dividido en aquel momento, o que podía ser un portador insospechado de surrealismo; o también que en su cerebro estaban empezando a formarse filamentos kafkianos. Como podía ser también un pobre mortal con hambre. Hambre de nata, hambre de rico. Si no es un poeta hermético, ni un loco declarado, ¿quién piensa en comer visón gris con nata si no tiene hambre? Solo Freud podría entenderlo. ¿Qué tendría el visón gris para sugerir una extravagancia de esa categoría? A causa de un visón gris ya había visto casi un harakiri en masa en los matrimonios de su grupo de amigos. Una amiga dio una fiesta. Otras fueron y llevaron sus visones y sus maridos. Cada una que entraba manejaba con más gracia y elegancia su estola, y cada una se sentía más orgullosa de su marido; y el marido de cada una, a su vez, se sentía más enternecido y orgulloso de ambas. Pero sucedió que, aunque eran visones auténticos, con árbol genealógico en la pared, no eran visones grises. Pertenecían todos a la raza amarilla y sus pigmentos iban del marrón al habana, del miel al castaño. Hasta que llegó pisando firme como una reina, esbelta y lanzada, la última invitada, escondida entre los pliegues de un legítimo visón gris. Y, como el recinto estaba caldeado, fue, directa, a dejar su abrigo junto a los otros. Fue un desastre. Mientras, en el salón, las mujeres se miraban humilladas, lanzando a sus garbosos maridos duras miradas de odio y reprobación, en el vestuario los otros visones metían el rabo entre las piernas, se encogían, ansiosos por escapar al degradante enfrentamiento final. La chica sonrió…

—Y ya que hablamos de pieles, ¿qué tal ir a cuestas de una piel de mono?

El chico saltó como un gorila. Y se fue ceñudo. Sin contestarle. No le habló de aquella mujer esquelética, con los ojos saltones, que él encontró balanceándose como una percha en una capa de pelo largo y liso. Parecía un perro mojado. ¿Quién está tan loco como para pedir que le lleven a cuestas metido en una piel de mono?

29 de agosto de 1952

Origen del saludo a los que estornudan

Existe un cuento popular francés sobre el origen del «Jesús» o «Dios te bendiga» que se suele decir en casi todos los países a los que estornudan. Cuenta su autor que había un camino donde, en cierta parte, todos los que por ahí pasaban oían estornudos. Nadie sabía el origen ni el autor de los estornudos y, según parece, nadie sintió nunca curiosidad por saberlo. Hasta que un día pasó por ahí un viajero que oyó los estornudos y, como era probablemente un hombre de sentimientos religiosos, dijo en alto: «¿Nunca te curas de estos estornudos? Que Jesús te bendiga, pobre amigo mío, y cure tu resfriado». Inmediatamente se le apareció un fantasma que era el «hombre» de los estornudos, y agradeciendo al viajero sus buenos deseos le contó que había muerto hacía 500 años, que había sido un gran pecador y que recibió como castigo pasar los siglos allí, en aquel recodo del camino, estornudando, estornudando sin parar, hasta que un alma caritativa, apiadada, le saludase con un «Jesús te bendiga». Ahora era libre, podía gozar de su reposo eterno. «Nació de ahí», sigue contando el original escritor, «la costumbre que ha llegado hasta nosotros de ese piadoso saludo».

16 de diciembre de 1959

Diferentes conceptos de la maternidad

En Francia, hasta la Revolución Francesa, las aristócratas consideraban la maternidad como uno de los deberes más desagradables. Sin el menor respeto o amor por los niños, estaba de moda abandonar a sus hijos, en lugares lejanos, preferentemente en el campo, en compañía de criados y amas. Allí, viviendo sin comodidades y sin el bienestar que sería de esperar de la riqueza de sus padres, esos niños estaban hasta los seis u ocho años, cuando iban a conocer a su madre. Se cuenta incluso que los hijos de los reyes no escapaban a esa regla, y que el propio Luis XIV, de niño, dormía en una vieja cama con sábanas rotas que apenas lo podían cubrir.

Por el contrario, los musulmanes tienen una idea tan alta de la maternidad que la mujer que muere de parto no necesita recibir la extremaunción. Para ellos, la propia maternidad vale como la santificación de la mujer.

12 de febrero de 1960

Nuestra conversación

«La primera vez que fui a casa de Rodin comprendí que su casa no era para él más que una pobre necesidad: un abrigo contra el frío, un techo bajo el que dormir. Lo dejaba indiferente y no pesaba ni un poco en su soledad o en su recogimiento. Era en sí mismo donde él encontraba un hogar: sombra, refugio y paz. Se había convertido en su propio cielo, en su bosque y en ese ancho río que nada podía interrumpir».

Es un poeta, llamado Rilke, hablando de un escultor llamado Rodin.

Tal vez estas frases renueven para ti el pensamiento ya medio gastado, pero poco usado, de que la posible felicidad está realmente dentro de las personas. (Es cierto que citar a Rodin y a Rilke para confirmar una verdad casi obvia es como querer confesarse con el Papa). Tal vez, pensando en el gran ser que fue el escultor, digas que no se puede esperar que un gorrión (tú) aprenda a volar como un águila (él). Pero ¿qué puede enseñar un gorrión a otro gorrión? Naturalmente, si tú eres un gorrión feliz vuela como quieras. Pero si eres un gorrión inquieto, que se queda picoteando absorto, medita sobre las lecciones del águila.

22 de agosto de 1960

Etiqueta

Cuando recibas un regalo, no esperes a que se vaya la persona que te lo ha dado para abrir el paquete: ábrelo enseguida y prepara una sonrisa. ¿Después de haber cortado la carne dejas el cuchillo en el borde del plato? Es correcto. ¿Qué haces con ese resto de sopa que queda en el fondo del plato? Inclinas el plato ligeramente, pero no en tu dirección. ¿Qué hacer con un inesperado hueso en una mermelada de fruta? Debe pasar discretamente de la boca a la cuchara, manteniendo esta cerca de los labios. No cojas los huesos de las aves con las manos, a menos que estés en un pícnic o en mucha intimidad o entre americanos.

4 de julio de 1960

Sé alegre

Cuenta Camille Fiaux la historia de un joven que, decepcionado de sus amores, se entregó a una tristeza sin fin, lamentándose, consumiéndose, considerándose el más desgraciado de los hombres. Cierta noche cuando, solo, se entregaba a lamentaciones sobre el mundo y sobre la humanidad en general, se le apareció un ángel y le dio un espejo.

—Este espejo es como el mundo al que tanto acusas: refleja la imagen que se le presenta. ¡Mírate! ¡Sonríe! ¡Y mira cómo el espejo también te devuelve una sonrisa!

Después el ángel hizo prometer al joven que todas las mañanas sonreiría al espejo y se esforzaría para conservar esa sonrisa el resto del día. El joven cumplió lo prometido. En breve parecía otro, alegre, querido por todos, y poco después un nuevo amor vino a ocupar el lugar del primero. Mi querida lectora, ¿has aprendido tú también la lección?

11 de diciembre de 1959

La mosca en la miel (o La envidia de sí misma)

Nada le faltaba. Claudia Morinelli Martins tenía todo lo que había soñado para su vida. Tenía 27 años y Francisco estaba en el pleno vigor de los 30. Ella era una bella judía italiana pero él era descendiente de españoles y portugueses. Él era guapo. Y Claudia era un bello caballito alto y vibrátil. Llevaban casados tres años, unidos por una mutua pasión. Apenas podían creer en la felicidad de su vida. Los hijos los tendrían más tarde. Cuando ella tuviese 30 años. Porque deseaban ardientemente vivir solos, en plenitud.

—Francisco, ¿crees que vamos a pagar caro lo que hemos conseguido? ¿Seremos castigados con un cáncer?

—Nada de pagar caro. Y nada de separarnos. Pero si quieres pasamos mañana por el médico para que examine nuestro estado de espléndida salud.

Esta conversación fue un domingo, mes de julio. Un julio pleno y vigoroso bien en el centro del año. El lunes efectivamente pasaron por el médico. El médico, riendo, los expulsó.

—Tienen ustedes salud para dar y regalar.

Y así vivían los dos. Ella con un camisón de encaje le llevaba el desayuno a la cama: un fastuoso desayuno de huevos con beicon y fresas con nata. En el café ella vertía una cucharada de buen vino tinto. Lo trataba como a un rey. Y ella, con su bella cabellera castaña, era una frágil princesa. Llena de caprichos. A veces ponían la radio y, al son de un vals de Strauss, bailaban a la antigua, enloquecidamente. Ella daba tantas vueltas que se mareaba a carcajadas: se echaba hacia atrás el largo cabello, cerraba los ojos de gruesos párpados y se reía de amor. También eran ricos. Vivían en un apartamento de São Paulo con un amplio salón y un jardín de invierno. A veces ambos escuchaban música, mudos y contemplativos. Era una hora sagrada. Un día escucharon la Novena Sinfonía de Beethoven y ella lloró en el Aleluya. Él no dijo nada: era un hombre que sabía callar.

Pero Claudia Morinelli Martins se inquietaba. Todo era demasiado bueno. Tenía miedo.

A veces daban fiestas en casa y la araña comprada en Marsella centelleaba temblorosa. El camarero servía whisky y zumo de tomate. Pero ella se encharcaba de Coca-Cola. Las fiestas terminaban de madrugada. Y entonces ellos se casaban de nuevo en la redonda cama con sábanas de satén. Se levantaban a la una y ese día él no iba a trabajar. Se daba al lujo.

Era de casi insoportable belleza la vida gloriosa de ambos. Ella, inquieta. Los dos tenían padre y madre, privilegio que pocos tienen.

Era una mosca —ella— en la miel.

Pero la mosca se ahoga en el espeso líquido meloso. Come, pero muere.

Entonces ella pensó: o me mato o me divorcio, porque hemos llegado a la cumbre de la vida.

No se mató ni se divorció.

Pero hizo una cosa peor. Le avisó serenamente, pero con los labios enrojecidos, ligeramente trémulos, de que iba a entrar en el convento de las clarisas descalzas. Nunca más lo vería y, cuando él la visitase, solo oiría su voz. Francisco casi murió de horror. Le imploró de rodillas, rodeando su cintura fina, que no hiciese una locura así. Pero ella estaba decidida. Las familias de ambos lloraron. Se despidió de Francisco para toda la vida con un larguísimo beso, profundo, en el que ella le insufló la fuerza para vivir solo. Bañado en lágrimas él asintió. ¿Qué podía hacer el desgraciado Francisco?

Entró en el convento. Al principio sintió una gran paz interior. Solo de vez en cuando se le permitía hablar con otra monja. Se cortó el pelo, que iba cayendo al suelo en mechones un poco dorados: un desperdicio.

Pensaba mucho en Francisco. El largo beso de despedida le dolía en todo el cuerpo. El adiós es fatal.

Cuando la nostalgia le apretaba el corazón hasta un punto intolerable usaba un cilicio y se golpeaba con una cuerda hecha de nudos.

Francisco se mudó a un apartamento de una sola habitación y a una pobre cama de soltero donde no cabía mujer. Soportaba la gran pérdida como podía. Fue a Europa y allí se puso tan nervioso que tres días después cogió un avión para Brasil. Necesitaba estar en la tierra de Claudia. Había adelgazado mucho y no tenía cabeza para trabajar. Pasó por una crisis de misticismo: desnudo, rezaba de rodillas con el rostro entre las manos. Él no tenía cilicio que le ayudase. Aguantaba en seco. Y lo soportaba todo en seco, no contaba nada a nadie.

Estaba de luto riguroso. Su corazón se apretaba hasta parecer un fríjol negro. Se había dejado crecer la barba y se quedaba horas y horas mirando al aire.

Sí. Pero sucede que Claudia, la clarisa descalza, empezó a no aguantar más. Sus lindos pies esbeltos pisaban las losas frías y ella revoloteaba como una mariposa aturdida. Comprendió con horror que el convento había sido apenas uno de sus caprichos. ¿Cómo salir de allí? Pidió audiencia a la superiora. Esta le dijo severamente.

—Eres una mujer liviana.

Claudia escuchaba cabizbaja. Pero insistió, no veía la hora de salir por fin.

La superiora la llamó y le dijo:

—Te expulso de nuestro seno. No mereces la gracia divina.

Claudia, como expulsada de un paraíso que había sido para ella un infierno, salió una mañana fría vestida con un vestido largo de tosco algodón desteñido. Se ofuscó a la luz del día: todo fulguraba. Cogió un taxi y se dirigió mudamente a casa. Pero estaba vacía. Entonces, desesperada, corrió a casa de la madre de Francisco:

—¿Dónde? ¿Dónde está mi amado?

La madre se alegró y le dio la dirección y un poco de dinero para que cogiese un taxi. El apartamento de Francisco estaba en un barrio pobre de São Paulo. Con el corazón latiendo tocó el timbre. Nadie respondía. Era porque él estaba rezando y no podía parar. Claudia se sentó en el suelo y casi se durmió. Estaba delgada, con el pelo corto y los ojos hundidos. Pero eran sus dulces ojos castaños.

Cuando Francisco acabó de rezar se preguntó sorprendido quién sería el que quería invadir su soledad. Abrió la puerta. Allí estaba ella.

Que abrió lentamente los ojos. Los dos se miraron mudos. Se quedaron así un rato. Él le dio la mano para levantarla de los ladrillos. Y entraron en el pobre apartamento desnudo y despojado. Se sentaron ambos en la cama estrecha y se quedaron allí, cogidos de la mano. Hasta que ella habló:

—He vuelto porque no puedo perderte. Eres mi aliento, mi sangre y también mi hálito.

Él dijo modesto:

—Yo te recibo, mujer. Y solo la muerte nos separará.

Ambos se desnudaron y se amaron castamente. Ella se quedó embarazada. Fueron a vivir lejos de la ciudad en una casa pequeña, con jardín y patio. Hablaban poco. El silencio de ambos lo decía todo.

A los nueve meses nació aquel que se llamó Rodrigo. Ella lo amamantó con sus pequeños senos. Francisco sonreía profundamente al ver juntos a la madre y al hijo. Y la respetó hasta que se secó su leche. Espesa leche blanca de mujer que es mujer.

Tuvieron otros hijos. Siempre en la modestia.

Etc., etc., etc.

Enero de 1975

El beso

¿El beso es un impulso natural? Después de oír lo que dijo una beldad en un poema de Tennyson —«Con un largo beso él sorbió mi alma a través de sus labios»—, apenas podemos creer que el beso haya sido un gusto adquirido gradualmente, como el de comer aceitunas.

Tanto la historia como la antropología enseñan que el beso fue inventado en Europa en tiempos muy remotos y, después, de beso en beso, se difundió por todo el mundo. Antes de eso ciertas tribus se frotaban la nariz, otras la cara, mientras que otras, simplemente, se frotaban.

Sin embargo el beso no siempre ha sido tan divertido. Solo después de la Edad Media se convirtió en algo más que un saludo. En el siglo xv, por ejemplo, un viajero holandés, en Inglaterra, contó que tuvo que besar a su hospedero, a la mujer de este, a los niños, al perro y al gato. Poco a poco los jóvenes descubrieron lo que les podía proporcionar el beso y les pareció tan interesante que los puritanos empezaron a considerar algo «indecente y de mal gusto» cuando un chico y una chica se besaban en público los domingos.

El antiguo beso, frío y sin sexo, también sobrevivió junto al otro. Las mujeres, por ejemplo, se besan. Además ya ha habido críticas sobre eso: «Cuando dos mujeres se besan tenemos la impresión de que son dos luchadores que se dan la mano».

15 de julio de 1960

Cortina de humo

El cigarrillo es una herencia que nos viene de los aztecas. Fueron, efectivamente, esos antepasados de los mexicanos los que inventaron los primeros cigarrillos, que eran una cañita tierna, de diez a doce centímetros de longitud, rellena de tabaco picado mezclado con partículas de carbón vegetal para regular su combustión. El legendario rey Moctezuma II, uno de los monarcas a quienes más debe la civilización azteca, solía ofrecer esas cañitas artísticamente decoradas y esculpidas a sus huéspedes como símbolo de paz y de amistad.

Se supone que el sabor de esos cigarrillos no debía de ser de los mejores, pero, incluso así, cuando los españoles conquistaron México, adoptaron inmediatamente la costumbre nativa. Y pocos años después ya se vendían cigarrillos en las tiendas de Madrid.

La dificultad de encontrar en Europa cañas adecuadas hizo que se tuviese la idea de adoptar el papel como envoltorio del tabaco. Los cigarrillos pasaron entonces a llamarse «papeletes» y los traficantes portugueses se encargaron de difundir la nueva mercancía por los mercados europeos y orientales, donde no tardaron en suplantar a los puros.

La modernización del cigarrillo se debe a la Rusia imperial, donde pasó a ser largo y estrecho, con un poco de algodón que le servía de filtro en uno de sus extremos. El «estilo ruso» hizo furor en Europa hasta 1850, pero, poco a poco, el filtro fue perdiendo popularidad y solo fue adoptado otra vez pasado un siglo.

Durante mucho tiempo, la preferencia de los fumadores fue por el tabaco oriental, de sabor dulzón. Más tarde, sin embargo, cambió a las mezclas de diferentes tipos de tabaco creadas por los fabricantes americanos.

La importancia del cigarrillo americano, durante y después de la Segunda Guerra, fue tal que desde entonces estos cigarrillos han pasado a funcionar en todos los mercados negros del mundo como una especie de moneda internacional.

A pesar de las campañas de los médicos, que acusan al cigarrillo de provocar cáncer de pulmón, se fuma hoy más que nunca. Los cálculos, en los Estados Unidos, son que, de media, cada persona consume 436 cigarrillos al año, creando así una «cortina de humo» para las tribulaciones cada vez más intensas de la vida moderna.

7 de octubre de 1960

Con permiso, señora

Dije una vez que escribir es una maldición. No recuerdo exactamente por qué lo dije, pero lo dije con sinceridad.

Hoy lo repito: es una maldición. Pero una maldición que salva. No me refiero a escribir para un periódico, sino a aquello que puede convertirse en un cuento o en una novela. O en una novela breve (he acabado una* ahora).

Es una maldición porque obliga y arrastra como un vicio penoso, del cual es casi imposible librarse, porque nada lo sustituye. Y es una salvación. Salva al alma presa, salva a la persona que se siente inútil, salva el día que se vive y que nunca se entiende a menos que se escriba.

Escribir es intentar entender, es buscar reproducir lo irreproducible, es sentir hasta el fin lo que permanecería vago y asfixiante.

* Por la fecha de la crónica, debe de referirse a *La hora de la estrella*. (*N. de la T.*)

Escribir es también bendecir una vida que no ha sido bendecida.

Es una pena que solo sepa escribir cuando la cosa «llega» espontáneamente. Estoy por lo tanto a merced del tiempo. Y, entre una verdadera escritura y otra, pueden pasar años. Años de carencia.

Mi novela breve —novela breve es aquello que es más largo que un cuento y menos largo que una novela— he tardado dos años en escribirla. Unas veces me daba pereza, otras no tenía inspiración. Creo, claro, en la inspiración. No inspiración sobrenatural, sino el resultado que aflora de repente después de una profunda elucubración inconsciente.

He hablado de carencia. Peor que la carencia es el súbito cansancio de todo. Es una especie de saciedad, parece que ya se ha tenido todo y que no se quiere nada más. Cansancio, por ejemplo, de los Beatles. Y cansancio también de aquellos que no son los Beatles.

Cansancio incluso de mi libertad íntima, que fue tan duramente conquistada. Cansancio de amar a un hombre y ver de repente que él no merecía ese amor: era grosero, arrogante y cobarde. Sería mejor el odio.

Lo que me salvaría de esa impresión de saciedad —¿es saciedad o una libertad que está siendo inútil?— sería la rabia. No una rabia amorosa, que existe. Sino la rabia simple y violenta. Cuanto más violenta mejor. Rabia a los que no saben nada. Rabia también a los inteligentes que «dicen cosas» para exhibirse.

Rabia al cine moderno, ¿por qué no? Y al otro también. (Solo me gustan las películas de arte o de misterio, y, si es posible, violentas, porque así me alivian el alma. En realidad solo el cine me descansa la mente. Uno de mis editores me dijo que, para amortiguar la tensión en que vive, va todos los días al cine).

Rabia a la afinidad que siento con algunas personas como si ya estuviese saciada de afinidad conmigo misma.

¿Y rabia al éxito? El éxito es una indiscreción, es una falsa realidad. Simplemente no tengo un compromiso con el éxito.

La rabia me ha salvado la vida. ¿Sin ella qué sería de mí? ¿Cómo soportaría un titular que salió un día en un periódico y que decía que cien niños mueren diariamente de hambre en Brasil? ¿La rabia es mi más profunda rebeldía contra el hecho de ser humana? Ser humana me cansa. Y también me da rabia sentir tanto amor inútil.

Hay días en los que vivo de pura rabia de vivir. Porque la rabia me revive: nunca me he sentido tan alerta.

Ya sé que esto va a pasar y que volverá la carencia necesaria.

Y entonces lo querré todo, ¡todo! Ah, qué bueno es necesitar y tener. Qué bueno es el instante en que se necesita, el instante que precede al de tener.

Pero tener fácilmente, no. Porque esa aparente facilidad cansa. ¿Hasta escribir es fácil? Si es así, dejo de escribir. ¿Por qué yo, que escribía con las entrañas, ahora escribo con la punta de los dedos?

Es un pecado, ya lo sé, querer la carencia. Pero la carencia de la que hablo es más plena que esta especie de abundancia.

Me voy a dormir porque no soporto este mundo mío de hoy, lleno de cosas inútiles. Buenas noches para siempre, para siempre. Y no quiero oír la voz humana: sufro de contaminación sonora. Y si soporto mi voz despidiéndose es porque acentúa mi rabia.

Solo una rabia es bendita: la de los que necesitan. La de los que comen ratones porque tienen hambre y espesan la sopa con barro.

Buenas noches.

Me fui a dormir demasiado pronto y me desperté a las cuatro de la madrugada.

Minutos después sonó el teléfono. Era un compositor de música popular, letrista también. Hablamos hasta las seis de la mañana. Él lo sabía todo sobre mí. ¿Cómo? ¿Por qué? ¿Los bahianos son así? Y escuchó cosas equivocadas sobre mí también. Ni siquiera le corregí.

Él estaba en una fiesta y dijo que su novia —con quien después se casó—, sabiendo a quién estaba llamando, se tiraba de los pelos de celos. Pobre de mí, la que se casó fue ella. En la fiesta —oía ruidos, voces y gritos— había una tal Ana y él dijo que era feroz conmigo. Me invitó a una fiesta porque todos querían conocerme. No fui.

Pero sí estuve en una reunión meses antes de la muerte de Guimarães Rosa.* Me dijo que cuando no se sentía bien, cuando estaba deprimido, releía fragmentos de lo que ya había escrito. Los presentes se sorprendieron cuando dije que detesto releer mis cosas. Alguien observó que lo gracioso es que parece que yo no quiera ser escritora. En cierto modo es verdad, y no sé por qué. Pero me avergüenza incluso que me llamen escritora.

En esa misma fiesta Sérgio Bernardes** dijo que tenía desde hacía años una conversación pendiente conmigo. Pero no la mantuvimos y nunca he sabido lo que quería decirme. ¿De qué se trata, Sérgio? Estoy a tu disposición para cualquier cosa que haya que aclarar. En ese momento pedí una Coca-Cola en vez de conversar. Sérgio estaba hablando con nuestro grupo de cosas que yo no entendía. Entonces dije: «Adoro oír cosas que me dan la medida de mi ignorancia». Y tomé otro sorbo de Coca-Cola. No, no estoy haciendo propaganda de esa bebida ni me pagan por eso. Ya toca, ¿no, millonarios de la Coca-Cola?

Entonces Guimarães Rosa me dijo una cosa que nunca olvidaré: dijo que me leía, «no para la literatura, sino para la vida». Y citó de memoria frases y frases mías y yo no reconocí ninguna. Creo que soy medio rara, pero ¿qué le vamos a hacer?

Otra persona me llamaba de madrugada. Me explicó que pasaba por mi calle, veía la luz encendida y entonces me llamaba.

* Joao Guimarães Rosa (1908-1967), médico, diplomático y escritor. La publicación en 1956 de *Gran sertón: veredas*, obra que ha sido comparada al *Ulises* de Joyce, lo consagró como el renovador de la narrativa brasileña y uno de los autores más relevantes del siglo xx. *(N. de la T.)*

** Sérgio Bernardes (1919-2002), arquitecto brasileño, discípulo de Oscar Niemeyer. Autor entre muchas otras obras del Centro de Convenciones de Brasilia. *(N. de la T.)*

A la tercera o cuarta llamada, siempre de madrugada, me dijo que yo no merecía mentiras. En realidad la parte trasera de su casa daba a la mía. Me veía todas las noches. Como se trataba de un oficial de marina le pregunté si tenía un catalejo. Se quedó en silencio. Después me confesó que me miraba por el catalejo. No me gustó. Tampoco él se sintió bien por haber dicho la verdad, tanto que me avisó que «ya no tenía gracia» y que no me llamaría más. Lo acepté.

Entonces fui a la cocina a calentar un café. Después me senté en mi esquina de tomar café. Lo tomé con toda la solemnidad: me parecía que tenía a un almirante sentado frente a mí.

Felizmente he acabado por olvidar que alguien me podía estar observando con un catalejo y sigo viviendo con naturalidad: yo no tengo nada que ver con los catalejos ajenos. Me deben de haber visto muchas veces en camisón.

Como se ve, esto no es una columna, es una simple conversación. ¿Cómo están ustedes? ¿Están en la necesidad o en la abundancia?

Y ahora vamos a hablar de energía atómica, un poco de cultura no cuesta nada.

¿Quién me iba a decir en mi infancia que un día me iba a encontrar frente a frente con uno de mis ídolos de Recife? Aquel a quien Einstein dijo: «Solo usted es capaz de seguir mis pasos». Se trata de Mário Schemberg, físico y matemático. Vive en São Paulo. Ahora es principalmente físico teórico, aunque haya participado en trabajos experimentales. Cuando me encontré con él, Mário estaba redactando una tesis sobre electromagnetismo y gravitación, además de participar en el proyecto de colaboración Brasil-Japón sobre rayos cósmicos. Estaba enseñando mecánica racional, celeste y superior en el Departamento de Física de la Facultad de Filosofía, Ciencias y Letras de la Universidad de São Paulo, y el año anterior había dado un curso de posgrado en el Centro Brasileño de Investigaciones Físicas de Río de Janeiro. La mayoría de nosotros no comprende estos temas y se queda en la oscuridad. Lo que yo comprendí fue la idea de algo de extraordinaria belleza. Algo así como música de cámara. Cuando en el bachillerato estudié matemáticas y física, comprendí que en esas dos ramas del conocimiento humano la intuición tenía un papel preponderante, aunque mis profesores pensasen que se trataba solo de una aguda capacidad de raciocinio. Está claro que el raciocinio tiene una enorme importancia, pero también está claro que la intuición tiene su papel en la física y en las matemáticas. Y para mí todo aquello en lo que entra la intuición es una forma de arte. La física y las matemáticas son poéticas. Hasta tal punto son una forma de arte que las comparo con la música de Bach. Para alegría mía supe después que el matemático Jean Dieudonné pensaba y decía lo mismo.

Mário Schemberg tiene una bella cabeza de hombre que recuerda mucho a la cabeza de un emperador romano. Cuando habla cierra los ojos durante un rato.

Desde 1934, cuando se creó la Facultad de Filosofía, Ciencias y Letras de la Universidad de São Paulo, se realiza en Brasil investigación sobre física atómica, física nuclear y física de las partículas elementales. Entonces el profesor Gleb Watghin fundó el Departamento de Física de la facultad. Después de la última guerra han empezado los estudios de aprovechamiento de energía nuclear en São Paulo, Río de Janeiro y, más tarde, en Belo Horizonte, Recife y otros puntos del país. Pero no existe un volumen suficiente de investigación atómica en Brasil.

Bueno, creo que no queréis hablar más de este tema, que, sin embargo, es fascinante. Por lo menos para mí, que fui una buena alumna de física y de matemáticas.

Una vez me ofrecieron la oportunidad de hacer una crónica de comentarios sobre acontecimientos, solo que esa crónica sería hecha para las mujeres y dirigida a ellas.

La propuesta acabó en nada, felizmente. Digo felizmente porque me temo que la columna acabaría derivando hacia asuntos estrictamente femeninos, considerando «femenino» lo que generalmente los hombres e incluso las propias humildes mujeres consideran: como si la mujer formase parte de una comunidad cerrada, aparte, en cierto modo segregada.

En mi desconfianza recordaba el día en que una chica me vino a entrevistar sobre literatura, y, juro que no sé cómo, acabamos hablando sobre la mejor manera de usar el *eye liner*. Y me parece que la culpa fue mía, porque la chica era bastante seria y quería hablar sobre literatura. El maquillaje de los ojos también es importante, pero yo no pretendía invadir la conversación literaria, por bueno que sea hablar de moda y de nuestra preciosa belleza fugaz.

Creo que he mezclado demasiado los temas. Y esta conversación, por mi culpa, ha acabado siendo una cháchara un poco rara. Que me perdonen mis lectores. Y que me digan sobre qué quieren que escriba. Aunque no sé escribir por encargo, me pierdo completamente y escribir se convierte en un deber insoportable. Entonces deshago lo que he dicho sobre que me encarguéis sobre qué escribir. Seguiré libre para bien del pueblo y para la felicidad general de la nación.

Febrero de 1977

Botella al mar

Hemos encontrado un libro sobre etiqueta, sin portada, sin nombre de autor o fecha, cosa que le da la nobleza de un documento encontrado en una botella. Convertido por esas circunstancias en algo misterioso y lleno de autoridad, lo abrimos como escucharíamos una verdad tan verdadera que ya es incluso anónima.

Que lo abrimos es una forma de hablar. El libro se abrió solo, por una página gastada seguramente por manos ansiosas de comportarse bien en la vida. El capítulo trataba de señoras y ascensores. Y, antes de que se nos ocurriesen las asociaciones más extravagantes por esa suma insólita de las dos palabras, leímos: «Una señora debe evitar por todos los medios subir en ascensor». El libro no da las razones. Probablemente serían obvias.

Pero no por ser tan categórico el autor dejó de ser realista o benevolente. De hecho añadía que, en caso de ser absolutamente necesario ese viaje, las señoras se mantuviesen sentadas.

¿Sentadas en el ascensor? Si nos encogemos de hombros, esa no fue sin duda la actitud de la dueña de las antiguas manos que sujetaron el libro. Ella tal vez se haya estremecido: «Dios mío, ayer mismo me vi obligada a entrar en el ascensor... ¡Y me quedé de pie! ¡Ay, lo que deben de haber pensado de mí!».

No tenemos derecho de reírnos de esa aflicción; tenemos otras, aunque más modernizadas.

Lo que se nos ocurrió es que estaba muy lejos del autor la idea de que un día su libro serviría, por un momento al menos, para desvalorizar el imperativo de la etiqueta y rebajar la gravedad de las incorrecciones. Y que sugeriría una idea desgraciadamente imposible de aplicar: la de que solo se debería leer un libro sobre etiqueta después de que este llevase perdido cien años. ¡Cuanto más viejo, más útil!

30 de mayo de 1952

Misterio en São Cristóvão*

Una noche de mayo —los jacintos rígidos detrás de la vidriera— el comedor de una casa estaba iluminado y tranquilo.

Alrededor de la mesa, inmovilizados por un instante, se encontraban el padre, la madre, la abuela, tres niños y una jovencita delgada de diecinueve años.

La serenidad perfumada de São Cristóvão no era peligrosa, pero la manera como las personas se agrupaban en el interior de la casa hacía arriesgado todo lo que no fuese el seno de una familia en una fresca noche de mayo. No había nada de especial en la reunión; habían acabado de cenar y conversa-

---

* São Cristóvão es uno de los barrios más antiguos y tradicionales de Río de Janeiro. *(N. de la T.)*

ban a la mesa, los mosquitos alrededor de la luz. Lo que había hecho particularmente rica la escena, y tan radiante el rostro de cada persona, es que después de muchos años casi se podía tocar por fin el progreso de aquella familia, pues en una noche de mayo, después de cenar, los niños habían ido diariamente a la escuela, el padre mantenía los negocios, la madre había trabajado durante años en sus partos y en la casa, la chica se estaba equilibrando con la delicadeza de su edad y la abuela había alcanzado una posición. Sin darse cuenta, la familia miraba la sala feliz, vigilando ese raro instante de mayo y su abundancia.

Después cada uno se fue a su cuarto. La vieja se tendió gimiendo con benevolencia. El padre y la madre, cerradas todas las puertas, se acostaron pensativos y se durmieron. Los tres niños, escogiendo las posturas más difíciles, se durmieron en tres camas como en tres trapecios. La muchacha, con su camisón de algodón, abrió la ventana del cuarto y respiró todo el jardín con insatisfacción y felicidad. Inquieta por la humedad perfumada, se acostó prometiéndose para el día siguiente una actitud completamente nueva que hiciese temblar a los jacintos y estremecerse a las frutas en las ramas. En medio de su meditación se durmió.

Pasaron las horas. Y cuando el silencio guiñaba el ojo a las luciérnagas —los niños inmersos en el sueño, la abuela rumiando un sueño difícil, los padres cansados, la muchacha dormida en medio de su meditación— se abrió la casa de la esquina y de ella salieron tres enmascarados.

Uno era alto y llevaba una cabeza de gallo. Otro era gordo y se había vestido de toro. Y el tercero, más joven, por falta de ideas, se había disfrazado de caballero antiguo y se había puesto una máscara de demonio a través de la cual asomaban sus ojos cándidos. Los tres enmascarados cruzaron la calle en silencio.

Cuando pasaron por la casa oscura de la familia, aquel que era un gallo y tenía casi todas las ideas del grupo, se paró y dijo:

—Mirad.

Sus compañeros, pacientes por la tortura de la máscara, miraron y vieron una casa y un jardín. Sintiéndose elegantes y miserables, esperaban resignados a que el otro completase el pensamiento. Al final el gallo añadió:

—Podemos coger jacintos.

Los otros dos no respondieron. Aprovecharon la parada para examinarse desolados y buscar una manera de respirar mejor dentro de la máscara.

—Un jacinto para adornar el disfraz —concluyó el gallo.

El toro se agitó inquieto ante la idea de tener un adorno más que proteger durante la fiesta. Pero, pasado un instante en que los tres parecían pensar profundamente para resolver algo sin que en realidad pensasen en nada, el gallo se adelantó, trepó ágil por la reja y pisó la tierra prohibida del jardín. El toro lo siguió con dificultad. El tercero, a pesar de dudar, de un solo salto se plantó en el mismo centro de los jacintos, con un golpe amortiguado que hizo que los tres esperasen asustados: sin respirar, el gallo, el toro y el caballero del diablo escrutaron la oscuridad. Pero la casa seguía entre tinieblas y sapos. Y, en el jardín sofocado de perfume, los jacintos se estremecían inmunes.

Entonces el gallo avanzó. Podría coger el jacinto que estaba al alcance de su mano. Los más grandes, sin embargo, que crecían cerca de una ventana —altos, duros, frágiles—, brillaban, llamándolo. Hacia allí se dirigió el gallo de puntillas y el toro y el caballero lo acompañaron. El silencio vigilaba.

Pero, apenas había cortado el tallo del jacinto más alto, el gallo se paró, helado. Los otros dos se pararon también con un suspiro que los sumergió en el sueño.

Detrás del cristal oscuro había un rostro blanco y los miraba.

El gallo se quedó paralizado en el gesto de cortar el jacinto. El toro se vino abajo con las manos aún erguidas. El caballero, exangüe bajo la máscara, había rejuvenecido hasta encontrar la infancia y su horror. El rostro miraba detrás de la ventana.

Ninguno de los cuatro sabría quién era el castigo del otro. Los jacintos cada vez más blancos en la oscuridad. Paralizados, se espiaban.

La simple aproximación de cuatro máscaras en la noche de mayo parecía percutir en recintos huecos, y en otros, y en otros que, sin el instante en el jardín, se quedarían para siempre en ese perfume que hay en el aire y en la inmanencia de cuatro naturalezas que el azar había señalado, marcando hora y lugar, el mismo azar preciso de una estrella fugaz. Los cuatro, venidos de la realidad, habían caído en las posibilidades que tiene una noche de mayo en São Cristovão. Cada planta húmeda, cada guijarro, los sapos roncos, aprovechaban la silenciosa confusión para situarse en un mejor lugar, todo en la oscuridad era muda aproximación. Caídos en la trampa, se miraban aterrorizados: se había traspasado la naturaleza de las cosas y las cuatro figuras se espiaban con las alas abiertas. Un gallo, un toro, el demonio, y un rostro de muchacha, habían liberado la maravilla del jardín… Fue entonces cuando apareció la gran luna de mayo.

Era un toque peligroso para las cuatro imágenes. Tan arriesgado que, sin un sonido, cuatro visiones mudas retrocedieron sin desafiarse, temiendo que cuando no estuviesen atados por la mirada nuevos territorios distantes resultasen heridos, y que, después del silencioso hundimiento, quedasen solo los jacintos, dueños del tesoro del jardín. Ningún espectro vio al otro desaparecer porque todos se retiraron al mismo tiempo, lentamente, de puntillas. Apenas, sin embargo, se rompió el círculo mágico de cuatro, libres de la vigilancia mutua, la constelación se deshizo con terror: tres bultos saltaron como gatos la reja del jardín, y otro, estremecido y agrandado, se apartó de espaldas hasta el umbral de una puerta, desde donde, con un grito, echó a correr.

Los tres caballeros enmascarados que, por idea funesta del gallo, pretendían dar una sorpresa en un baile tan lejos del carnaval, fueron un éxito en medio de la fiesta ya empezada. La música paró y los bailarines, aún enlazados, entre risas, vieron a tres enmascarados jadeantes parar como indigentes a su puerta. Al final, después de varios intentos, los invitados tuvieron que abandonar su deseo de coronarlos como reyes de la fiesta porque, asustados, los tres no se separaban: uno alto, uno gordo y uno joven, uno gordo, uno joven y uno alto, desequilibrio y unión, los rostros sin palabras, bajo tres máscaras que vacilaban independientes.

Mientras tanto, la casa de los jacintos se había iluminado del todo. La muchacha estaba sentada en el salón. La abuela, con el pelo blanco trenzado, sujetaba un vaso de agua, la madre acariciaba el pelo oscuro de su hija, mientras el padre recorría la casa. La muchacha no sabía explicar nada: parecía haberlo dicho todo con su grito. Su rostro había empequeñecido, toda la laboriosa construcción de su edad se había desmontado, era de nuevo una niña. Pero en la imagen, que había rejuvenecido toda una época, para horror de la familia, un hilo blanco había aparecido entre los cabellos de la frente. Como insistía en mirar hacia la ventana, la dejaron sentada para que descansase, y, con los candelabros en la mano, estremeciéndose de frío bajo sus camisones, salieron de expedición al jardín.

Poco después las velas se esparcían danzando en la oscuridad. La hiedra iluminada se encogía, los sapos saltaban alumbrados entre los pies, los frutos se doraban por un momento entre las hojas. El jardín, despertado de su sueño, a veces se engrandecía, otras se extinguía; las mariposas volaban sonámbulas. Finalmente la vieja, buena conocedora de los arriates, apuntó hacia la única señal visible en el jardín esquivo: el jacinto aún vivo con el tallo roto... Entonces era verdad: algo había pasado. Volvieron, iluminaron toda la casa y se pasaron el resto de la noche esperando.

Solo los tres niños dormían aún más profundamente.

La muchacha poco a poco recuperó su verdadera edad. Ella era la única que no vivía escrutando. Pero los demás, que nada habían visto, se volvieron atentos e inquietos. Y como el progreso de aquella familia era un frágil producto de muchos cuidados y de algunas mentiras, todo se deshizo y hubo que rehacerlo casi desde el comienzo: la abuela siempre dispuesta a ofenderse, el padre y la madre fatigados, los niños verdaderamente insoportables, toda la casa como si esperase que una vez más la brisa de la prosperidad soplase después de una cena. Lo que sucedería tal vez otra noche de mayo.

8 de agosto de 1952

Solo para mujeres

Consejos

Apariencia: todo tiene remedio

¿Eres «moralmente» tan anticuada que consideras la vanidad femenina una frivolidad? Ya deberías saber que las mujeres quieren sentirse guapas para sentirse amadas. Y querer sentirse amada no es una frivolidad.

Si piensas que «has nacido» así y que no tiene remedio, ten la seguridad de que estás desistiendo de algo muy importante: de tu propia capacidad de atraer. ¿Quieres saber algo? La obesidad tiene remedio. El pelo sin vida tiene remedio. Una cara sin gracia tiene remedio. Todo tiene remedio.

¿La solución? La solución es no ser una mujer desanimada y triste. Y la otra solución es tener como objetivo ser «tú misma», pero más atractiva, y no alcanzar un tipo de belleza que nunca podría ser el tuyo.

Para no «parecer boba»

¿Nunca leíste de pequeña el cuento de una princesa muy guapa pero que —por la maldición de un hada mala— no podía abrir la boca sin que le saliesen sapos, lagartos y ratones?

Pues la manera moderna de que salgan «sapos y culebras» de la linda boca de una joven es decir muchas tonterías con los labios perfectamente maquillados. Pero esto no sucede por la maldición de un hada mala, sino por ignorancia, por falta de cultura. Una de esas «princesas» modernas, al escuchar una conversación sobre Hemingway, preguntó: «¿Cuál es la última película que ha hecho?».

Leer es una costumbre que todo el mundo debería tener. No queremos decir con eso que todos lean «cosas difíciles». Incluso una revista bien informada —y bien leída— puede ser una fuente de cultura que al menos evite «sapos y culebras».

¿Se puede amar sin admirar?

Se puede dar un amor natural, común. Se puede sentir pena por una persona o atracción física hacia ella y engañarse pensando que esa reacción es amor. Pero para que exista el amor real es necesario admirar alguna cosa en él o en ella. Theodore Reik cree que «el amor solo es posible cuando atribuyes un valor más alto al otro que a ti mismo, cuando ves en ella o en él una personalidad que, por lo menos en algún sentido, es superior a la tuya».

Fotografiamos para ti. La excéntrica

La vida no es cine, y es muy difícil «usar» la excentricidad. La excentricidad es un deseo desesperado de agradar. El instinto de las mujeres las avisa de «hasta dónde pueden llegar» en su deseo de agradar. ¿Has pensado alguna vez en el esfuerzo enorme que la excentricidad exige de una mujer? Casi un esfuerzo físico para mantener algo antinatural. Después de algunas horas se ve en el rostro de la excéntrica su enorme cansancio, sus ganas de volver a casa…

¿Qué es la excentricidad? De manera general, la exageración. ¿A los hombres les gusta el perfume? La excéntrica se baña en perfumes… ¿El escote es bonito? Ella entonces se desnuda. ¿Entrar con seguridad en una sala es elegante? Entonces vamos a hacer una entrada teatral. ¿La naturalidad es agradable? Entonces vamos a fingir naturalidad confundiéndola con la vulgaridad. ¿A los hombres les gusta el «compañerismo»? Entonces vamos a beber como un hombre, a decir palabrotas y a demostrar que estamos por encima de esa cosa ridícula que es una mujer educada. La excentricidad es un esfuerzo que termina en tristeza.

Hora y tiempo para todo

¿Por qué hay mujeres que nunca se acuerdan de mirar el reloj cuando van a salir? Por eso es normal verlas, por la mañana temprano, camino de la oficina, ya cargadas de pinturas, joyas y perfumes, ostentando vistosos atuendos. No notan el ridículo que hacen. Otras, exagerando lo que pretenden que sea su «sencillez», se presentan en cualquier lugar, en horario nocturno, a veces incluso en reuniones en casas particulares, con sandalias, faldas y blusas deportivas, cuando no con pantalones y los peinados menos indicados.

Una mujer elegante no hace esto. Para esta el lugar y la hora son factores importantes para la tarea de «vestirse bien» y «presentarse bien». Tan importantes como la edad en relación con la moda, el maquillaje y el peinado.

Si no quieres ser objeto de críticas irónicas, de risitas, antes de empezar a arreglarte, antes de elegir el peinado y el vestido que vas a llevar, mírate primero a ti misma: «¿qué edad aparento?». Después tu tipo: «¿no estaré un poco gorda (o delgada) para llevar esto?». Después el reloj. Todo esto, claro, después de haber decidido si vas a un lugar donde se exige ropa deportiva o traje de vestir.

Quien mucho agrada desagrada

Nunca he oído este proverbio, creo que acabo de inventarlo. Pero vas a ver cómo este proverbio, inventado o no, se aplica a las personas que conoces: las que quieren agradar a cualquier precio. Entonces se vuelven «encantadoras». Intentan adivinar los mínimos deseos de los otros. Intentan elogiar de cualquier forma. Empiezan también a mostrar que se sacrifican a cada momento. Este tipo encantador pesa en el alma de los demás. En una palabra: desagrada.

Si se consigue ser uno mismo y estar a gusto, se permite a los otros ser ellos mismos y estar a gusto.

Los espejos del alma

Desde la más remota antigüedad, los ojos han servido de tema para poemas, ensayos, proverbios, leyendas, etcétera. Los de Cleopatra (que se los maquillaba mucho, como las elegantes modernas) eran tan célebres como su nariz y deben de haber desempeñado también un papel importante en el cambio de destino de la humanidad.

La moda actual —insensata en tantos aspectos—, al menos por lo que se refiere a los ojos, demuestra haber comprendido su importancia para destacar la belleza de un rostro. En efecto, nunca ha habido tanto refinamiento en el maquillaje de los ojos como ahora. Su forma es subrayada y alargada con trazos de lápiz; el rímel, que hasta hace bien poco tiempo se limitaba al negro y al marrón, hoy se encuentra en los más variados matices de verde, azul, violeta o gris, y un muestrario de sombras para ojos recuerda la paleta de un pintor abstracto.

Pero no solo eso. Recientemente en París han salido sombras doradas y plateadas para la noche. Y Josephine Baker, la famosa cantante y bailarina «café au lait», ha lanzado la moda de pegarse sobre cada párpado una pequeña piedra preciosa. De esta manera, cualquiera que quiera tomarse esa molestia (un trabajo casi de orfebre) podrá exhibir una mirada refulgente...

En cuanto a las pestañas postizas, en otro tiempo usadas solo por las actrices en el escenario o en la pantalla, su uso se está difundiendo cada vez más, incluso de día.

Para que los ojos sean bellos, no basta, sin embargo, que sean grandes, que tengan un color especial o que estén maquillados con cuidado. Es necesario que en ellos haya algo más.

Porque, al ser «los espejos del alma», deben reflejar dulzura, comprensión, inteligencia.

En resumen, más importante que los ojos es la mirada.

El paraguas-sombrilla

Nuestras abuelas consideraban la sombrilla un elemento de coquetería. Además, nadie quería manchar con el sol una piel radiantemente blanca. Hoy preferimos el bronceado en verano, pero podemos usar la gracia de un paraguas decorado, estampado y alegre como una sombrilla. Sobre todo porque las lluvias de verano son lluvias alegres...

Quien no tiene rostro

Hay mujeres de quienes podríamos decir: no tienen rostro. Realmente es así, pues su fisonomía está «sumergida» de tal manera, con rasgos indecisos y colores apagados, que recuerdan un cuadro solo esbozado y nunca terminado.

Despierta un rostro apagado

¿Sabrías «crear», sobre un rostro apagado, tu verdadero rostro? ¿Despertar la expresión? ¿Subrayar los rasgos? ¿Dar sal y gracia a una fisonomía dormida?

¿Sabes, por ejemplo, encender en una mirada mortecina una leve llama de vivacidad?

Supongamos que eres rubia —o que, a pesar de ser castaña, tienes aquellos ojos medio apagados que a veces se ven en las rubias—. No es necesario abusar del maquillaje. Primer trabajo: sombras, destinadas a definir, acentuar y subrayar (sin sobrecargar) la forma del párpado. Después: con trazos del lápiz apropiado subraya la línea de las pestañas superiores y acentúa la línea inferior, a partir del centro del párpado en dirección al ángulo externo del ojo. Y, para acabar, rímel en las pestañas y lápiz en las cejas (para igualarlas y acentuar su forma).

¿A quién debes imitar?

Esa es la cuestión: debes imitarte a ti misma. Es decir: tu trabajo es descubrir en tu propio rostro la mujer que serías si fueses más atractiva, más personal, más inconfundible. Cuando «creas» tu rostro, teniéndote a ti misma como base, tu alegría es la de un descubrimiento, la de una revelación.

Estar ocupada

Si te sobra demasiado tiempo, hasta el punto de conocer una de las peores cosas de la vida —el tedio—, piensa en estas posibles ocupaciones:

—Explotar las aptitudes con las que has nacido o las que has adquirido y que podrían desarrollarse.

—Hacer de algunas de tus aptitudes un medio de trabajo regular, remunerado.

—Aplicar tu bondad a servir a cuantos la necesiten.

—En vez de comprar todas las cosas que tú o tu familia necesitáis, hazlas tú misma.

¿La casa propia aumenta la felicidad?

Tener una casa en propiedad, donde pueda hacer mejoras y cambiarla a su gusto, es el sueño de toda mujer. Con raras excepciones, una esposa preferirá una casa propia a un coche. Un hogar —si la casa es propia— aumenta la sensación de seguridad de una esposa y da al hombre una satisfacción muy parecida a la del deber cumplido ante su familia. Saber que los suyos tendrán un techo, que él les ha dado a costa de su sudor y de su sufrimiento, contribuye a reforzar el carácter ya formado de un hombre. Estrecha los lazos y naturalmente contribuye mucho a la felicidad completa de una pareja. Decimos contribuye, porque una casa por sí sola no da la felicidad a nadie, pero ayuda a encontrar o a reforzar la felicidad existente.

Aciertan las parejas que hacen sacrificios enormes para adquirir su casa, porque en la lucha en común y en las privaciones de pequeños placeres y alegrías, se encuentran maduros para la vida y más dispuestos a comprenderse mejor.

La carrera para «llegar a la hora»

La puntualidad es una costumbre que descansa. Si estás siempre corriendo para llegar a la hora, estarás en continuo estado de tensión.

Saber que llegas «a la hora» te dará una sensación de calma y de seguridad. Pero mira lo que sucede cuando de repente miras el reloj y descubres que llegarás muy tarde. El pequeñísimo *shock* hace que tenses los músculos.

Quien llega siempre tarde paga, sin saberlo, un precio: una constante, aunque leve, insatisfacción consigo misma.

Por no hablar del cansancio que da tanto correr «para apagar el fuego». Y sin hablar del aspecto jadeante y desagradable para los otros.

Y todo eso porque algunos minutos no te parecieron importantes y de repente te parecen importantísimos…

Los primeros miedos

Los primeros miedos de tu hijo son muy respetables… Para que los entiendas basta con recordar lo hostil y amenazador que debe de parecer el mundo a quien está, por decirlo así, naciendo. En vez de «armarte de paciencia», te armarás de amor cuando recuerdes que eres el símbolo de protección y abrigo para ese niño que no entiende por qué lo tienen que sentar en una silla que rueda, dejar que un hombre desconocido se acerque a él con unas tijeras y máquinas ruidosas y cortarle un pelo que no le molesta…

El oro vuelve a ser patrón

En los buenos tiempos en los que el patrón era el oro, lo dorado, como accesorio de la elegancia femenina, se restringía a las grandes ocasiones, a los atuendos de gala, a los zapatos preciosos y a los tejidos suntuosos. Pero los tiempos han cambiado y, con ellos, por decirlo así, la época áurea del oro que, al perder su prestigio de patrón, pasó a ser útil solo para los joyeros y los dentistas…

Así, ese precioso metal poco a poco se fue democratizando y ha empezado a invadir terrenos en los que antaño jamás hubiéramos pensado encontrarlo. El fenómeno ha repercutido sobre todo en la moda femenina. Nadie, hoy en día, se asombra ya ante unas sandalias de sport doradas, trajes de baño de lamé, telas de algodón entretejidas con hilos de oro, etcétera.

La invasión se ha producido también en el campo de la cosmética: uñas doradas, párpados que parecen monturas en oro para las piedras preciosas de los ojos…, cabellos salpicados de polvo dorado, ¡y hasta los labios pueden volverse de oro!

Pero ¡cuidado! La exageración es tan perniciosa como la mediocridad. Una mujer, para ser elegante, no necesita ser excéntrica. Uno o dos detalles vistosos en su vestimenta pueden dar originalidad al conjunto, pero, cuando hay un exceso, surge el peligro del ridículo. Las mujeres que se cubren de oro, en vez de parecer deslumbrantes, pueden tener un aspecto vulgar, que es la antítesis de la elegancia…

En el campo de los accesorios, como el oro, con su brillo, es el más positivo de los «colores», puede fácilmente parecer chillón. Y hay otra circunstancia a tener en cuenta: las tonalidades del oro son muchas y raramente casan unas con otras.

No es oro todo lo que reluce, ni tampoco elegancia…

¿Ir a la moda requiere dinero?

Con dinero es mejor, no hay duda. Pero, afortunadamente, hay más mujeres elegantes que mujeres ricas. Y cada vez más, porque los modistos de hoy no pueden darse el lujo de crear y vender solo para un grupo limitado. Los «hallazgos» de los diseñadores salen deprisa de los grandes salones y andan con las chicas por las calles.

Lo que marca una moda son, sobre todo, los accesorios, los detalles que ponen una «fecha» a un vestido. Observa a dos chicas vestidas con el mismo conjunto, ambas encantadoras. Una va a la moda, la otra no. ¿Por qué? Porque la primera ha sabido hacer un lazo a su echarpe, ponerse un broche en el lugar adecuado, llevar un collar que el año pasado no existía. Ir a la moda es saber destacar la personalidad propia marcándola con la fecha de hoy.

Para la mujer que trabaja

La buena apariencia es una de las cosas importantes para la mujer que trabaja. Por eso, que no falte en tu bolso un estuche de polvos compactos para retocar el maquillaje. Hay polveras de diversos tipos y de diversos precios, el único trabajo es escoger la que tenga más variedad de tonos. El polvo compacto conserva el maquillaje durante horas. La barra de labios, el peine y un pequeño frasco de perfume también son accesorios básicos en el bolso de la mujer que trabaja fuera. Si el cuidado de la propia apariencia es obligatorio para cualquier mujer, en una trabajadora consciente aún lo es más. Su presencia en la oficina debe ser motivo de orgullo para su jefe y de placer para sus compañeros. Y una apariencia descuidada es desagradable para todos. Si trabajas fuera, amiga mía, no olvides que tienes que enfrentarte diariamente a la competencia de tus compañeras y a las críticas de los extraños, y debes estar preparada para encararlas. Mientras tomas tu baño diario, ponte en la cara una buena crema especial para la piel seca, a fin de evitar que el uso constante de cosméticos reseque y provoque pequeñas arrugas precoces en tu rostro, comprometiendo tu belleza. Quítate la crema con un pañuelo de papel antes de maquillarte.

El interior de tu bolso

¿Has visto alguna vez —o te habrá pasado a ti misma— a una joven elegante que, al abrir el bolso, lo hace con cuidado para que nadie vea lo que pasa por dentro? Parece un gesto misterioso, de quien guarda cosas preciosas y secretas. Sin embargo, la explicación es casi siempre simple: el bolso está tan desordenado que a la joven le da vergüenza.

En un bolso ordenado no hay suciedad, ni polvos de arroz esparcidos, ni restos de tabaco. ¿Qué meter en el bolso? Entre las pequeñas cosas útiles una mujer precavida siempre lleva: polvera, barra de labios, pañuelo de tela, pañuelo de papel, peine, espejo, perfume. Y —no lo olvides— una pastillita para aliviar un súbito dolor de cabeza, algún malestar, esos pequeños males que muchas veces nos estropean todo el placer de una excursión o de una fiesta.

Las medias en apogeo

Siempre que las faldas se acortan, las medias —lógicamente— adquieren una renovada importancia en el conjunto del vestuario femenino. Durante la última Gran Guerra, por ejemplo, cuando las faldas eran tan cortas como ahora y las restricciones hacían que las medias fueran un bien escaso, las mujeres, inspirándose en costumbres de la antigüedad, echaron mano de la pintura para dar la impresión de que sus piernas estaban recubiertas con finas medias de seda. El sistema, sin embargo, tenía sus peros: las «medias» manchaban frecuentemente el dobladillo o, con la lluvia, desaparecían, dejando las piernas desnudas…

Actualmente, las medias están en una de sus épocas de apogeo. Tanto las medias de lana, para ropa de sport, como las de nailon son admisibles prácticamente en todos los colores, de los más delicados a los más vistosos. Y, hace poco tiempo, la famosa Maison Dior, de París, lanzó las *sparkling*, es decir, más brillantes, que hacen lucir las piernas como si hubiesen recibido un baño de oro y plata. El tipo *sparkling*, además, se obtiene con un truco de fabricación bastante simple: el hilo de nailon en vez de ser redondo, como en las medias normales, es triangular, y sus facetas reflejan la luz, que lo hace brillar...

Otro tipo de media que París ha lanzado y que Nueva York ya ha adoptado para este verano es la *mitaine*, especial para sandalias abiertas. Estas medias, como los guantes de nuestras bisabuelas, llegan solo hasta los dedos y los dejan libres.

Las medias con encajes, bordadas o salpicadas de *strass*, empiezan también a aparecer o, mejor, a reaparecer, en las nuevas colecciones, para vestidos de baile cortos.

Por lo tanto, si quieres andar (literalmente) a la moda, empieza a prestar más atención a las medias y no temas elegirlas en colores originales, que combinen o contrasten con tu atuendo.

Una última advertencia: nada de medias con costura. Estas, de momento, han caído en el ostracismo...

Consejos raros

Pueden ser raros pero funcionan... Imagina que es posible almidonar enaguas aprovechando... el agua de cocer pasta. También funciona este líquido en tejidos más ligeros: basta con añadir más agua.

Otra cosa muy rara es la manera de limpiar un cuchillo oxidado: basta con clavarlo... en una cebolla y lavarlo enseguida con un jabón graso.

Y, si nunca has pensado en esto, te extrañará: la harina de maíz quita las manchas de moho. Hierve la ropa enmohecida en un poco de agua con dos cucharadas de harina y deja que cuaje un poco.

Todavía en el ámbito de lo extraño: frótate las manos manchadas de cera con sal de cocina y jabón.

Separación

¿La distancia enfría el amor? Hay un proverbio que dice: «ojos que no ven, corazón que no siente». La distancia muchas veces ayuda a olvidar al ser amado, o a cambiarlo por otro amor, que tiene el sabor de la novedad.

Cuando se trata, sin embargo, de una distancia forzada, la distancia solo aumenta el amor, transformando un romance banal en un idilio inolvidable y eterno. Cuando los padres se oponen, de un lado o del otro, o de los dos lados, entonces las cosas adquieren proporciones catastróficas. Para confirmar lo que decimos basta con hojear los periódicos y las revistas y ver los casos amorosos que no tuvieron el beneplácito de los padres. Inmediatamente los amantes se empeñaron en casarse, costase lo que costase.

Cuando los padres no quieren que su hija o su hijo se case con su novio o novia, deben quedarse muy quietos, fingiendo indiferencia por el noviazgo, y dando un toque u otro ocasionalmente; nunca, sin embargo, despreciando las cualidades del ser amado ante el hijo, porque de repente la persona querida gana en cualidades y alcanza la perfección a los ojos de quien ama.

El «rinconcito» alegre

La belleza de una casa está en los detalles. Hay amas de casa que tienen el don de crear «rinconcitos». Es como si desdoblasen su propia personalidad y esparciesen gracia. Miran una pared vacía y poco después su imaginación empieza a trabajar, a «llenar» aquella parte inexpresiva de la casa. En breve tenemos un «rinconcito». Esa pared alegre, por ejemplo, puede estar en la cocina, en el baño, en la habitación. Se puede hacer «vivir» una pared sin usar exactamente cuadros. Los objetos bien distribuidos también son pictóricos.

Vacaciones... en casa

Todos los días deberíamos hacer unas horas de vacaciones, y en casa. ¿Tienes en tu casa el «lugar ideal»? ¿Aquel en el que eres tú misma, y con toda comodidad? ¿Donde te parece estar tendida en el paraíso? Quien no tiene su «rinconcito» en casa, casi no tiene casa. Mira ese sillón. Quizá sea eso lo que necesitas: un lugar que te acoja bien. Y, si estás casada, tu marido tendrá ese lugar cuando llegue del trabajo: el lugar donde es el rey, donde no manda el jefe, donde no llegan las intrigas, donde las preocupaciones de dinero no entran. Un lugar bueno para «ser». El mismo que, de día, has tenido para ti, como una reina. (Lo mejor sería tener dos lugares perfectos, piensa en eso).

Adán y la belleza

¿Qué importancia tiene para los hombres la belleza femenina? En realidad existen muy pocas mujeres verdaderamente bonitas; y, sin embargo, ¿qué sería del romance, si solo la belleza constituyese el factor absoluto? Pero, sea como sea, «ellos» continúan siendo conquistados por «ellas» y sus encantos. No importa que sean altas o bajas, gordas o delgadas, que tengan las piernas torcidas o los dientes salidos.

Es muy difícil para un chico poder explicar «lo que» le hizo caer. Muchos psicólogos opinan que la razón está a veces en un pequeño rasgo o expresión que le recuerda a su madre. O solo aquella sensación interna que no se puede extirpar.

Algunos chicos opinan que la belleza naturalmente ayuda, pero que lo más importante es la personalidad.

La edad física del hombre también influye en sus opiniones. Por ejemplo, los jovencitos se guían mucho más por la apariencia exterior que los hombres ya maduros.

Se ha hecho una encuesta entre estudiantes de diecisiete y de dieciocho años y se concluyó lo siguiente: para el 75 % importa el hecho de que bailen bien (¡imaginad!) y solo para el 24 %, la inteligencia.

Después de la guerra se hicieron otras encuestas entre los veteranos, cuyas preferencias se mostraron bastante más inteligentes: en primer lugar, a la mujer le tenían que gustar las cosas de la casa, querer tener hijos, ser buena cocinera, ser activa, simpática y cuidadosa. Solo al final venía la belleza.

Pero la verdad es que, cuando llega el momento, se enamoran sin necesitar nada de esto…

Un hombre entre mujeres

Todo hombre se deja llevar, al menos una vez, por una de sus novias y hace todo lo que ella quiere, le manda flores, la lleva a pasear y quiere estar siempre junto a ella, llega incluso a casarse con ella. De ahí deducimos que debería de sentirse feliz entre una decena de mujeres.

La verdad, sin embargo, es que no se siente nada bien en medio de una multitud de mujeres, del mismo modo que un esquimal no puede sentirse bien dentro de un traje de baño húmedo.

Una mujer entre un grupo de hombres incluso se divierte, porque ellos le prestarán una atención muy especial, ¡y ella adora eso! Pero un hombre cuando está en un grupo de mujeres lo único que quiere es salir de allí. Los psicólogos dicen que es el resultado de haber sido dirigidos por las mujeres desde niños: la madre, las niñeras y las profesoras. Después de eso, ¿cómo pueden sentirse bien entre una multitud de mujeres? Además, ellas no hablan más que de sí mismas, de su ropa y de la de otras mujeres, y entran en todos los detalles de su vida cotidiana.

Para un hombre es difícil meterse en ese lenguaje, porque todas hablan a la vez y emplean expresiones afectivas como «querida», «qué encanto», etcétera... que un hombre que se precie no usa.

Después de treinta segundos, ya está completamente fuera de situación y con los ojos desorbitados fijos en la puerta de salida.

Explicando a los niños «amor»

Ha salido un libro en Estados Unidos, escrito por una mujer: Joan Walsh Anglund. Se titula *El amor es una manera especial de sentir*. Y en él se aprende cómo enseñar a los niños el más complejo de los sentimientos humanos. Además, la autora tiene una manera especial de explicar lo difícil. Ha escrito, por ejemplo, un libro cuyo título es una verdadera definición: *Un amigo es alguien que nos quiere*. Bueno, en su libro sobre el amor ella, en pocas palabras, transmite a los niños toda la extensión del sentimiento del amor. Por ejemplo: «Amor es la seguridad que se siente cuando estás sentado en el regazo de mamá». Otra: «El amor es la felicidad que sentimos cuando salvamos a un pajarito herido».

Y, para cerrar con llave de oro, este hallazgo, esta verdad, que todos reconocemos: «Sabes cuándo el amor está presente porque, de repente, ya no te sientes solo».

Las veinticuatro horas de un día

Pocas personas —realmente poquísimas— viven con alegría. O se quejan de los errores de otros o se preocupan por los problemas del mañana.

O se sienten tan cansadas y nerviosas que no tienen capacidad para disfrutar del presente. Sin embargo, nuestro «deber» es, sobre todo, con el momento presente.

No hay nadie en el mundo que tenga más de veinticuatro horas al día. Planificando un poco, es posible «poseer» más esas veinticuatro horas, sin el agotamiento o la confusión que aparecen cuando se intenta hacer mucho en poco tiempo.

¿Cuál sería la recompensa de una planificación del tiempo? Esta: tener más tiempo.

«Soy tímida»

Eres tímida y quieres saber si puedes gustar, incluso con tu timidez. Claro que sí.

Las personas demasiado tímidas pueden no ser un ejemplo de popularidad, pero en general son apreciadas sin que tengan que luchar para conseguirlo. Algunas personas tímidas tienen una manera sincera y tranquila de expresarse, lo que es de por sí un encanto para los demás.

Ahora bien, lo que aleja a los demás es que una persona tímida intente esconder su timidez bajo una capa de frialdad e indiferencia, o bajo una actitud agresiva.

Está claro, también, que si el tímido evita cualquier contacto social, nunca tendrá la oportunidad de saber si habría gustado o no.

Cara nueva en minutos (truco de boxeador)

Aunque seas joven, hay días en que la cara parece fatigada, oscurecida. Si eso te pasa con frecuencia, procura descubrir qué anda mal en tu régimen de vida (alimentación poco racional, exceso de preocupaciones, etcétera).

Pero supongamos que necesitas ir a una fiesta o a cualquier reunión donde quieras «estar bien». Naturalmente, no podrás eliminar a toda prisa el motivo real de tu aspecto cansado. Podrás, sin embargo, en algunos instantes, «levantar» la cara, darle mayor vivacidad e incluso dar a los ojos aquel brillo que refleja un nuevo ánimo.

Prueba, por ejemplo, a seguir este consejo:

Recógete el pelo, dejando la nuca libre. Moja una toallita en agua bien fría, escúrrela y aplícatela en la nuca. Renueva varias veces la compresa. Inmediatamente te sentirás mejor. ¿No te has fijado nunca en que los boxeadores, entre un asalto y otro, se someten a este rápido tratamiento? Pues antes de enfrentarte a una nueva lucha, usa el mismo tónico.

Comportamiento

Nuestros hijos, desde pequeños, deben ir aprendiendo a portarse bien con los demás, ya sea en una fiesta, en la escuela o en un parque infantil. La costumbre de correr delante, empujar al compañero o pasar entre los mayores pisándoles los pies delata a un niño poco entrenado para vivir en sociedad.

Los niños deben saber desenvolverse en un ambiente de cortesía, naturalmente espontánea, sin ser forzada. Enseña a tus hijos a pedir disculpas y a reconocer sus errores cuando se hayan portado mal. El reconocimiento de las propias faltas es tan importante para el hombre como sus propias cualidades.

Junto a los cuidados para la salud y la alimentación del niño, la madre nunca debe olvidar que está formando una criatura humana e inculcándole buenos o malos ejemplos a través de sus actos cotidianos en casa. ¿Cómo puede una madre intentar corregir a un hijo que habla demasiado alto, con una gesticulación exagerada, si ella también tiene este defecto?

Inteligencia

¿Las mujeres son más inteligentes? Por favor, no lo digas en alto, porque si hay algún hombre cerca aún voy a recibir… Eso no se pregunta…

La facultad de la inteligencia ha sido otorgada tanto al hombre como a la mujer, seres racionales. El desarrollo de la inteligencia se consigue a través del estudio y de la experiencia práctica que se crea todos los días, desde el momento en que el niño abre los ojos al mundo hasta el fin de la vida. Cuanto más estudio, experiencia, contacto con el mundo y con sus semejantes, mayor desarrollo tendrá la inteligencia. Hay, realmente, individuos que han nacido bien dotados con algunas facultades de la inteligencia y consiguen aprender con facilidad todo lo que se relaciona con ellas. Hay personas con tendencias visibles hacia la música, otras hacia las matemáticas y otras hacia el dibujo. Basta con que a estos individuos se les den los medios para empezar su aprendizaje y pronto dominarán completamente su especialidad.

Esto quiere decir que los hombres y las mujeres no son más inteligentes unos que otros. Todos tienen su cuota, pequeña o grande, de inteligencia, y serán hábiles si la saben aprovechar de la mejor manera, estudiando y perfeccionando los dones que Dios les ha dado.

El hogar y el trabajo

¿La vida del ama de casa es más cómoda que la de la mujer que trabaja? Mucha gente cree que la mayoría de las mujeres prefiere trabajar fuera a vivir en casa ocupándose de la comida, de la ropa y de la limpieza del hogar. Sin embargo, las estadísticas confirman que la gran mayoría de las mujeres que trabajan preferirían estar en casa, aunque tengan que cargar con todo el peso.

No es nada agradable para una mujer levantarse todos los días a la misma hora, arreglarse a toda prisa, desayunar y salir corriendo detrás de un autobús a tope, para empezar a trabajar en una oficina o como funcionaria hasta la tarde, en aquella rutina desagradable de todos los días. El trabajo en casa, a pesar de no tener horario y de no acabar nunca, es más agradable, porque se puede parar en cualquier momento a criterio del ama de casa y ella misma puede organizar su programa, escogiendo las horas en las que quiere hacer las tareas necesarias.

Es verdad que la preparación de los alimentos, el lavado de la ropa y la limpieza de la casa y el cuidado de los niños no son las cosas más agradables, son un trabajo penoso, pero en él la mujer pone amor e interés, porque son cosas suyas y ella está directamente interesada, al contrario de lo que le ocurre con el trabajo fuera del hogar.

Pastel y hielo: consejos de mi vecina

¿Sabes cómo rompe el hielo mi vecina? Pues coloca el bloque sobre un paño limpio y golpea con un martillo en un clavo cuya punta está colocada en el lugar exacto que ella quiere partir. Ingenioso, simple, sin peligro.

Un día la vi, con asombro, planchando un vestido negro de la siguiente manera: planchaba sobre papel de periódico mojado y escurrido. Le pregunté qué era aquello. Respondió: «Si no lo hago así, los vestidos de seda oscura cogen brillo en las costuras».

Otra cosa que ella hace sistemáticamente al hornear un pastel: pone en el horno, en la bandeja de abajo, un recipiente con agua. Dice que así el pastel se cuece por igual.

¿Qué prefieren los hombres?

Es común oír la afirmación de que a los hombres no les gustan las mujeres inteligentes. Pero, por lo que se puede observar, son pocos los que ponen objeciones a la inteligencia femenina. Lo que no les gusta a los hombres son las mujeres masculinizadas con exagerados sentimientos de inferioridad; o las que quieren exhibirse intelectualmente a costa del sexo opuesto.

Los hombres incultos o de inteligencia reducida, por regla general, no aprecian a las mujeres brillantes, altamente instruidas, pero los de un nivel intelectual superior saben apreciarlas, y mucho.

En una reunión social, la cuestión de si a los hombres les gusta o no la compañía de mujeres inteligentes es puramente académica. Por lo general, ellos buscan la compañía unos de otros, dejando de lado al bello sexo. Sin embargo, los hay que prefieren conversar con mujeres. Al principio se reúnen en torno a la más joven, la más bonita o la más elegante. Pero muchas veces acaban rodeando a una mujer menos joven, menos bonita o menos bien vestida, pero que está bien informada, sabe conversar y, sobre todo, sabe escuchar, una de las cualidades más apreciadas por el sexo masculino...

En su mayoría, a los hombres no les importa verdaderamente competir con una mujer en el terreno profesional. Y solo cuando ella intenta usar como ventaja profesional la deferencia debida a una mujer (sentimiento arcaico que data de cuando las mujeres eran esclavas de los hombres y tenían que utilizar la astucia para defenderse) los hombres se irritan, y con razón.

En realidad, la mujer de nivel cultural superior tiene una gran ventaja, porque tiene la oportunidad de desarrollar las muchas facetas de su personalidad femenina —intelectual, creadora, maternal— a la vez o en distintas fases de su vida.

Además, la mujer inteligente y culta sabe comprender mejor al hombre que ama y aceptarlo, no como un ser superior, sino como una criatura hecha de cualidades y de defectos... como ella misma.

Cuidado con el verano

En verano, cuando vayas a la playa, no seas exagerada. Tostarte, adquirir un bonito tono bronceado es lo que todas vosotras deseáis y yo lo comprendo. Lo que no debéis olvidar, sin embargo, es que todo exceso es perjudicial. El sol contiene vitamina D, preciosa para la salud, pero, en compensación, si no proteges tu rostro con una crema, ese mismo sol quema y reseca tu piel, la escama, la mancha y, consecuentemente, la afea. Durante el verano, debes usar siempre una protección, una crema especial para piel seca, a fin de que tus placeres al aire libre no sean la causa de un envejecimiento prematuro, de formación de arrugas y de otras feas consecuencias. Una crema a base de lanolina es la mayor amiga de nuestra piel; le devuelve la humedad, que es la propia juventud perdida de una piel resecada por el sol, por el viento o por su propia deficiencia. Tu pelo también exige cuidados especiales, porque la exposición prolongada al sol y al viento lo vuelve quebradizo, seco y sin brillo. Date fricciones con un producto oleoso, que también fortalezca. En conclusión, «lubrifica» el pelo y la piel para compensarlos de la acción peligrosa del sol.

El mayor perjuicio, sin embargo, causado por pasar demasiado tiempo en la playa, en las horas de mayor calor, es para tu salud. Además de las quemaduras, que dejan marcas que no siempre desaparecen fácilmente, los rayos ultravioleta del sol de mediodía penetran a través de tu piel y te perjudican internamente. La insolación, causada por la temperatura elevada, por la inmovilidad bajo el calor abrasador del sol, muchas veces puede causar la muerte.

Sé sensata, refúgiate en la caseta, refréscate de vez en cuando con un baño en las olas, no te quedes tendida, horas seguidas, bajo la inclemencia de los rayos solares, en un deseo absurdo y tonto de adquirir un bronceado intenso de una sola vez. El bronceado bonito, igualado, que no se escama ni causa ampollas, solo se puede conseguir poco a poco.

El verano está ahí, amiga mía. Ve a la playa, juega en la arena o en el agua, tuéstate, pero usa la cabeza para que una tontería no te haga arrepentirte más tarde. Las manchas que el sol deja en la piel podrán estropearte el resto del año y darte gastos extra, visitas a un especialista, etcétera. Los males que te podrá causar una larga permanencia al sol son incalculables y pueden ser fatales. Ve a la playa por la mañana o por la tarde, cuando el sol no sea fuerte. Evita el sol del mediodía. Créeme, estos consejos son para proteger tu salud y tu belleza.

¿Por qué no llevar gafas?

Conozco a muchas mujeres que por una vanidad tonta y pasada de moda no llevan gafas, aunque no vean nada de lo que las rodea. Han adoptado el prejuicio de que las gafas envejecen y no se convencen de lo contrario. No se dan cuenta, mientras tanto, de que la falta de gafas hace que la miope fuerce de tal manera la vista que se forman arrugas y patas de gallo en los párpados, en la nariz y en la frente. Y las arrugas sí que son señales de envejecimiento. Además, el esfuerzo constante por ver cansa y agota al paciente, abatiéndolo, poniéndolo nervioso y con aspecto enfermizo.

Por otra parte, hay gafas modernas, elegantísimas, para cada hora del día, gafas que son realmente verdaderas joyas y que adornan la cara de cualquier mujer.

Afortunadamente, la mujer moderna ya va aprendiendo, poco a poco, a combinar elegancia con salud y, en el caso de sus ojos, ya comprende la importancia que realmente tienen.

Si notas cualquier anomalía en tu visión, si te arden los ojos, se ponen rojos, si descubres dificultades en identificar objetos a alguna distancia, consulta a un oculista. Si te recomienda gafas, póntelas. Clásicas, informales, extravagantes, lo que importa realmente es el servicio que las lentes te harán. El parpadeo, el fruncimiento de nariz, el entrecerrar los párpados, todo eso es feo en una mujer. Y en cuanto a la tontería de pensar que las gafas envejecen, piensa bien sobre esto: las arrugas, el aspecto cansado, ¿no envejecen? Pues es la falta de gafas lo que los provoca.

Fiesta en casa

Si va bien, la mesa puede quedarse en el centro de la sala. Pero a veces es mejor colocarla a un lado, porque eso facilita el movimiento de los invitados.

Lo mejor es un mantel blanco (bien planchado, sin arrugas). La ventaja del mantel blanco es que da un fondo neutro que no se confunde con los muchos colores de las comidas y de las bebidas. El blanco destaca todo lo demás.

Las flores puedes ponerlas en el centro o distribuirlas, como te guste más. De un solo tipo o de varios, sofisticadas o silvestres, de colores vivos o de tonos pastel.

Preparándose para el invierno

¿Te has fijado en que el tiempo frío parece que nos engorde? Por un lado, solo lo «parece», es que la ropa de tejido más grueso «llena» la silueta, añade forma a las formas. Pero, por otro lado, se engorda realmente...

Pasar más tiempo en casa da ganas de comer más. Se va a la cocina a echar un vistazo, y... quien busca, encuentra... Se pica para encubrir algo de tedio, algo de pereza. También se come más porque hace más frío, y las calorías realmente calientan.

Estaría todo muy bien si... comer no engordase. Y lo peor es que no adelgazaremos quejándonos de que hemos engordado. Aunque sentimos algún alivio, un descargo de conciencia, al repetir que la cintura ha aumentado, o que la cadera —ese problema nunca bien resuelto— hace que la falda nos vaya justa. Después de observar todo esto en voz alta, ¿qué hacemos, además de suspirar? Comer, claro.

Transformar ese rosario de lamentaciones en una actitud más realista de acción es lo que hoy te propongo, aun sabiendo que me arriesgo a perturbar tu paz de espíritu o de estómago.

Lo que te sugiero es que, antes de que llegue el invierno, adelgaces un poco. Aunque solo sea para dar margen a poder engordar un poco en los meses que vienen. Como ves, te propongo una transacción que no te hará perder nada, si realmente no quieres...

Ya se ha acabado el tiempo…

… En que se consideraba delicado dejar siempre un poco de comida en el plato. Hoy es perfectamente educado comerse toda la ración que uno se ha servido.

… En que se cogía una taza de té o de café… levantando el dedo meñique. Hoy es un gesto afectado, poco elegante, de mal gusto.

… En que era obligatorio rechazar varias veces una gentileza antes de aceptarla. Cuando te inviten a cenar, da las gracias y no hagas un drama del «trabajo que dará».

… En que, al sentarse a la mesa, se decía a los otros comensales: ¡Que aproveche! Ya no es «fino» decirlo.

… En que la persona que tocaba el piano se veía obligada a rechazar una pequeña audición varias veces antes de aceptar. Si realmente no quieres tocar, dilo de un modo suave pero firme, lo que, generalmente, da el asunto por acabado. Pero si vas a acabar tocando, ¡toca, por favor!

Hazlo tú misma

Ya se han dicho tantas cosas sobre las ventajas prácticas de que una mujer sepa coser que parece innecesario tomar, una vez más, la defensa de este arte. Como complemento para la economía de la familia y como equilibrio del presupuesto, la costura encabeza la lista de las llamadas «virtudes domésticas».

Pero hay otro aspecto de la costura que raramente se menciona. La mujer que cose siente placer y orgullo al responder «lo he hecho yo misma» cuando alguien elogia un vestido suyo o cuando sus amigos admiran las cortinas o las fundas de sofá de su salón. Tenga o no conciencia de esto, la mujer cose tanto por los motivos más sobrios de economía, como por el placer de hacer algo. Hay una innegable satisfacción creadora en hacer un vestido elegante, en transformar ropa vieja relegada al fondo del armario en algo nuevo, o en dar una nota personal a la decoración de una habitación o de una sala.

Mucha gente tiene la percepción errónea de que el patrón es el único ingrediente original de la costura. Pero, en realidad, incluso una copia exige una dosis considerable de colaboración creadora. Escoger el estilo más apropiado o que mejor se adapte a tu tipo, seleccionar el tejido adecuado, ajustar el patrón a tus medidas, combinar los colores, todo eso es un desafío al ingenio femenino. Doce mujeres pueden escoger el mismo tipo de vestido, pero, cuando terminan su confección, el resultado es una docena de vestidos diferentes. Cada una habrá añadido de alguna manera un toque individual, habrá creado algo nuevo.

La gran compradora

Supongamos que las mujeres se desentendieran de repente del maquillaje, que no prestasen ya atención a los escaparates y que las innovaciones de los peluqueros las dejasen indiferentes. Supongamos que el deseo de agradar desapareciese de sus corazones.

Estos fenómenos, si sucedieran, desencadenarían inmediatamente reacciones en cadena que la terminología actual clasifica como: análisis de motivaciones, estudio de mercados en potencia, psicotests, etcétera.

El ciclo, probablemente, terminaría con una gran promoción de ventas, de acuerdo con las técnicas modernas, a fin de que las caras volviesen a ser maquilladas, los escaparates admirados y el peluquero retomase su posición de divinidad familiar.

El gusto de una reina, o incluso el de una «estrella», ya no son suficientes actualmente para establecer un estilo o para vender un producto. Las agencias de publicidad saben, por ejemplo, que hay que sondear los corazones femeninos; analizar los porqués, verificar los artículos que se han comparado en un año y en un día, hacer preguntas, interrogar a los vendedores y codificar, enseguida, los datos obtenidos en columnas que permitan extraer conclusiones, que servirán de base para nuevas directrices.

Investigaciones de este tipo son las que permiten constatar el estado permanente de inquietud de la conciencia femenina y medir hasta qué punto, en el capítulo de las compras, la mujer —esa gran compradora— se deja influir en la compra de un artículo. No en vano cerca del 90 % de toda la publicidad del mundo está dirigida a la mujer.

¡Gustar a la mujer! Esta es, condensada en cuatro palabras, la razón de ser, no solo de la casi totalidad del comercio, sino de la mayor parte de las empresas humanas, estén o no interesadas en vender mercancías a las mujeres.

La máscara de la cara

¿Los cosméticos son un bien o un mal? En una época como la que vivimos, en la que todo es apariencia y anuncio, con un completo dominio de la publicidad, los cosméticos han adquirido mucha importancia para las mujeres y para el mundo en general.

Cada año aparece un nuevo tipo, que se consigue conjugando varios cosméticos, entre los que se incluyen lápiz de cejas, rímel para los ojos, barra de labios y fondo de maquillaje. Un año son los labios los que tienen que aparecer bien pintados, de rojo vivo, provocando la admiración del género masculino. Al otro año son los ojos los que crecen en importancia, eclipsando al resto del rostro, dejándolo difuminado y vago. Las mujeres siguen dócilmente los dictados de la moda, intentando embellecerse según los últimos figurines.

¿Está mal todo esto? ¿No habrá mucha exageración, mucho pretexto para que los negociantes y los creadores de moda ganen dinero? ¿No estarán siendo explotados la vanidad femenina y el orgullo masculino para que se consigan esos fines?

Creemos que un término medio, como siempre, es la mejor actitud que se puede tomar en este asunto. Ni exageraciones de pintura, siguiendo rigurosamente la moda, ni el desaliño, la falta absoluta de maquillaje, dejando al descubierto un rostro pálido, en contraste con los radiantes rostros de las que se pintan. La mujer debe mantener una actitud discreta, aunque se pinte e intente ser bella, porque no hay nada más encantador que una bella mujer vestida con ropa elegante y moderna, mostrando la más amable de las sonrisas. ¡Es un paraíso en la tierra!

La primera invitación

Una niña puede criarse entre niños, pero solo alrededor de los quince años empieza a interesarse por el sexo opuesto. Entonces, de repente, algún colega o compañero al que, meses antes, no encontraba ningún encanto pasa a ser para ella el príncipe azul. Y, cuando el sentimiento es correspondido, culmina, lógicamente, en la primera invitación en pareja.

Estaría muy bien que yo tuviese una fórmula mágica para hacer que esta primera salida de una joven fuera un recuerdo feliz para el resto de su vida. Sin embargo, lo único que puedo hacer es señalar alguno de los engaños y peligros que pueden estropear una ocasión tan importante. El resto, evidentemente, depende del sentido común de cada una.

Quizá no te sientas muy a gusto cuando, por primera vez, aceptes la invitación de un chico. Si tenéis la misma edad, es probable que tu pareja se sienta también intimidada. Eso, en él, tal vez se manifieste a través de un mutismo casi absoluto o de una exuberancia excesiva, que no pasa de ser un disfraz de la timidez. Tendrás que ser tú la que alimente la conversación y la mantenga en un clima agradable. Habla sobre temas de interés común y demuestra una curiosidad amable por las cosas que le interesan. Acata sus opiniones y, con eso, habrás conquistado un amigo fiel.

El chico te ha invitado porque le ha gustado tu manera de ser o tu físico, o las dos cosas. Si te presentas mucho mejor vestida que de costumbre y con un nuevo peinado extravagante, se quedará más chocado que seducido. Arréglate, pero manteniendo tu naturalidad y todo irá bien para los dos.

No le hagas gastar demasiado, y tampoco muestres que estás preocupada por el gasto. Si te ha invitado a cenar en un restaurante, elige un plato intermedio, ni el más caro ni el más barato del menú. Y cómete lo que has pedido. Puede no importarle gastar todo su sueldo del mes en esa cena, pero se molestará si desperdicias la comida.

Un último consejo: no tengas miedo de reír, de ser tú misma. Haz lo que puedas para dejarlo a gusto y satisfecho. Si consigues eso en esa primera invitación, tu futuro promete...

La necesidad de dieta

Subes a la báscula y verificas que no está de buen humor. Acaba de señalar 75 kilos y no tienes ningún pedazo de plomo en el bolsillo. ¿Qué hacer? El deseo de iniciar una dieta es grande. Muchos son los recortes de periódicos y de revistas con información precisa sobre el caso. El médico ya se ha pronunciado a favor del régimen. Solo hay que empezar.

¿Por qué no empiezas ahora mismo, en este momento en que estamos hablando? Toma la gran decisión y actúa, no esperes ni un minuto más. No lo dejes para después de la hora de la merienda, que adivinamos llena de golosinas. Para que te decidas de verdad a iniciar la dieta tienes que convencerte de que estás realmente gorda. Consigue un espejo grande, tamaño natural, y colócalo en un lugar de la casa por el que pases como mínimo seis veces al día, esto hará que te decidas de repente, al ver la criatura rotunda que el espejo insiste en decir que eres tú. Un espejo de tres lunas será todavía mejor. Tendrás la oportunidad de verte desde todos los ángulos y verás que preferirías mil veces no tener ese placer.

Después de este detenido autoexamen, ¡te aseguramos que sentirás la mayor satisfacción en empezar un régimen para adelgazar inmediatamente!

Eva y la lectura

Hay mujeres que leen ávidamente las fotonovelas de las revistas mensuales; otras prefieren los cuentos de los suplementos femeninos y un número menor se dedica a lecturas serias, a novelas de buenos autores y a biografías de valor. Este número no es tan pequeño como parece a primera vista, y hay muchas mujeres, amas de casa, que viven ocupadas en sus tareas, pero que siempre encuentran tiempo para hojear buenos libros.

La lectura instruye y educa, eleva los pensamientos y hace que las personas confraternicen mejor, que comprendan que viven en comunidad, y que deben proceder como representantes de un grupo. La idea de que forman un grupo, con características distintas, siguiendo tradiciones y uniendo las responsabilidades más serias, hace que el hombre o la mujer se inclinen con benevolencia hacia sus semejantes.

Este es un buen camino para el inicio de la fraternidad universal, de una mejor comprensión entre los pueblos y, por consiguiente, la esperanza de un mundo libre de guerras y conflagraciones. Los libros verdaderamente buenos pueden hacer mucho por los hombres de hoy.

Ingenio

¿Las mujeres son menos ingeniosas que los hombres? Es cierto que las mujeres son excelentes artistas en el escenario. Incluso una gran cantidad de ellas ha obtenido éxitos estruendosos. Pero raramente se especializan en el ámbito de lo cómico. Por ejemplo, para cada Fanny Brico o Gracie Allen, podemos citar una docena de cómicos graciosísimos, como Bob Hope, Jack Benny, Milton Berle, Lou Costello, Ed Wynn, Jimmy Durante y otros.

Incluso en historias humorísticas y chistes, los hombres tienen la primacía, además, de apreciar el humorismo en general mucho más que las mujeres. La prueba es que todos los escritores de chistes son hombres. Hay un ingenio en el buen humor de los hombres que provoca la hilaridad. La mujer, en general, intenta mantener su dignidad y, según un famoso psicólogo americano, se pueden reír de las otras, pero muy raramente provocan deliberadamente la risa.

Los hombres también leen mucho más sobre estas cosas que sus compañeras.

Se cuenta incluso un caso que acabó en divorcio. La denuncia de la esposa fue que cada vez que preparaba el desayuno para su marido y rompía un huevo, a este le hacía mucha gracia obligarla a comérselo. Hasta que una mañana la costumbre fue muy lejos y la pobre tuvo que comerse cinco, y ya no le hizo ninguna gracia. Se puede ver bien la diferencia entre el humor masculino y el femenino.

Tiempo para gastar (1.930 horas al año)

Quizá te des cuenta de que en realidad tienes más tiempo del que piensas, si haces recuento de las horas del día, de la semana, del mes, del año…

Te voy a facilitar la tarea.

Un año tiene 365 días, o sea 8.760 horas. Deduce ocho horas de sueño por día. Deduce cinco días de trabajo por semana, a ocho horas por día, durante cuarenta y nueve semanas (descontando, digamos, un mínimo de dos semanas de vacaciones y unos siete días festivos). Deduce dos horas diarias empleadas en el transporte.

Sobre esta base te quedan 1.930 horas al año. Para hacer lo que quieras.

Timidez

Cuando recibes una visita, es frecuente que tu hijo de dos o tres años se esconda en alguna habitación para no encontrarse con ella.

No hay nada de malo en eso, porque casi todos los niños actúan así cuando son pequeños, ya que no se han habituado aún al contacto con muchas personas. Su círculo de relaciones es muy restringido, se limita a la gente de la casa y a algunos vecinos.

No fuerces al niño a saludar a tus amigos, porque el resultado sería desastroso. Al contrario, finge que no te das cuenta de su timidez y, poco a poco, se irá acercando a la gente, llevado por una curiosidad muy natural.

Para incitar a tu hijo a hacer amigos, estimúlalo para jugar con los niños de la vecindad y, siempre que sea posible, llévatelo de compras al mercado, a los almacenes, etcétera. Irá perdiendo el miedo natural a los extraños y poco a poco hará amistades sin el clásico prólogo de timidez.

El hombre y la vanidad

La vanidad, que los hombres pretenden que es una característica femenina, realmente es un atributo tanto del bello como del menos bello sexo… Pero, en la mujer, la vanidad, porque es más obvia, menos disimulada en su intención de agradar y de seducir, adquiere una forma de espontaneidad digna de elogio. Mientras que, en el hombre, la cosa es muy diferente…

¿Quién ha visto a un hombre confesar que se afeita porque cree que la cara rapada le sienta mejor o porque la moda así lo dicta? ¡Nada de eso! Se afeita porque es más higiénico, o porque no quiere tener que ocuparse de la barba, o por cualquier otro pretexto. ¡Por vanidad, nunca! Pero, hace algunas décadas, cuando la barba estaba de moda, nunca faltaron a los hombres otros argumentos para justificarlo. Con el bigote sucede lo mismo: los hombres lo llevan o no, siempre alegando la misma razón: la «comodidad».

Y cuántas veces hemos oído a un hombre burlarse de los sombreros femeninos y considerar ridículas las flores que los adornan. Pero ¿habrá lugar más tonto para una flor que el ojal de una solapa?

Hace tiempo, al contrario de lo que se podría suponer, el bastón era usado por los hombres solo como un adorno de tan poca utilidad como las sombrillas de encaje que llevaban las mujeres. Los modernos medios de transporte han acabado con la dignidad del bastón, que se ha pasado de moda. Pero puede volver a llevarse, como ha pasado con otro adorno masculino: la pipa.

En un principio mero recipiente para fumar aspirando con la boca, hoy en día la pipa es sobre todo un adorno masculino que simboliza meditación, virilidad, pensamientos profundos y superioridad en general. Del uso de la pipa resultan unos gestos deliberadamente más lentos y una forma de hablar acentuada, aunque menos inteligible. Ambas características ayudan a intensificar la impresión de dignidad masculina. Así, la pipa, ese adorno semifuncional, es cada vez más frecuente en nuestros días. ¡Y los hombres dan tanta importancia a la forma de la pipa que mejor se adapta a su fisonomía como las mujeres a la elección de un tono de barra de labios que las favorezca!

Rejuvenece esta semana

1. Durante esta semana procura irte a dormir pronto. Si es posible haz una siesta. No hagas muchas visitas, no recibas muchas visitas. Procura no enfadarte con nadie. Evita a la gente que tiene por costumbre o por gusto la manía de deprimir a los demás. Te desintoxicarás los nervios durante toda la semana.

2. Durante una semana (la misma) aliméntate lo más racionalmente posible. Elige alimentos ligeros y saludables, evita los fritos, el exceso de condimentos, las bebidas alcohólicas.

Problemitas

Si tu hijo roba sal, no te enfades ni pienses que su extraña glotonería es una extravagancia. Sucede que su organismo necesita sal y, si él no buscase instintivamente la solución, sentiría mucho cansancio. Dicen que en algunos países dan agua salada al 5 % a los soldados en marcha.

La colaboración en el hogar

Las mujeres tienen mucha influencia sobre la vida de su marido, especialmente en el trabajo. Detrás de todo hombre casado que trabaja, está la sombra de su esposa. Esta podrá ayudarlo a subir mucho más que los otros, o tirará tanto hacia abajo que él desistirá de luchar. Una cosa es estimular a través del elogio y de la camaradería y otra cosa es quejarse todo el día de que él no asciende y gana menos de lo que se gasta en casa. Eso puede arruinar la vida de un marido.

¿Qué debes hacer para animar a tu marido? En primer lugar, demostrarle con pequeñas cosas que tienes confianza en él, que esperas de él grandes cosas y que él es tu héroe. Cumple con tu parte, limpiando la casa, preparándole platos sabrosos y educando a los niños. Él se sentirá feliz en un ambiente sosegado y podrá descansar mejor. Al día siguiente estará en condiciones de enfrentarse a nuevas luchas y podrá conseguir nuevas victorias.

Caprichos de mujer

—Lo que deseo no es exactamente ser una mujer elegantísima. Es sentirme bien vestida a cualquier hora y no avergonzarme cuando me encuentro a un conocido por la calle.

Entonces, si piensas eso, estás en la línea de la sensatez. Todas queremos lo «extremado» y un puntito de extravagancia de vez en cuando. Pero ser feliz al sentir ese bienestar que está hecho de seguridad y sencillez es tener buen gusto.

¿Cómo se consigue eso? Observa antes tu armario. Es posible que, sin darte cuenta, tu ropa sea demasiado extremada. Pero ¿tú tienes el valor de llevar cada día ese tipo de ropa?

¿O te sientes mejor, para un uso diario, con cortes más clásicos y más simples?

La pregunta está en el aire. Lo que quieres es que en tu armario predomine lo que «viste bien», sin exageraciones, sin excesos de originalidad, pero de línea agradable y juvenil.

Aunque adores lo extremado, ten la seguridad de que debes tener en tu armario algunos vestidos de línea sobria, de corte clásico. Hay días y ocasiones en que otro tipo de ropa choca.

Eso no quiere decir que no puedas permitirte algún capricho, porque una mujer sin caprichos queda triste… Claro que debes tener margen para «inventar» novedades y fantasías, y dar alas a tu imaginación.

Adopta el blanco. Prepárate para el verano

Nada es más elegante que el blanco bajo la luz vibrante del verano. El blanco da sensación de frescura y permite infinitas combinaciones de accesorios. Seductor para rubias o morenas, va bien por igual a las pieles blancas y a las bronceadas. Por eso, aconsejo a mis lectoras que se vayan preparando ya para la nueva estación. Para cada circunstancia, para cada hora y para todos los gustos, el color blanco inspira una infinidad de trajes de chaqueta, abrigos, vestidos de día o de noche y conjuntos. Las mujeres a las que les gusta vestir de una manera sobria deben buscar trajes de chaqueta de *shantung* o de seda fina discretamente cortados. Las que aprecian más la fantasía se dejarán seducir por los trajes de chaqueta blancos, estampados o por aquellos modelos cuyo alegre colorido destaque su vivacidad.

No lo olvides, lectora. ¡Prepárate para el verano!

Educa a tus hijos

La educación de los hijos es una ciencia difícil si los padres quieren realmente preparar jóvenes capaces, conscientes y útiles. Uno de los fallos que he notado en algunos padres modernos es dejar a los hijos absolutamente libres de obligaciones en casa mientras ellos —el padre en la oficina y la madre en el hogar— se multiplican para dar comodidades, instrucción y buena vida a su no siempre agradecida prole.

Conozco a una señora, por ejemplo, que lava, plancha, prepara la comida para su hija adolescente, que se pasa los días tirada en un sillón escuchando discos u hojeando revistas cuando no está al teléfono con sus amiguitas y amiguitos.

Al sentarse a comer —le parecen siempre «horribles» los platos preparados especialmente por la madre diligente— la chica tiene sed. Y allí va la madre corriendo a buscar agua. A la hora de la merienda, ella está interesadísima en entender la letra enloquecida del último disco de Elvis Presley. Y allí vuelve mamá con el vaso de vitaminas, el trozo de pastel, las tostadas. Lo coloca todo, con devoto amor, ante su hijita echada en el sofá y esta, caprichosa e indolente, todavía protesta porque prefería un refresco a las vitaminas.

Existen demasiadas madres así. Y las chicas crecen esbeltas, bonitas, saludables, pero completamente inútiles, sin saber hacer nada, sin querer ser nada, perezosas, mal acostumbradas, remolonas. Lo mismo sucede con los chicos. La vida para ellos es más que aburrida, las horas se extienden largas y vacías y su propia inutilidad les provoca un extraño sentimiento de frustración.

Sin embargo, estas madres y estos padres saben que el trabajo estimula, que los deberes enseñan a vivir en sociedad, que estar ocupado es higiene mental. Lo saben, pero actúan como si no lo supieran. Esto es una irresponsabilidad. Es incluso un crimen. Porque los jóvenes necesitan sentir el peso de una responsabilidad para sentir también su propio valor y desarrollar su personalidad. Impedirlo es perjudicarlos en su desarrollo natural.

Encargad pequeñas tareas a vuestros hijos, dejadlos andar con sus propios pies, permitid que comprendan que su independencia no está en ser maleducados, insolentes, desobedientes. No los trates, a los quince años, como si tuvieran solo dos.

Vida realizada

¿Acaso la mayoría de los hombres realiza alguna cosa en la vida? Si se entiende por «realizar» solo algo que quede y que tenga valor para el mundo, como un invento, un buen libro, una obra de arte, o un puente, o una empresa, muy pocos son los que tienen este privilegio.

La mayoría de los hombres pierde el tiempo en cositas rutinarias e insignificantes, como ir al trabajo, volver, comer, dormir, casarse, tener hijos y educarlos para que puedan hacer lo mismo más tarde. Eso incluye tanto al más grande como al más humilde de ellos.

Cómo emplea su tiempo el hombre común. De media, duerme 16 años, bosteza 17.155 veces, trabaja para vivir 92.120 horas, llega tarde al trabajo 4.606 veces, toma 17.155 tazas de café, se afeita 12.220 veces, se limpia las uñas 8.554 veces y lee los dominicales 3.600 veces, pero solo elogia la cocina de su mujer 4 veces.

Trabajo

¿A las mujeres les gusta trabajar fuera? Hay dos grupos de mujeres que trabajan fuera: las solteras y las casadas. Las solteras trabajan por varias razones, todas distintas según los problemas y necesidades de la vida. La casada, de modo general, trabaja para sustentar su hogar o para ayudar a la manutención del mismo. Es, por lo tanto, un trabajo por necesidad, sea esta pequeña o grande. Muchas veces es solo para proporcionar mayores comodidades a la casa, horizontes más amplios a los hijos, etcétera. A no ser cuando se trata de una vocación muy fuerte, que la impele a trabajar, sea cual sea su situación en la vida, la mujer casada prefiere, íntimamente, quedarse en casa, cuidando del hogar y de los suyos.

Este es un deseo muy natural e incluso meritorio. En casa, ella decide lo que quiere y tiene un campo de acción muy amplio para desarrollar sus actividades, hacer experimentos personales y, sobre todo, verter su cariño sobre los que la rodean.

Se nota, sin embargo, que aumenta cada vez más el número de mujeres que trabajan fuera, y entre las casadas son un grupo notable. Se ve que, a pesar de su deseo de permanecer en casa, las mujeres salen al trabajo presionadas por las situaciones de la vida moderna. Quieren ver su casa provista de todas las cosas que significan comodidad, bienestar... Y olvidan que privan a sus seres queridos de la persona que, para ellos, es lo más importante.

Memoria

¿Las mujeres son buenas fisonomistas? En este aspecto las mujeres son capaces de distinguir a una amiga que dobla la tercera esquina con su nuevo novio, y tienen la memoria suficiente para recordar que Joaninha lleva el mismo vestido de hace dos años, el mismo con el que fue a la fiesta de su prima. Y así, un sinfín de detalles, que precisarán sin titubear. Pero si le preguntan a esa misma señora cuánto pagó de gas el mes pasado, difícilmente sabrá responder. Necesitará también consultar su agenda para saber el teléfono de sus amigos más íntimos, con quienes suele hablar. Ya no se acordará de un vago amigo de su marido a quien fue presentada y con quien habló mucho, a no ser que este tenga atributos físicos ponderables.

Las mujeres recuerdan muy bien lo que les interesa. Eso tal vez nos pase a todos, indistintamente. Pero las mujeres tienen el sentido del detalle y recuerdan colores y modelos, siendo al mismo tiempo incapaces de recordar los números, que son el punto flaco de su memoria.

No sirve para nada, pues, enfurecerse, si tu esposa es incapaz de reproducir la dirección de los amigos a los que suele visitar. Lo mejor es que conserves la calma y que vayas a buscar la agenda.

Honestidad

¿Son los hombres más honestos que sus compañeras? En lo que se refiere a la acción, realmente, los hombres son más deshonestos que las mujeres. El 96 % de las personas acusadas de fraude o robo son del sexo masculino, y en una encuesta hecha hace poco, frente a 35.000 hombres presos, el número de presas no pasa de 900.

Pero, en compensación, no podemos afirmar lo mismo cuando se trata de deshonestidad de palabra. A través del fingimiento, de frases ambiguas e hipocresía, consiguen todo lo que no pueden alcanzar por medio de la acción directa.

Eso ya está tan admitido y aceptado que, si hoy diésemos a las mujeres una dosis de escopolamina, la llamada droga de la verdad, la vida sería horriblemente monótona. Como decía Schopenhauer: «Los leones tienen garras, los elefantes tienen colmillos… y las mujeres tienen el arte de fingir como medio de defensa natural».

En Scotland Yard suelen decir que afortunadamente las mujeres no cometen grandes crímenes, porque si lo hiciesen serían mucho más complicados, las hijas de Eva son mucho más hábiles en el arte de disimular que los hombres. (?) La interrogación es mía…

Las mujeres tienen mucha más facilidad de engañar a los hombres que estos a ellas, es una manera de compensar la fuerza física del sexo opuesto.

Para que lo lea tu marido

Un niño de diez años dijo un día a un padre muy ilustrado: «¡Hola, camarada!». Su padre le respondió, firme y amablemente: «No soy tu camarada, soy tu padre». ¿Ese padre fue rudo? No. Reconoció el hecho de que padre e hijo no son iguales. Un padre es un hombre que tiene la difícil tarea de «civilizar» a su hijo. Y eso incluye otra difícil tarea: la de impartir disciplina. Uno de los miedos de los padres modernos es perder la «amistad» de su hijo. El resultado es que este crece despreciando cualquier tipo de autoridad. Y el resultado es un niño —y más tarde un adulto— suelto en el mundo, sin apoyo y sin ley.

¿En qué se basa la disciplina? En firmeza, en cariño, en justicia, en franqueza.

La vida sedentaria

Mientras estamos dentro de casa, trabajando, sin forzar todos los músculos del cuerpo, ni hacer el ejercicio necesario para el organismo, debemos pensar en reservar algunos minutos para ejercitarlos, aunque sea en casa. Lo ideal sería que pudiésemos ir a un gimnasio, con más espacio y posibilidades de buenos ejercicios gimnásticos, carreras y ejercicios de pelota. Pero no todas las amas de casa se pueden dar el lujo de perder algunas horas en eso, aunque redunde en ventajas para su salud y, por consiguiente, en la felicidad de toda la familia.

Volviendo, sin embargo, a los minutos que hay que reservar, hay que decir que para aprovecharlos bien hay que marcar una hora para formar el hábito. Por la mañana o por la tarde, lo importante es que el ama de casa sepa que a esa hora tiene un compromiso inaplazable consigo misma.

Para elegir los ejercicios, lo importante es estudiar tu tipo y constatar si es necesario corregir la silueta. Los ejercicios de gimnasia sueca son importantes para todo el cuerpo y son muchas las emisoras de radio que tienen programas de ese tipo.

El ejercicio rítmico hace un gran bien a la salud y renueva las energías, corrigiendo las imperfecciones del cuerpo y evitando un gran número de enfermedades.

Hijas modernas y rebeldes

He oído quejas amargas de muchos padres sobre sus hijas adolescentes. Las acusan de estar excesivamente preocupadas por temas de vanidad, amiguitos y otras cosas nada propias de su edad.

Desgraciadamente, las estadísticas no esconden que es grande el número de jovencitas llevadas por malas compañías al mundo llamado de las «perdidas». En casi todos los casos que conozco, buscando los antecedentes y las causas, me he encontrado con los detalles típicos que originan el desconcierto de estas adolescentes. Porque estas niñas están desconcertadas, ¡sí, señora!, y están desconcertadas porque se sienten solas, incomprendidas y saturadas por los mimos excesivos, la libertad excesiva y la excesiva autonomía que les son concedidas.

Parece extraño que en una columna dedicada a la belleza y a los consejos domésticos se aborde un tema tan serio como este, pero es que tú, amiga mía, antes de ser una mujer coqueta o un ama de casa eres madre, ¿verdad? Y yo sé que tus hijos son tu principal preocupación.

En primer lugar, ¡sé amiga de tu hija! No amiga para regalarle cosas bonitas, besos apresurados y pagas generosas, sino para hablar con ella, escucharla, ayudarla en sus pequeños problemas íntimos, conocerla; el mundo íntimo de una adolescente está lleno de lagunas azules, de torrentes impetuosos, de sombras, de misterio, de tormentos y de belleza. De esas conversaciones con tu hija adolescente surgirán para ti revelaciones y el camino para conquistar su confianza. Porque todos los jóvenes desconfían siempre de la generación de los «viejos». No le lleves la contraria en todo, no le impongas prohibiciones o exigencias. La juventud adora ser libre… o creer que lo es. Con inteligencia y el instinto maternal que todas tenemos, le enseñarás lo que está bien y lo que está mal, pero de manera sutil; harás que comprenda lo ridícula que es la chica que adopta actitudes de vampiresa, que se maquilla exageradamente, que intenta adaptarse a los vicios adultos, como el cigarrillo, el alcohol, entusiasmándose y procurando imitar a los tipos falsos del cine, encadenando «aventuras» amorosas.

Muchas veces la madre deja que una chica de quince años sea dueña absoluta de sus actos, o procura reprimir su espontaneidad con una autoridad absurda, que solo despierta en la chica el instinto de rebeldía. Hay que saber dosificar. Nuestra hija adolescente necesita, más que cualquier otro miembro de la familia, nuestra atención permanente. Está entrando en la vida, viene de la infancia con una carga enorme de sueños y ninguna defensa, ni malicia, ni experiencia, ni pesimismo. Si no estamos a su lado, la enseñará la vida... pero ¡a qué precio! A los veinte, podrá ser una adulta amarga, rebelde, sin amor ni respeto a nadie. Será acusada injustamente. La culpa es solo nuestra, de sus padres y, especialmente, ¡de su madre!

Comida y salud

Comer bien es comer racionalmente. Eso no quiere decir que los alimentos deban ser sosos y solo dietéticos... Come con placer, pero también con inteligencia.

Por lo menos hay que incluir un alimento crudo en cada comida. Puede ser fruta, ensalada o verduras. Acostumbra a los niños al sabor de los alimentos crudos: es un beneficio que les darás.

El bicarbonato de sodio en la cocción de legumbres y verduras conserva su color verde pero destruye las vitaminas.

Quien no tolera la leche líquida y natural no debe por eso eliminar este rico alimento de su menú. Se puede aumentar el uso de leche en la cocina: en puré de patatas, puré de verduras, pudines o dulces de leche. Y, por descontado, más queso y más mantequilla.

Lo que no debes llevar

No lleves joyas verdaderas mezcladas con bisutería. Haz lo posible para no sobrecargarte demasiado. No mezcles tampoco un broche de brillantes con un collar de tres vueltas de perlas, pendientes dorados y tres pulseras de oro en cada brazo además de un anillazo de aguamarina. Tú no eres un escaparate de joyería, ni la Virgen del Pilar.

La mejor dote: buen carácter

El buen carácter no es algo que se compre en las tiendas, si no, cuántas de nosotras irían de tiendas. Pero, por lo menos, cuando se sabe que se tiene mal genio, se ha dado un paso para poder controlarlo.

Voy a hacerte unas preguntas, y, si tus respuestas te demuestran que tu carácter no es de los mejores, aprovecha ahora mismo la oportunidad de controlar tu mal humor, e intenta no enfadarte con nosotros.

—¿Culpas a todo el mundo cuando rompes un plato o rasgas un vestido o llegas tarde al cine?

—Cuando te encuentras con una mujer más elegante o más bonita que tú, ¿cuál es tu actitud? ¿Demuestras lo que sientes?

—Cuando discutes con una persona, ¿siempre esperas que esta venga a hablarte primero?

—Cuando tu marido, prometido o novio se retrasa, ¿hablas de ello durante una hora, o —lo que es igual— enmudeces durante una hora?

—Si no consigues ser el centro de atención en una fiesta, ¿te sientes humillada?

—¿Te pones furiosa cuando alguien descubre un defecto tuyo, aunque sea un defecto muy humano?

—¿Te has enfadado, por ejemplo, con nosotros?

Para educar a tu hijo

Si tu hijo tiene alguno de esos tics tan comunes en los niños —como chuparse el dedo, rascarse, morderse las uñas, etcétera— no uses esos métodos anticuados y equivocados del castigo o la amenaza. Es necesario saber antes la causa y después intentar tratarla de manera inteligente, despertando el interés del niño por los juegos o los deportes. Dándole ocupaciones diversas y continuadas conseguirás distraerlo y llevarlo poco a poco a perder el vicio, que es siempre un síntoma de que algo no satisface del todo a ese niño.

Cursillo sobre el pelo

Casi todos los peinados son posibles cuando el pelo está sano. ¿Incluso los peinados complicados?, preguntarás. Pues mira, te voy a decir lo siguiente: incluso los peinados simples. Porque un peinado complicado disimula mucho el estado del pelo. Y para peinarse de una manera simple es necesario no tener mucho que disimular.

¿Qué se lleva? Se lleva sobre todo una longitud media que dé para llevarlo suelto y con cola de caballo.

Sabrás mucho más de tu cabellera si sabes algo sobre este personaje: el pelo. Por ejemplo, está claro que en el transcurso de la vida vamos cambiando de cabellos (esto siempre es una fuente de esperanza). Si todo va bien en el organismo, cuando un pelo muere, cae, y es sustituido por otro. Un pelo de la coronilla dura de cinco a seis años. Un pelo de las sienes o de la nuca vive unos cuatro años.

En una cabellera sana caen de diez a treinta cabellos por día. Los que renacen del mismo folículo tendrán el espesor y la longitud de los que cayeron.

El pelo crece de diez a veinte centímetros por año. Las variaciones individuales no tienen importancia.

Las mujeres y los hombres

Según una encuesta reciente se hizo una lista de las cualidades que las mujeres más aprecian en los hombres; la cedemos a los distinguidos caballeros con la esperanza de que les sea de provecho. Aquí está: Amabilidad y cariño. Ingenio y sentido del humor. Interés por las pequeñas cosas, sinceridad, lealtad, integridad, fuerza moral y física. En general, no les gustan los hombres demasiado condescendientes, ni que sean demasiado conservadores. Tampoco soportan a esos tipos que viven entre cuentas y números ni a los que guardan el dinero con usura.

¿Será verdad? ¿Existe alguien así?

Ciertamente. Hay hombres que tienen esas cualidades, por increíble que parezca.

Pero existen además otras, realmente importantes: a todas las mujeres les gusta que los hombres se fijen en ellas. Las esposas suelen acusar por lo general a sus maridos de prestar más atención a las otras mujeres que a ellas.

Y muchas, después de veinte años de casadas, solo ven los defectos del pobre marido, esperando a cambio que él solo les encuentre cualidades.

Sea como sea, los hombres deben intentar mantener su lado mejor, si quieren llevar a alguien al altar y después conservar la felicidad conyugal.

Mareo en el mar

Vas a viajar en barco o te han invitado a un pequeño paseo y tiemblas ante la perspectiva de uno de aquellos mareos que estropean cualquier placer.

Hay algunos consejos que quizá te ayuden a no marearte.

No te abstengas de comer antes de subir a bordo, el estómago vacío a veces provoca el malestar. Prueba también a tomar, antes, un agua mineral con gas. Mantén el vientre y el estómago abrigados. Mantén una temperatura templada en el cuerpo. Quédate al aire libre. Evita los olores de cocina, de máquinas, y la cercanía de personas mareadas. Evita la proa y la popa del barco, procura mantenerte en el centro. No crispes los nervios, relájalos.

Y, sobre todo, no pienses en... el mareo.

Una buena esposa

Ser una buena esposa no es solo, como creen muchas mujeres, ser honesta, ahorradora y trabajadora. Es muy común encontrar esposas traicionadas o abandonadas que se quejan: «¡Yo he sido siempre para él una excelente esposa!». No deben de haberlo sido. Una buena esposa es la que hace la vida del hogar agradable para el marido, haciendo de su compañía un refugio para su vida de lucha. Si él llega exhausto del trabajo, la buena esposa no le acribilla los oídos con quejas, cotilleos o insistentes invitaciones al cine, fiestas o reuniones que no le gustan. Su casa está siempre limpia y ordenada, pero no exageradamente, hasta el punto de que él no se pueda fumar un cigarrillo en paz, ni leer el periódico con tranquilidad. Nuestro hogar debe ser el rincón de paz, amor y libertad con que todos soñamos. Si las discusiones se multiplican, la amargura y la hostilidad forman el clima común y cada gesto, cada palabra, cada acto es recriminado o escrutado, se vuelve odioso. Y el hombre, como es justo y natural, irá a buscar un hogar en otra parte. Una mujer inteligente retiene a su marido sin gritos, sin exigencias, sin celos ridículos. Lo retiene por el placer que le da su compañía. Contrariándolo en todo, haciendo ostentación de tu tonta independencia, criticándolo con tus amigas, reclamando y exigiendo siempre, estás empujando a tu marido fuera del hogar. Recuerda siempre que las otras, que podrán arrancarlo de tus brazos, usarán mucho cariño, mucha adulación, mucha dulzura para conquistarlo. ¡Haz tú lo mismo!

El espejo como consejero

Después de cierta edad, la moda parece constituir un problema para muchas mujeres. Pero, según Claudette Colbert, hay una solución. Y empieza por una mirada prolongada y honesta al espejo.

Miss Colbert, conocida por su encanto y buen gusto, aconseja «el estudio de la propia imagen». «Tú —dice ella— necesitas conocer tus cualidades, para acentuarlas, y tus defectos, para corregirlos».

En su opinión, después de cierta edad hay que procurar mantener la esbeltez o intentar bajar de peso hasta alcanzar el tipo de silueta que «realza» la ropa. Ella procura siempre controlar su peso, y con excelentes resultados.

Otra cuestión importante: escoger ropa que siente bien en vez de intentar solo seguir la moda. Escoger colores que combinen con el tono de la piel y del pelo. Otra cuestión importantísima: tener un aspecto «bien cuidado».

Miss Colbert, ejemplo de madurez chic, prefiere el pelo corto, la ropa simple, colores claros y escotes que realzan. «El cuello Peter Pan solía ser mi marca registrada —dice—, pero ahora uso cuellos más grandes y un collar de perlas. Creo que las perlas dan a la piel una cualidad luminosa».

Le parece indispensable, como fondo de armario, un buen traje de chaqueta. Y también uno de esos vestidos que se llevan de día pero que pueden ser transformados para la noche cambiándoles el cuello, por ejemplo.

Sándwich de algodón para quien traga alfileres

Por más horrible que sea la idea, es lo que una revista americana, *Family Doctor*, aconseja hacer comer a los niños que se han tragado horquillas, alfileres, etcétera. El artículo dice que el algodón envuelve el objeto en el estómago, impide que cause daño y facilita su tránsito.

Si el niño es demasiado pequeño para comer un sándwich, el consejo es darle pan mojado en leche. Y si el objeto tragado todavía está en su garganta, si es posible, ponlo completamente bocabajo.

Nunca pienses que un niño es demasiado pequeño para tragarse algo: su capacidad «engullidora» es igual a la de un adulto.

Por favor, no te pongas

Cinturón ancho, de cualquier tipo, ni fajas, si no tienes la cintura fina. Muchas mujeres piensan que adelgazan. Error. Un cinturón o una faja nunca han recortado un cuerpo femenino. Solo son adornos para quien ya tiene la cintura fina. Nada más.

«¿Gordita?» «¿Gordota?» «¿Gorda?»

Tal vez, para no tener que ponerte a dieta ni preocuparte, has decidido que no eres gorda, que solo eres gordita.

Perdona, pero da igual. ¿Cuántos pasos más allá de «gordita» has dado? Cada persona tiene su propio tipo. Pero estar gorda no es un tipo; a no ser que sea un tipo engordado. Y eso no ayuda a ser seductora.

¿De verdad no tienes ningún motivo para adelgazar? Quiero decir: ¿no hay nada suficientemente valioso que quieras obtener y que te motive lo suficiente como para dar por bien empleado el esfuerzo de adelgazar?

Está bien, supongamos que solo eres gordita. No hay nada de malo en eso. Sin embargo, existe el peligro de que seas «aún gordita», lo que significa un rumbo futuro y progresivo hacia «gorda».

Cuidado, pues, cuando todavía es muy simple tener cuidado. «Gordota» ya no es tan bueno como «gordita». Y «gorda» ya es peor que el graciosillo «gordota».

Para las que quieren un empleo

Si estás buscando trabajo y te llaman para la primera entrevista con tu futuro jefe, no caigas en estos errores: no te muestres excesivamente desenvuelta, queriendo forzar una intimidad ridícula; no aparentes, tampoco, una timidez excesiva, ni respondas con monosílabos a las preguntas, demostrando un miedo excesivo a hablar de tus propias cualidades; no te presentes con ropa provocativa, excesivamente pintada, con muchas joyas, dando más la impresión de una chica ligera de cascos que de una trabajadora; pero tampoco causes una mala impresión con ropa demasiado modesta, mal peinada, con un maquillaje mal hecho, así parecerás descuidada. Ten siempre claro que la primera impresión es la que perdura. Responde con claridad a todo lo que te pregunten, no uses una falsa modestia, no te exhibas demasiado, intenta dar una impresión distinguida, eficiente y reservada.

Dinero difícil

Muchas de vosotras os quejáis constantemente del «dinero difícil». Todo está caro, las deudas crecen por momentos y no hay nada de dinero. ¿Adónde iremos a parar? En un número antiguo de *Selecciones*, leí una fábula de un rey que lo compraba todo a crédito, hasta que un día le cortaron el crédito. Furioso, llamó a su ministro de Hacienda. Y la situación se complicó cuando este le dijo que no podía imprimir más dinero para satisfacer las necesidades de su rey so pena de acelerar la inflación del país. Llamó a sus economistas, y uno de ellos explicó a ese rey tonto que «cuando la gente toma prestado más de lo que ahorra, no tardará en faltar el dinero. Solo ahorrando habrá dinero». Si pensáis en esto y procuráis controlar un poco más vuestros gastos, veréis como vuestra situación financiera mejorará mucho.

Atención a las latas

El aspecto de la lata o el escape de gases cuando se abre son síntomas suficientes para no aprovechar su contenido. La intoxicación a través de alimentos deteriorados en latas siempre es grave y frecuentemente fatal. Una vez abierta la lata, su contenido debe ser trasladado a un recipiente de cerámica, vidrio o plástico, incluso cuando se conserva en la nevera.

Belleza en serie

Existe una triste tendencia, agravada en los últimos años, a estandarizar la belleza y los tipos femeninos. Influida por el cine, la chica elige una artista de renombre y pasa a ser su calco. Imita su peinado, su maquillaje, su sonrisa, los gestos, las modas, a veces hasta el tono de voz. Hubo la fase de las Marylin Monroe, de las Lollobrigidas, de las Sofía Loren. La fiebre ahora es de las B. B., intercaladas aquí y allí por algunas

Debra Paget, Marisa Allasio y Pier Angeli. Muchachas bonitas, que podrían ser guapas en su propio tipo, se disfrazan de caricatura de alguna francesa, italiana e incluso sueca famosa. Bellezas en serie, bellezas de catálogo, numeradas, como pedidas por encargo. Despersonalizadas, estas pobres imitaciones jamás tienen éxito, porque lo que hizo famosas a aquellas estrellas no fue el pelo peinado de aquella manera, ni la sonrisa pícara con el dedo en la boca, ni la mirada incitante. Fue su personalidad, el talento, la gracia, y eso ningún peluquero, ningún maquillador, ningún gesto estudiado ante el espejo se lo dará.

¡Sed vosotras mismas! Estudiad cuidadosamente lo que hay de positivo y de negativo en vosotras y sacadle partido. La mujer inteligente saca partido hasta de sus puntos negativos. Una boca demasiado rasgada, unos ojos pequeños, una nariz no muy correcta pueden servir para marcar tu tipo y hacerlo más atractivo. Siempre que sea verdaderamente tuyo.

A los hombres no les gustan las mujeres en serie. Si les gustan aquellas estrellas es porque les parecieron diferentes. Vosotras, al imitarlas, solo seréis consideradas ridículas.

Por favor, chicas, ¡sed vosotras mismas!

Tabaco y café

Quiero recordarte:

En fuertes dosis, el tabaco es muy nocivo para los tuberculosos y para los que sufren de dolencias cardiacas. El tabaco disminuye la memoria, provoca tos, es responsable de la voz ronca, de la bronquitis crónica, de las traqueítis.

Irrita el sistema nervioso, disminuye la actividad, entumece el intelecto y debilita la voluntad.

Piensa en eso y decide fumar menos.

En cuanto al abuso de café, quiero recordarte que provoca desórdenes nerviosos, da palpitaciones. Puede ocasionar dispepsia, jaquecas, vértigos y afectar a los hígados delicados. (Hablo del abuso y no del uso moderado del café). Ni los niños, ni la gente nerviosa, ni los artríticos o hepáticos se benefician con el café. Y si te das cuenta de que tu apetito disminuye, que sufres de una excitación mental que te lleva a veces a tener ideas negras, o te sientes deprimida o anémica, intenta disminuir el café. Esta es una bebida benéfica a dosis moderadas y maléfica cuando se convierte en un vicio.

El niño busca el peligro

Los niños están siempre en movimiento, ansiosos por saltar y descubrir, experimentar, aprender. Por esa tendencia incontrolable están sujetos a muchos riesgos que pueden redundar en accidentes, a veces peligrosos.

Por esa razón los niños necesitan una protección constante, un cuidado muy especial. Los padres no deben prohibirles los juegos, pero sí protegerlos para que los juegos infantiles se realicen donde no haya peligro.

Para un niño que aún no tiene dos años y que tiene una tendencia irresistible a subirse a sillas, escaleras, etcétera, es conveniente que su madre prepare una parte del cuarto o del salón con colchones, cajas y otros objetos, para que haga sin peligro sus incursiones y subidas.

Los lugares donde juegan los niños deben examinarse cuidadosamente. Es necesario ver si presentan condiciones de higiene favorables, si hay cerca agua estancada, insectos peligrosos u objetos de metal oxidados que puedan causarles heridas.

Todos los objetos cortantes deben ser colocados fuera de su alcance, así como los productos de limpieza, generalmente explosivos o corrosivos y las medicinas en general. Cualquier descuido puede ocasionar accidentes irremediables.

La madre cuidadosa tendrá un botiquín completo en casa, con todos los medicamentos de urgencia, para aplicarlos si es necesario. Y, sobre todo, necesita tener calma para enfrentarse a las situaciones desagradables.

Consejos de mi vecina

Para calmar las jaquecas, mi vecina pone algunas gotas de limón en la taza de café bien caliente, antes de tomarlo. Dice que es excelente.

Al preparar cualquier masa, ya sea para tarta, para pasteles o empanadas, calienta un poco el agua o cualquier líquido que entre en su composición. Así consigue que la masa crezca más deprisa y sea más ligera.

Dice que las manzanas combaten el insomnio.

Pasa aceite por las suelas de los zapatos de los niños, repitiendo la operación hasta que el cuero absorba la grasa. Este proceso impermeabiliza el zapato.

Cuando quiere que el asado dé una buena salsa y más caldo, le añade un poco de azúcar. La carne no queda dulce, pero suelta más jugo.

Para quien tiene miedo de hablar en público

Un día leí un artículo que me interesó mucho. Es posible que os guste también. Es de un señor llamado Elmer Wheeler, un nombre que no os dirá nada, pero parece que en Estados Unidos es muy conocido como conferenciante.

Pues escribió un libro llamado *Cómo eliminé el miedo de hablar en público*. A estas alturas te estarás diciendo: «no pretendo dar discursos en los próximos treinta años». Ni yo. Pero da unos consejos que sirven también para quien no da discursos…

Dice que se le pasaron los nervios, que aprendió a controlar esa sensación de tener mariposas en el estómago cada vez que tenía que dirigirse a extraños. Ahora bien, con o sin discursos, de vez en cuando nos vemos en esta situación: ante extraños que nos intimidan (espero que nosotros intimidemos también a los extraños, es lo mínimo que puedo desear). El consejo es: inspirar y espirar tres veces, profundamente, antes de hablar. Él cree que disminuyen las pulsaciones, calma los nervios y da aliento.

Otra cosa: hablar pausadamente, dando tiempo al oyente para absorber las palabras oídas. Aprender el arte de usar verbalmente la coma, el punto y seguido y el punto final. Aprender a parar un poco antes de anunciar algo más importante y parar un poco después de anunciarlo.

Y evitar el parloteo, las palabras inútiles… Eso podemos intentarlo, no sé si con mucho éxito…

Más consejos de mi vecina

Mi vecina dice que el queso, en su casa, nunca se seca, porque tiene cuidado de envolverlo en una gasa mojada en vinagre.

Ella solo pela cayotes bajo el agua, para evitar que las manos se le pongan negras.

Nunca hay hormigas en su casa. Cuando aparecen, hace lo siguiente: mezcla el polvo de café que queda en el colador con un poco de agua y coloca esta mezcla en los lugares donde suelen aparecer las hormigas.

La seducción de las joyas

Aquí tenéis unos consejos de un gran joyero de la Place Vendôme, en París, y que sirven tanto para las joyas de verdad como para la bisutería de fantasía.

Las perlas de tonalidad rosada son más adecuadas para las morenas; las rubias deberán llevar, preferentemente, las blancas.

Las rubias deben preferir el zafiro, mientras que el fulgor del rubí es más indicado para las morenas. La esmeralda resplandece más en una piel blanca, cerca de un rostro enmarcado por un cabello de tonalidad pelirroja.

El diamante sienta bien a todas las pieles. La turquesa —bonita cuando se combina con oro o piedras de colores— se adapta especialmente a las morenas y a las pelirrojas. La piedra «informal» es el topacio. Con sus tonalidades de otoño queda especialmente bien con un *tailleur*.

La moda mal interpretada

He visto muchas caras falsamente cadavéricas por ahí… Me da pena cuando veo la moda tan mal interpretada.

Hay muchas cosas que las artistas de cine se ponen en la cara y que sencillamente no sirven fuera de la pantalla. Ni siquiera en los desfiles llevo cierto tipo de maquillaje que solo se aplica por las fuertes luces que iluminan los lugares donde se filma.

Acordaos de los focos que se usan en los platós de cine o de televisión. Alteran la forma del rostro, crean juegos de sombra y de luz que transforman los rasgos. Por eso intentamos compensar el «desgaste» con trucos efectivos.

Pero cuando son muy exagerados, sea de día o de noche, los trucos, además de inútiles, son tan contraproducentes como llevar una máscara cuando no es carnaval.

Vamos a ver, por ejemplo, lo que a veces nos vemos obligadas a hacer, nosotras las artistas de cine o de televisión. Para luchar contra los focos, muchas de nosotras usamos una base oscura en las aletas de la nariz, para que esta, bajo la fuerte luz, no parezca ancha. Es sabido que el color claro ensancha, expande.

Lo mismo, por supuesto, se podrá hacer con alguien que tenga la nariz naturalmente ancha y que desee afilarla.

Pero ¿hasta qué punto llegan tus dotes artísticas en materia de camuflaje? ¿Hasta qué punto puedes disimular un defecto sin caer en el opuesto, es decir, sin acentuarlo?

¿Te imaginas lo que representa para los demás una persona andando por la calle con la nariz oscura?

¿O una joven entrando en un salón con dos manchas de polvo oscuro en las mejillas, porque pretendía tener aquel aire «enjuto» moderno de las artistas de cine?

Recuerda que tu arte de disimular tendría que ser eximio para enfrentarte a la mirada ajena. Porque esta, cuando no es buena, se pone gafas… Y tú, si vas «enmascarada», quedas realmente expuesta. A menos que, ante la curiosidad ajena, te retires y te laves la cara…

Lo que no te debes poner

Si eres morena, no lleves ciertos tonos de verde y huye del marrón y del beis como el diablo huye de la cruz. Evita igualmente el negro, si estás muy morena de la playa; en este caso es mejor el blanco, que realzará y dará vida a tu bronceado.

Prepara una reunión para el sábado

La cuestión es que no hay que hacer de esta invitación una hidra de siete cabezas. Cuanto más la aplaces, más cabezas le crecerán al monstruo. ¿Vamos a improvisar una reunión agradable, simple, de camaradería? ¿Por qué no el sábado? La noche del sábado, todos se pueden divertir un poco más porque el domingo por la mañana la pereza está en el aire y se permite. Vamos a comprar algunas bebidas, algo de pan inglés para sándwiches variados. Si quieres, usa esas recetas guardadas y que deben de estar llenas de polvo en tu cajón de los tesoros. Si quieres, usa la imaginación. Pero, si las recetas dan mucho trabajo, si ya has gastado tu imaginación durante la semana, no hay problema: los tradicionales sándwiches de queso y jamón siempre son bienvenidos. Haz una lista de lo que necesitas para preparar un ponche ligero, compra unos bombones, anacardos o cacahuetes tostados, no te olvides de los cigarrillos. Según el presupuesto, sustituye el ponche por alguna bebida más fuerte y que anime más. Y llama a los amigos: «¿Queréis venir mañana por la noche a pasar un rato aquí en casa, después de cenar? He invitado a algunas personas más».

¿Ya has llamado? Pues el sábado por la mañana prepara los sándwiches, cúbrelos con una servilleta húmeda para que aguanten sin resecarse hasta la noche, prepara el ponche o las bebidas, arregla la casa, coloca algunas flores en jarrones. Haz lo posible para no estar haciendo cosas todo el día, si no, por la noche tendrás un aspecto cansado y desanimado. Porque la mejor receta para una reunión de amigos es que se note el placer que te da recibirlos. Muchas amas de casa llegan tan cansadas a la hora de recibir a las visitas que estropean la fiesta a sus invitados. Y tampoco pidas disculpas porque los sándwiches sean de una manera o de otra, no te excuses por no tener una casa más grande o por no haber servido pavo relleno. Tus amigos te aceptan tal como eres, y no esperan de ti lujo o cumplidos, quieren una compañía amable y una casa acogedora.

¿Imposible?

La mayoría de las cosas «imposibles» son imposibles solo porque no se han intentado. Cuántas cosas no se hacen solo por timidez o por miedo...

¿Has intentado alguna vez pintar paredes? Pues, lo creas o no, no hace falta hacer un «curso» (solo te ayudaría un curso de «confianza en ti misma», porque lo que te falta es confianza).

La pintura la compras. La brocha también. La pared la tienes. Y dos manos también. Por increíble que parezca, tienes todas las herramientas necesarias. ¿Qué te falta? Un poco de osadía y ganas de divertirte. (Y de ahorrar).

Problema: «¡Mi hijo no quiere comer!»

Llenar demasiado el plato de un niño es desanimarlo desde el principio. Intenta distribuir los alimentos en varios platitos, déjalo frente a ellos un rato. Cambia o retira los platos, sin comentarios ásperos o ansiosos. Si come menos durante algunos días no se pondrá enfermo por eso. Y, quién sabe, si sigues sin transmitirle ansiedad, a lo mejor empieza a comer mejor... Inténtalo, por lo menos.

Una manera muy eficaz de estimular el apetito del niño es permitirle que ayude en los preparativos de la comida: permítele que te ayude a poner la mesa, a colocar las rebanadas de pan en el plato, a remover una crema, etcétera. Al participar de estas tareas preliminares, considerará la comida como una creación también suya y, por lo tanto, mucho más preciosa.

Precaución: antes de comprar muebles, examínalos

Prueba los cajones para ver si se adaptan bien y si «corren» fácilmente.

Observa la parte trasera de las cómodas, por ejemplo, para comprobar el acabado.

Mira si los tiradores y las manecillas están bien diseñados y firmemente sujetos.

Asegúrate de que la pieza se posa por completo en el suelo, sin desnivel.

No quieras un barniz que deja marcas en los dedos.

Asegúrate de que los adornos son realmente decorativos, y no un mero depósito de polvo.

Escoge tejidos y tapicerías que se puedan limpiar fácilmente.

Mira si las puertas se abren sin esfuerzo y si cierran completamente.

¿Romántico o «laboratorio»?

Actualmente, en materia de decoración de baños, hay dos tendencias: la romántica y la funcional. La primera trata el cuarto de baño como si fuese un *boudoir*, lo decora con tejidos, alfombras, usa accesorios antiguos, más pintorescos que prácticos. La segunda tendencia —la funcional— tuvo en Le Corbusier a su principal pionero, allá por 1925. Es el estilo «laboratorio», «personalizado» solo por el uso de los colores. Es posible una infinidad de variaciones en los materiales de revestimiento, en los accesorios, en la pintura de los aparatos, en los espejos, alfombras de plástico o de algodón lavable.

De cualquier modo, el baño de hoy, así como la cocina, debe perder su frialdad, su anonimato, su banalidad. La belleza se consigue incluso con un presupuesto limitado y objetos estándar.

Una conversación franca para quien tiene gemelos

Los gemelos no deben ser tratados como un solo niño dividido en dos. Hay que intentar mantener la personalidad de cada uno. Una buena norma es vestirlos de manera diferente, dejarles escoger amigos diferentes. Y evitar la costumbre de compararlos, aunque la intención sea estimularlos. Es necesario que sean amigos y no se consideren competidores.

Cuando un niño trae deberes de la escuela y pide ayuda, el padre o la madre solo debe orientarle y no resolver los problemas por él. En caso contrario se acostumbrará a la pereza mental, y no aprenderá a usar su propio raciocinio.

En caso de enfermedad o de sospecha de ella, llama al médico. Recuerda que, por buena que sea tu vecina, no está autorizada por ningún conocimiento científico especial a recetar... La medicina que le fue bien al hijo de tu amiga puede sentarle mal al tuyo.

El deporte va bien, física y moralmente. Además de desarrollar armoniosamente el cuerpo, enseña al niño a cooperar, a exteriorizarse, a dominar sus impulsos agresivos.

Por el hecho de que tu hijo ya sea un hombrecito o de que tu hija ya sea una jovencita no creas que tu tarea ha terminado. En esa época de la pubertad es cuando los hijos necesitan más comprensión y camaradería. En ese periodo de turbulencia y de hipersensibilidad hay que perdonar muchas faltas, muchos descuidos. Es también una fase de vanidad y de egoísmo. Ayuda al adolescente a mantener una buena apariencia. Cuida de su piel, muchas veces alterada. Cuida de sus lecturas. En esa edad es cuando el espíritu está más abierto a influencias.

Alfombras: colores

En materia de alfombras es aconsejable dejar que predomine un color, o un grupo de tonos bien combinados.

Ten en mente el cuarto en el que quieres ponerla, y no intentes «combinar» el color de la alfombra con los colores de la habitación, es mejor «complementar» el tono de la alfombra con las tonalidades del ambiente.

No hay ninguna ley para el color de una alfombra. Es una cuestión de observación y de sentido común. Por ejemplo: rojo púrpura y rojo escarlata no combinan bien cuando van juntos en grandes pedazos de tejido, pero se mezclan excelentemente, avivándose uno al otro, cuando están unidos en tiras y lazadas.

Una habitación de colores muy vivos puede ser «dulcificada» con alfombras de color *taupe*, caqui o con tonos de coloridos complementarios. Recuerda, sin embargo, que el colorido de las alfombras se decolora rápidamente a medida que se anda sobre ellas.

Compañía

No, G. B., todavía no has probado todo lo que la vida puede dar, como dices en tu carta. Todavía no has probado aquella dulzura de la compañía: de tener compañía y de dar compañía. Esperas que te llamen, que insistan, como si los otros fuesen dioses dadivosos. No te olvides de las innumerables personas aún más tímidas y solitarias que tú, y que esperan una sonrisa para acercarse. No te olvides de que una de las mayores alegrías en la vida está en esta palabra simple: convivencia.

Peinados modernos

Existe últimamente una acentuada tendencia a la exageración en el vestir, en el maquillaje y en los peinados. Exageración en el sentido de no obedecer a los tipos, edad, lugar y hora propios para llevar lo que está de moda.

Los peinados, por ejemplo. Brigitte Bardot lanzó la moda del pelo largo artísticamente desarreglado, cayendo sobre los ojos, en un falso desaliño encantador. Brigitte Bardot es una estrella de cine y sus fotos se hacen para publicidad, no son instantáneas de su vida particular, y el peinado idealizado por ella tenía como finalidad crear un personaje. Nuestras chicas han entendido que esa era la manera de parecer tan provocativas como la vedette francesa, y han abolido los peines, se han dejado crecer las greñas, y ahí van, camino de la oficina o de las clases, largas cabelleras despeinadas sobre los ojos, la frente, con el desagradable aspecto de quien acaba de salir de un ring. Eso no es atractivo, es ridículo. Hay las que se van al otro extremo. Siempre peinadas como si fuesen a una fiesta, peinados bonitos, modernos, pero no siempre propios para un viaje de pie en un autobús lleno que las lleva a su trabajo o a la escuela. Las jovencitas generalmente prefieren siempre los peinados sofisticados y, aunque no causen la misma impresión desagradable de las «Bardot» desaliñadas, tampoco son elegantes. Estarían mejor con el pelo peinado más informalmente, peinados simples, no rebuscados, sin mechones que formen lo que ellas consideran provocativos «caza-chicos». La simplicidad todavía es la compañera inseparable de la elegancia. Y mis lectoras de diecisiete años pueden creer en mi sinceridad cuando afirmo que el mayor encanto de una chica «antes de los veinte» es poder ahorrarse el maquillaje fuerte, es ser bonita incluso con el pelo corto, suelto, los ojos solo con el brillo de la juventud.

La hora de dormir

Cuando un niño llega a los tres años, empieza a no querer acostarse pronto. Desea participar de las actividades de la casa porque está física y mentalmente más activo.

Sin embargo, no te engañes pensando que el niño, porque es vivaz y travieso, no tiene necesidad de acostarse pronto. Al contrario, su actividad solo demuestra que está muy excitado y que necesita reposo.

Una vez marcada la hora de acostarse, no hagas concesiones. Ayúdalo a ordenar sus juguetes, haz que dé las buenas noches a los presentes y acompáñalo a su habitación. Habla alegremente con él, ayúdalo a hacer su limpieza nocturna y métalo en la cama. Si lo prefieres, puedes darle un vaso de leche tibia.

Tu pequeño podrá protestar un poco, pero acabará acostumbrándose al horario nocturno. Y podrá disfrutar de un sueño largo y reparador.

Felicidad conyugal

Una cosa es cierta: el amor ciega tanto como el odio y muchas parejas después de la boda, cuando finalmente se ven obligadas a encarar la realidad, llegan a la tristísima conclusión de que se han equivocado completamente en su elección. Cuando un chico o una chica llegan al altar antes de los diecinueve años, el matrimonio tiene diez veces más posibilidades de malograrse que si fuesen ambos unos cinco años mayores. Ha habido incluso el caso de una joven que, casada ya desde hace un tiempo, ha descubierto que es emocionalmente alérgica a su marido (¡algo hay de eso también!). Cada vez que se le acercaba le daba una incómoda urticaria.

Además, solo un matrimonio de cada seis se considera tan feliz como querría ser. Una pareja de cada veinte se siente realmente infeliz. La mayoría está entre los dos grupos y cerca del ochenta por ciento es moderadamente feliz.

Los entendidos en el asunto suelen decir que los matrimonios más felices son aquellos en los que impera un sentimiento de camaradería, compatibilidad amorosa y mutua determinación de hacer que tenga éxito.

Por lo menos dos de estos ingredientes deben estar presentes para que el matrimonio tenga posibilidades de éxito y sea razonablemente feliz.

Fiesta de boda

Si os gusta obedecer a la etiqueta y estáis pensando prometeros y casaros, estas son algunas reglas simples para las ceremonias de petición de mano y de boda: la petición de mano debe ser un acontecimiento importante. Por la noche, los padres del novio, acompañados por su hijo, hacen una visita, previa cita, a los padres de la novia para hacer la petición. La novia no debe estar presente en la entrevista. Se la llamará después para dar el «sí». Está sellado el noviazgo, que puede ser celebrado con una pequeña reunión íntima y una copa de champán para brindar por los novios. Le corresponde al chico, una vez decidido el compromiso, acercarse al padre de la chica y exponerle su situación, acordar detalles sobre cómo y cuándo quiere realizar la boda. Debe también ofrecer a su novia un anillo u otra joya.

Llegada la fecha de la boda, se enviarán las invitaciones con una antelación de veinte días a los parientes y amigos.

La ceremonia es conocida por todos, y también sus detalles y etiquetas. Conviene recordar, sin embargo, que el novio debe llegar antes que la novia a la iglesia, y esperarla junto al altar. Ella llegará del brazo de su padre o, en su ausencia, de un hermano, un tío o un pariente. Terminada la ceremonia, después de recibir las felicitaciones en el vestíbulo de la iglesia, sale la joven pareja y sube al primer coche del cortejo, seguida por los coches de los padres de los novios, de los padrinos y después de los invitados.

Al regreso de la luna de miel es obligación de los recién casados visitar a las personas que fueron a su boda y ofrecerles su casa.

Después de la fiesta

Si has bailado demasiado, te has divertido demasiado, te has librado de la tristeza acumulada, ahora, al volver de la fiesta, ocúpate un poco de ti misma.

Si te duelen los pies cansados, báñalos en agua tibia: déjalos sumergidos algunos minutos. Sécatelos bien, espolvoréalos con talco y después tiéndete en el sofá o en la cama, colocando los pies más altos que la cabeza. Cúbrete la cara, previamente lavada, con una crema refrescante.

Cierra los ojos. Relaja los músculos. Puedes ponerte sobre los ojos dos compresas de algodón empapado en agua boricada para ayudarte a aliviar también los ojos.

Procura olvidarte de todo: la excitación de lo que pasó, los problemas que te esperan todavía, los compromisos. Vacía tu cabeza, deja todo el cuerpo sobre el colchón, en una posición confortable. Si es posible, hazlo con la habitación en penumbra. Ahora deja que pasen los minutos. Si sientes somnolencia, entrégate a ella.

Una hora de reposo así será tan saludable para tu salud como para tu belleza. Te sentirás joven otra vez, llena de bienestar, animada. Las señales de cansancio desaparecerán de tu rostro, el brillo volverá a tus ojos.

Al levantarte, hazte un ligero masaje con la crema que te ha quedado en la piel. Si no tienes ningún compromiso, deja que tu rostro descanse de pintura y cosméticos. Retira la crema, lávate la cara y deja que la piel respire limpia y fresca.

Nunca permitas que el cansancio te arrastre a la cama sin limpiarte la piel. Eso la perjudicará mucho. Si puedes bailar tanto, reír tanto, puedes hacer ese último pequeño esfuerzo para proteger tu belleza. No cuesta nada y esos minutos pueden significar mucho para tu aspecto.

Tostarte en la playa

¿Las pecas? Son una pigmentación anormal de la piel. ¿Qué aconsejar sobre ellas? Decir la verdad: para evitar las pecas el único medio eficaz es no exponerse al sol.

Pero quien tiene tendencia a las pecas no va, por eso, a prohibirse el placer del aire libre. El sistema es sobrepasar rápidamente el estadio de las pecas: con más sol. El propio bronceado lo cubre todo, lo camufla todo. Y, cuando acabe el verano, si las pecas no desaparecen, la única forma es hacerte un *peeling*. Pero esto solo pueden hacerlo personas especializadas y competentes.

¿Qué más decir sobre las pecas? Que se puede ser bonita y tener pecas. Que las pecas pueden darte una gracia especial. Que las pecas pueden darte un aire «pícaro» —un aire francés— y embellecerte. A quien le salgan pecas que las deje salir en paz. Quien tiene pecas que las tenga en paz.

Valora tus ojos

Los ojos siempre han sido motivo de inspiración para los poetas y músicos, que cantan la belleza de la mujer amada. Ojos grandes o pequeños, verdes o negros, redondos como los de las muñecas, o almendrados como los de las orientales, todos ellos son cantados en canciones apasionadas.

En los tiempos modernos, los ojos siguen despertando el mismo entusiasmo de la parte masculina, sin, a pesar de ello, llegar a los ardores de la serenata y de los versos, cosa que nuestros tiempos ya no consienten. Sin embargo, a ti, lectora, te gustaría inspirar con tus lindos ojos un poema, una música, o incluso una simple declaración de amor... ¡Te gustaría, porque eres mujer!

Nada más natural que la mujer, sabiendo el tesoro que posee, procure conservarlo y embellecerlo. Todos los cuidados son pocos para esas joyas tan útiles, tan bellas y tan inspiradoras...

Tus cuidados deben ser diarios. Deben consistir en no dejar que los ojos trabajen durante un periodo demasiado largo sin que tengan un descanso de, como mínimo, algunos minutos cerrados o mirando a un punto distante. Cuando estén cansados, después de un trabajo exhaustivo, un excelente restaurador de la vista es una compresa de té fuerte, frío, sobre los ojos, unos minutos, mientras descansas en una habitación oscura.

Los ojos deben ser valorados al máximo. De día usa solo un poco de rímel, cepilla bien las pestañas y aplícate crema o sombra. Si deseas alargar la línea de los ojos, traza una raya finísima con un lápiz de ojos alrededor de las pestañas, termina en el ángulo del ojo, con un trazo ascendente. Las cejas ligeramente llenas, de un color que combine con tu tez. No uses sombras verdes ni azules de día aunque seas rubia. Reserva este recurso más osado para la noche, si no, parecerá ridículo. Más que los cuidados de maquillaje con los ojos, lo que importa es tener una mirada dulce, comprensiva y luminosa. Todo esto se consigue de dentro hacia fuera. Los pensamientos buenos, humanitarios, los ideales elevados y, sobre todo, la bondad imprimirán a tu mirada aquel aire inconfundible de belleza y juventud que ni los años ni las arrugas conseguirán esconder.

Vivir más… Y ser más joven

Sobre la vida humana ha dicho el doctor John Harvey Kellog: «Comed dos veces menos, dormid dos veces más, reíd cuatro veces más y viviréis tanto como Matusalén». Uno de los mayores enemigos, por lo tanto, no solo de una larga vida sino de la juventud es nuestra alimentación. Una alimentación mal controlada y mal digerida, exceso de grasas que envenenan la sangre y provocan una relajación de las funciones endocrinas. Resultado: ¡vejez! Pero no solo la intoxicación física provoca la vejez. También la moral. O mejor, las preocupaciones obsesivas, los rencores inútiles y cultivados, la envidia, la irritabilidad, los celos enfermizos. Tales sentimientos provocan arrugas profundas, ojeras, apagan la alegría y el brillo de los ojos.

Pero… tú puedes mantenerte joven, durante muchos y muchos años. La juventud es una actitud positiva. No evitaremos la vejez huyendo de ella, intentando fingir que no la sentimos ni la conocemos, sino enfrentándonos a ella con las armas de la inteligencia y del tiempo. ¿Cómo? Actuando así:

No cultives recuerdos desagradables. No te abandones a la inactividad, ausente de la vida y de sus problemas. Cuida tu alimentación, que sea rica en proteínas, racional, eliminando de ella en lo posible las grasas, el alcohol, los alimentos que te provocan estreñimiento y espesan la sangre. Preséntate físicamente bella, dentro de la condición de mujer madura y no poniéndote en ridículo disfrazada de joven de veinte años. Cultiva el buen humor y la alegría de vivir.

Respuesta a las lectoras

Me escribes diciendo que ya no te gusta. ¿Es cierto? No te precipites en tus juicios. Hay épocas, incluso en la vida conyugal más armoniosa, en las que no es el amor lo que predomina. Sé paciente. El hecho de que no te sientas enamorada no quiere decir que haya dejado de gustarte. Si supieses que a tu marido le gusta otra, o si él estuviese enfermo…, ¿tú no sufrirías? Tal vez te estás quejando de exceso de tranquilidad. Apuesto a que tienes mucho tiempo libre, apuesto a que «no sabes qué hacer con tu tiempo». El ocio y el tedio inspiran los pensamientos más descorazonadores. No estropees tu vida con sueños imposibles y falsos.

En cuanto a ti, Maria Cristina, te quejas de que «lo hago todo para agradar…, vivo metida en casa…, y aun así…». Y aun así tu marido no reconoce tus esfuerzos y dice que no entiendes nada, que él necesita amigos con quien hablar, etcétera. En primer lugar, es necesario que te recuerde que, por el hecho de estar casado, él no deja de ser un ser sociable, no deja de tener su profesión y de que le guste, no deja de necesitar diversiones. Después, quiero decirte también esto: hay hombres que adoran ver a su mujer en la cocina haciendo pasteles y comida, metida en casa arreglando y embelleciendo su hogar. Hay otros que, aunque les guste ver el interés de su esposa por la casa, prefieren una compañera que participe más en su vida. Por lo visto, tu marido es de este tipo. Y me parece que tú lo sabes. Tienes derecho a ser como eres. Pero no creo que seas así para gustarle. ¿Te agotas trabajando en casa para gustarle a él o a ti misma?

No exageres

Dicen que ha pasado realmente. Es posible, aunque difícil. Tú misma juzgarás.

Se trata de una pareja muy feliz, de esas que viven pensando en la manera de ser aún más felices. De esas que, al verse en un espejo, se sienten hasta avergonzados de representar de tal manera un ejemplo para este mundo tan equivocado en materia de parejas. ¿Rutina?, jamás hay que romper la rutina. (Esta pareja vive bastante cansada, pero, después de todo, lo que importa es ser realmente una pareja perfecta).

Como buen marido, él es un marido solícito. Como buena esposa, ella se ha dedicado a satisfacer a su marido.

Pues me han dicho —no sé si creerlo— que un día el marido entró en casa y se encontró a una mujer extraña.

—¿No me reconoces? —preguntó la joven—. ¡Soy tu mujer! ¡Tu mujer, Carminha! ¿Qué te pasa, mi amor?

El marido no podía recuperar el habla. Tartamudeó como pudo:

—Pero… pero ¿qué te has hecho? Me recuerdas a…

—Ha sido para gustarte. Quiero ser la esposa más maravillosa del mundo. Quiero parecerme a los artistas de cine.

—Vale, pero ¿a Yul Brynner?…

La gordura excesiva y las glándulas

No siempre el desorden glandular provoca obesidad, pero la obesidad provoca siempre desorden glandular. Para ti, lectora, que te encuentras solo «rellenita», la palabra obesidad debe de parecerte monstruosa y sin ninguna relación contigo. Debes saber, sin embargo, que todo obeso fue un «rellenito» que no supo o no tuvo fuerza de voluntad para parar cuando debía. Hay diversos métodos para adelgazar o mantener el peso, unos más eficientes y otros menos. La gimnasia, por ejemplo, es el más difícil, y, seamos francas, el menos satisfactorio. Es fácil perder algunos kilos con ejercicios que duren horas, pero recuperaremos esos kilos rápidamente, ya sea comiendo o bebiendo agua, o solo con relajar ese ejercicio.

El mejor ejercicio, el método más seguro para huir de la obesidad, es la selección de los alimentos. Parar cuando hay que parar, por más sabroso y atractivo que sea el plato que tienes delante. Elegir para tu menú especialmente ensaladas aderezadas con limón, caldos o sopas claras, con poca sal, carnes magras, preferentemente hervidas o a la parrilla, pescados a la brasa, langostas, mejillones, ostras ¡sin salsa, claro! Los menudillos constituyen los mejores alimentos como fuente natural de proteínas y no engordan: también los huevos cocidos, la leche desnatada o semidesnatada, las verduras, espinacas, judías, nabos, apio, calabaza, repollo, y las frutas.

Si te alimentas así, no solo estás almacenando salud en tu organismo sino que también ayudas a tu elegancia. Ser esbelta, bonita y saludable. Este debe ser el objetivo de la mujer moderna e inteligente. Esbeltez no es delgadez, es un peso equilibrado con edad y tu altura. La belleza es el conjunto formado por una piel suave, cabello sedoso, ojos brillantes, dientes blancos. La salud es, al mismo tiempo, el resultado y la causa de las otras dos cualidades femeninas.

Cursillo de emergencia

El precio de la belleza es, con perdón por la grandilocuencia de la frase, la vigilancia eterna. Como se ve inmediatamente, «la vigilancia eterna es algo que lleva tiempo. No digo que lleve una eternidad». Pero casi. Lo que vale es que esa casi eternidad se distribuye «poco a poco», de manera que no se siente y también da tiempo a hacer otras cosas.

Pero sucede que no todos los días son iguales, y hay muchos en los que el tiempo corre tanto que no hay cómo alcanzarlo excepto a última hora. Cuando una se da cuenta de que es «al mismo tiempo» la hora de salir y la hora de arreglarse. Toda preparación, entonces, tiene que hacerse a la carrera, como una ayuda de urgencia. Por eso nuestro cursillo de emergencias. Pero hoy hemos hablado tanto que el espacio solo nos permite un uso urgente, un consejo rápido. Aquí está:

Tienes menos de una hora para arreglarte el pelo que no tiene ninguna gracia. Usa esa hora de una manera racional en vez de dedicarla al desánimo o a la «desesperación». Enróllate el pelo en los rulos pertinentes, pero no uses agua. A cada mecha, separada para enrollarla, debes ponerle laca e inmediatamente ponerte el rulo, mientras todavía está húmeda. Haz esto mechón a mechón. Ponte un pañuelo en la cabeza. Cuando estés vestida y maquillada, sácate los rulos. El pelo te parecerá duro, pero un cepillo y un peine harán que puedas peinarte como quieras. Esta clase ha sido útil, ¿verdad? Pero recuerda que esto no puede repetirse cada día: cualquier método de urgencia solo debe ser usado en caso de urgencia.

Conversación con las «canosas»

Pues sí, el pelo gris es muy distinguido. Pero, en mi opinión, solo es realmente distinguido para los hombres de negocios...

Hay tanta gente que encanece pronto, antes incluso de que lo justifique la edad. Y, por más «distinguido» que quede, no hay mujer que desee aparentar más edad de la que tiene. En general una sesión de peluquería aumenta bastante la autoconfianza y el bienestar de las mujeres que se habían resignado a ser... distinguidas y envejecidas.

Pero no intentes teñirte el pelo en casa: el efecto podría ser desastroso. Es ahorro mal aplicado. Lo mejor es dejar tu pelo en manos de un especialista de confianza: él no te decepcionará.

Juventud

Hay un dicho interesante que reza: «Recuerda que nunca serás más joven de lo que eres, pero solo tú puedes decidir cuánto tiempo te mantendrás joven». A partir de ahí, sacarás en conclusión que los cuidados que tengas contigo misma y, aún más, tu actitud mental contribuirán decisivamente a que te mantengas bella y lejos de la vejez. Hay que poner, sin embargo, mucha constancia de tu parte para seguir el programa de belleza que te has comprometido a realizar.

Esos vestidos pegados al cuerpo...

... ¡Son horrorosos! Un vestido ajustado modela un cuerpo bonito. Un vestido «pegado», de esos que llaman la atención por la calle y provocan los silbidos de los jovenzuelos, generalmente afea la silueta femenina. Sí, porque aprieta la carne, denuncia cada movimiento. Son poco elegantes, en resumen. Los vestidos deben modelar las caderas, el busto, marcar la cintura, acompañar las curvas sin acentuarlas. Los vestidos excesivamente apretados, además de servir para acentuar cualquier pequeña imperfección del talle, denotan el mal gusto y la vulgaridad de quien los lleva.

No te preocupes demasiado

Procura controlarte para curarte de ese mal que es la preocupación. Mal, no solo porque afecta a tu salud, sino porque te acorta la vida y... perjudica tu belleza. Vicio terrible, la preocupación descubre fuentes de aprensión donde no existen, inventa peligros, crea problemas. Tus nervios afectados te estropean el buen humor, arrugas, aparición de canas, manchas en la piel, todo sufre en ti modificaciones para peor. Evítalo, usando la terapéutica de la autosugestión.

El «negro» siempre elegante

Los vestidos negros no pasan de moda. Continúan representando lo más chic y distinguido en trajes de chaqueta, en blusas o faldas y en vestidos de noche. El vestido negro escotado, sin embargo, a pesar de ser elegantísimo, continúa siendo para las reuniones nocturnas. Llevarlo durante el día, en lugares más propios para ropa informal, es una metedura de pata.

Recetas

Pócimas de belleza

Tú misma podrás ser la hechicera que prepara las pociones milagrosas. Para males externos, remedios internos.

Si tu piel es macilenta, sin vida, envejecida, toma por la mañana en ayunas durante quince días un vaso de la siguiente mezcla: una cucharada de sopa de melaza o de azúcar de caña disuelto en un vaso de zumo de ruibarbo fresco.

Palidez

Para dar vida a una piel pálida, toma tres vasos al día de esta bebida que contiene todas las vitaminas, minerales, enzimas y clorofila que necesitas:

Corta, a partes iguales, apio verde oscuro, zanahorias, manzanas (de las muy rojas). Pásalo todo por la licuadora. Si no tienes, usa un pasapurés o un exprimidor de frutas.

Piel agrietada, seca

Gaylord Hauser, el famoso especialista de la piel, creó esta excelente poción: un ruibarbo sin cáscara, fresas frescas (dos tercios de ruibarbo por un tercio de fresas). Exprímelo, endúlzalo con dos cucharadas de miel.

El cuello, «tallo» de la cabeza

Ninguna flor puede tener una corola bonita si el tallo que la sustenta es feo. Y ninguna cabeza será atractiva si el cuello que la sujeta como un pedestal es desagradable a la vista.

Lo principal para la belleza del cuello es su aspecto liso, el color uniforme, el contorno firme, la piel brillante.

Un mes de tratamiento con duchas filiformes, corrientes eléctricas, gimnasia especial, alta frecuencia dirigida, ionización, rejuvenece un cuello envejecido.

Lo que puedes hacer en casa tú sola: para recuperar la tonicidad de los músculos usa un cepillo suave, «trabajando» en movimientos circulares, mientras tomas un baño. Masajes: de abajo arriba dándote palmaditas con las manos.

Las pecas

Las pecas tienen su encanto. A ciertas rubias les dan un aire picarón y picante. Pero, en las morenas, las pecas pierden todo el atractivo y dan la impresión de una piel incluso (¡oh, horror!) poco limpia. Una manera eficaz de verse libre de ellas es la siguiente:

Mezcla dos gramos de amoniaco con tres gramos de agua oxigenada a veinte volúmenes y el zumo de un limón. Aplícate esta mezcla dos veces al día y déjala secar en la cara. Después lávatela bien enseguida para evitar irritaciones de la piel y completa el tratamiento con una capa de crema hidratante.

Laboratorio de hechizos

En casa incluso tú podrás fabricar tus cremas de belleza, como una hechicera moderna que fabrica sola su elixir de la eterna juventud.

Una hechicera casi siempre trabaja con fuego. Tú también, así que la cocina será tu cuartel general. También porque allí está la licuadora, otro instrumento de la hechicera moderna.

Y en el fuego, por ejemplo, prepararás un champú especial para pelo graso. Receta fácil: derrite diez centímetros de jabón de coco (en barra) en medio litro de agua tibia, añade cien gramos de glicerina líquida. Déjalo enfriar y añade el zumo de un limón.

Aprovechando lo viejo

Probablemente tienes en casa una de esas maletas de barco, esos baúles enormes, feos, viejos... No sabes ni dónde esconderlo. Hasta esconderlo es inoportuno. ¿Tirarlo? Piensas que un día puedes necesitarlo y no tienes valor de desembarazarte de él. Entonces... úsalo.

Cúbrelo con una manta o cortina, o cobertor, con o sin fruncidos. Coloca encima tres o cuatro almohadas de colores vivos, chillones, incluso, y ya tienes un sofá práctico y decorativo.

Pero, por favor, no te olvides de tapizar la tapa de la maleta o baúl. Es horrible que uno piense que va a sentarse en algo blando, se deje ir y se lleve uno de esos sustos que no se perdonan a la dueña de la casa.

Llama a tu nuevo mueble «sofá-armario». Sí, porque dentro del sofá guardarás todo lo que no se usa a diario.

Evitar la presión alta

La vitamina P es beneficiosa para las venas y las arterias, evita derrames y la presión alta. Las buenas fuentes de vitamina P son los pimientos verdes y las frutas cítricas, especialmente la cáscara de limón y de naranja.

Para preparar un extracto de esa vitamina corta en rodajas tres limones con cáscara, una naranja con cáscara y sumérgelos en un litro de agua. Déjalo hervir durante diez minutos. Añade dos cucharadas (soperas) de miel y déjalo en el fuego hirviendo cinco minutos más. Escúrrelo y déjalo enfriar. Toma tres vasos al día.

Para conquistar a tu hombre

Ya es clásico afirmar que una de las dos maneras de conseguir la admiración de un hombre es saber cocinar. Parece incluso un consejo de perogrullo.

¿Una buena cena sirve de cebo? Es lo que dicen. Y es cierto que el marido queda realmente agradecido —aunque no lo diga— cuando su mujer recibe bien a las personas que él invita. Para completar este «recibe bien», podrías aprender a preparar algún cóctel. Será una sorpresa para él, y motivo de admiración: una mujer que también sabe preparar cócteles sabe realmente recibir. Voy a darte algunas recetas famosas:

Cóctel Presidente: Mezcla en una coctelera una parte de ron, otra de vermut seco y unas gotas de granadina. Hielo picado y algunas raspaduras de piel de naranja.

Cóctel Bambú: Un tercio de vermut italiano, dos tercios de jerez seco y unas gotas de licor de naranja amarga.

Four Dollar Cocktail: Una tercera parte de ron, una tercera parte de vermut seco, una tercera parte de vermut dulce. Hielo picado. Agita bien.

Daiquiri: Una cucharada de azúcar, una copa de ron, el zumo de medio limón. Agita bien con hielo picado.

Satanás: Una parte de vermut italiano (dulce), una parte de vermut francés (seco), una parte de ginebra, una parte de zumo de naranja, media parte de licor de naranja amarga, unas diez gotas de bíter. Mucho hielo picado. Mezclar bien.

Y un consejo: mientras estés preparándolos, evita ir probando. Probar una bebida no es como probar comida; el resultado se hace visible casi inmediatamente.

Lavar sin agua

Muchas veces —porque estás resfriada o porque no tienes tiempo— preferirías no mojarte el pelo al lavarlo. Si pudieses mandar la cabellera a una lavandería con la recomendación: «lavado en seco»… Pues conseguirías esto, en casa lo mismo.

Esta es la fórmula:
polvo de iris: 10 g
polvo de licopodio: 10 g
óxido de zinc: 10 g
azufre precipitado: 10 g
Con esta mezcla empólvate bien el pelo, mechón a mechón, capa a capa. Frota bien. Después cepíllalo vigorosamente, hasta que desaparezca cualquier vestigio de polvo.

Sueño agitado y peso

Para tu insomnio, Margarita, prueba esta receta sencillísima de un gran médico americano. No solo sirve para el insomnio completo: sirve también para los que tienen el «sueño leve», aquellos que despiertan al menor ruido. O para el sueño agitado, con tendencia a pesadillas. La «mezcla» debes tomártela ya en la cama, ya acostada, ya cómoda: mezcla dos cucharadas (de las de café) de zumo de caña de azúcar en una taza de leche bien caliente. ¿Solo eso? Solo eso. Pero realmente ayuda.

En cuanto a tu peso, Clara, te explicaré de un modo general lo siguiente: el peso que tienes a los treinta años no debe cambiar hasta el final de la vida. Entre los veinte y los treinta años se permite engordar de uno a tres kilos, más o menos. Pero no te olvides de lo siguiente: arriesgar la salud, y también la juventud, para adelgazar es un precio demasiado elevado. Sé sensata.

Receta de juventud

Tú misma podrás preparar tu receta para una piel joven. Se trata de una mascarilla que, por decirlo así, «plancha» tu cara, la alisa, cierra los poros, la aclara.
Y ahora pasemos a la fabricación del preparado:

Bate, juntos, una clara de huevo y el zumo de un limón. Ponlo, después de batirlo bien, a fuego suave, y déjalo cocer hasta obtener una consistencia untuosa.

Mientras la mezcla aún está caliente, espárcela por la cara y el cuello. Déjala unos veinte minutos. Después, retírala con un poco de agua tibia, seguida de abluciones frías abundantes. Para que sea más fácil retirarla, ponte, antes de aplicarla, un poco de crema en la cara.

Si, al retirar la mascarilla, notas la piel un poco tirante, ponte un poco de crema hidratante, de esas que se absorben rápidamente.

Ahora mírate al espejo y admírate.

Qué puedes hacer por ti

Carne cruda

No, te equivocas, nadie quiere que comas carne cruda. La carne cruda es para la cara…

¿Te extraña? Pues aquí tienes una receta casi culinaria de belleza. Mezcla cien gramos (100 g) de carne cruda, picada bien finita, con cien gramos (100 g) de aceite de almendras dulces y una clara de huevo bien batida.

Aplícatelo en el rostro, cubriendo toda la piel. Déjalo una hora y retíralo con agua fresca. Esta receta es antigua, comprobada y muy eficaz.

Piel tranquila

El pepino es bueno para quitarle al rostro el aspecto congestionado. Mezcla una cucharada (de las de postre) de zumo de pepino (fresco) con una cucharada (de las de té) de clara batida a punto de nieve. Añádele (gota a gota) veinte gotas de agua de rosas y veinte gotas de tintura de benjuí. Pon la mezcla en una compresa, dóblala como un cataplasma, aplícatela en la cara y deja que la máscara la descongestione en veinte minutos.

ABC de las manos

Para activar la circulación: cepíllate las manos varias veces al día.

Para aclararlas: fricción con zumo de limón.

Para quitar el olor de ajo: fricción con posos de café.

Para evitar la transpiración: lavado con jabón de tanino.

Contra la hinchazón: aplicar parafina caliente con un pincel.

Contra el enrojecimiento: baño con cien gramos de sal gruesa por litro de agua caliente.

Contra la sequedad: baño tibio de aceite de oliva, una vez por semana, durante quince minutos.

Contra el tono amarillento: baño de agua caliente mezclada con polvo de mostaza.

Poción adelgazante

El gran nutricionista americano Gaylord Hauser «creó» esta poción para las que desean afinar su silueta. Esta es la sencilla receta: corta en pedazos bien picaditos una naranja y tres limones enteros y déjalos hervir en medio litro de agua durante unos diez minutos. Añade dos cucharadas de postre de miel. Pasa el líquido por un colador, déjalo enfriar. Bebe diariamente tres vasos de este preparado.

Cuida de ti

¿Una dieta de tres días para desintoxicarte?

Ahí va. Desayuno: medio vaso de agua tibia con limón, frutas y una taza de té; a las diez: zumo de tomate con zumo de zanahoria rallada (pasadas por la licuadora), un poco de azúcar y una gota de limón; comida: una ensalada cruda, con lechuga, tomate, zanahoria, etcétera, una sopa de verduras y una fruta; por la tarde: té con tostadas y un pedacito de queso o zumo de frutas; por la noche: bistec a la parrilla, ensalada de verduras, compota de frutas y café.

Si tienes dificultades para dormir, una sugerencia: al desmaquillarte hazlo tendida en la cama, sin almohada, masajeándote suavemente la cara y sin ninguna prisa. Solo esto ya te ayudará, y mucho, a rebajar la tensión nerviosa. Después, retira el exceso con un pañuelo de papel, llena la bañera con agua a la temperatura del cuerpo y métete en ella durante unos diez minutos, si es posible sin pensar en nada. (Y es posible, basta con prestar atención al agua tibia y agradable y no a tu propia cabeza). Sal lentamente del baño, evitando movimientos bruscos. Tienes tiempo. Y, ya en la cama, tómate un vaso de leche tibia con azúcar. O una infusión de piel de manzana, una bebida perfumada, calmante. Y sueña con ovejas blancas…

Misterios de la cocina

Los huevos pueden conservarse frescos… hasta seis meses, si se guardan de una manera especial. En un recipiente grande y de boca ancha, pon dos litros de agua, es decir, agua suficiente para cubrir los huevos. Añade cal virgen, en una proporción de ciento veinticinco gramos por cada dos litros de agua; disuélvelo bien. Deja los huevos sumergidos y guárdalos en un lugar fresco y seco.

Baño seco…

El baño seco no sustituye, claro, al «baño mojado», pero es un maravilloso remedio para los nervios y para el insomnio y para la belleza de la piel. Se usa mucho en Francia, donde las mujeres saben muy bien lo que hacen.

Los utensilios para este tipo de baño son simples: se reducen a un buen guante de crin o de cáñamo, muy áspero. Ponte el guante en la mano derecha y frótate con él los pies, las piernas, el abdomen, con movimientos circulares que no tienen que ser violentos. Ponte el guante en la mano izquierda y continúa la fricción en otras partes del cuerpo.

La sangre empezará a circular más rápidamente, bañará todo el organismo, afluirá a la epidermis: la piel quedará rosada y viva. Y los nervios crispados no tendrán otra opción que descrisparse.

Prueba este tratamiento antes de dormir: la consecuencia será un sueño tranquilo y relajante.

Si quieres, «moja» un poco este baño seco con un agua de colonia neutra que te dará bienestar y perfumará tus sueños.

Mezcla «buenas noches» y mezcla «buenos días»

Voy a transmitirte dos recetas que Gaylord Hauser considera valiosas. Una es la del «Cóctel Buenas Noches», y sirve para conseguir un sueño más profundo y más uniforme:

Mezcla dos cucharadas (de postre) de zumo de caña con una taza de leche muy caliente. Tómatela lentamente, ya acostada. No por ser tan simple es un remedio menos eficaz.

La otra receta, la del «Cóctel Buenos Días», sirve de latigazo para que te sientas bien despierta y de buen humor:

Añade a un vaso de zumo de naranja dos cucharadas (de café) de leche en polvo y una de miel. Mézclalo bien y bébetelo inmediatamente. Por más desanimada que estés, te sentirás preparada para vencer cualquier obstáculo.

Leche… en el pelo

Desde la más «antigua antigüedad», la leche ha sido usada por las mujeres bonitas para conseguir mayor belleza. ¿Quién no ha oído hablar de los baños de leche de la famosa Pompeya?

De vez en cuando puedes, por decirlo así, «amamantar» tu pelo con pura y verdadera leche. Basta con hacer lo siguiente:

verter sobre la cabeza un vaso de leche, desnatada y tibia. Hazte un buen masaje, hasta que penetre bien, péinate con un peine grueso hasta las puntas. Antes de hacer esto habrás preparado dos litros de agua caliente con dos cucharadas (de postre) de jabón en copos. Lávate entonces el pelo con esta mezcla. Enjuágate enseguida con agua pura, abundantemente, y con zumo de limón.

Transpiración en los pies

Una de las maneras de prevenir el sudor en los pies es, por decirlo así, indirecta: consiste en impregnar el interior de los zapatos con una cucharada sopera de formol y dejarlos secar antes de usarlos.

Sucede, sin embargo, que este método puede resultar demasiado «fuerte». En ese caso prueba otra fórmula, esta vez de aplicación directa: todas las mañanas ponte en los pies, con ayuda de una esponja, una mezcla de cincuenta gramos de formol, cincuenta gramos de alcohol y medio litro de agua. Deja secar bien sin frotar.

Zanahoria frente a belleza

La zanahoria cruda es una gran fuente de vitaminas y también constituye un cosmético de valor indiscutible. Debe, pues, formar parte de la alimentación diaria y, externamente, de los cuidados de la piel.

Como uso externo, puede ser transformado en loción (zumo de zanahorias) o en mascarilla de belleza (zanahorias finamente trituradas).

Para que la mascarilla sea beneficiosa al máximo, es preciso reducir las zanahorias a la mínima partícula, en raspaduras mínimas. Y, enseguida (para mayor absorción del producto por la piel), homogeneizarla con un poco de lanolina pura. Se puede también mezclar, al calor del fuego, las raspaduras de lanolina, cera de abejas y aceite de almendras dulces.

Quien desee una preparación más hidratante puede añadir una parte de agua floral. En este caso, sin embargo, añade una pizca de bórax; este producto facilitará la emulsión.

Cómo preparan el bacalao las españolas

Ellas lo hacen así:
Escaldan medio kilo de bacalao (por ejemplo) sin espinas. Lo cortan en trozos y lo fríen en aceite hasta que se dore.
Después:
Colocan en una cazuela de barro, en capas, el bacalao, rodajas de patatas, de cebollas, de tomates, de pedazos de pimiento, todo crudo. Lo riegan con un poco de aceite fino, tapan la cazuela y lo ponen al horno.
¿Y después?
Después lo sirven en la misma cazuela de barro, envolviéndola en una servilleta.

¿Arrugas? No

Nadie quiere arrugas. Tú tampoco. Entonces haz algo para rejuvenecer los tejidos y, por lo tanto, combatir las arrugas.

Se trata de una mascarilla de belleza. Recorta esta receta y verás lo que hace por ti.

Mezcla lanolina, vaselina, manteca de cacao o glicerolato de almidón.

Haz una pasta. Aplícatela en la cara. Movimientos ascendentes. Déjala algunos minutos.

La lanolina también sirve para nutrir y refrescar la epidermis.

Para tener una piel nueva

En invierno queremos una piel nueva. No la que el viento endurece y reseca, no la que no tiene brillo. Para el invierno queremos una piel húmeda, suave y fresca, que resalte junto a los tejidos gruesos y oscuros. Incluso a las mujeres más deportivas les gustaría cambiar un poco de tipo en invierno.

¿Te gustaría recuperar el tono claro del rostro, el tono que el sol ha manchado? Si tu piel no es demasiado seca, y si tienes pecas, aplícate día sí, día no, una mascarilla con la siguiente fórmula: amoniaco, tres gramos; agua oxigenada, dos gramos; y almidón en polvo hasta conseguir una consistencia de crema. Aplícate esta mascarilla sobre las manchas y déjala quince minutos. También para blanquear la piel, corta un limón en rodajas y póntelas en contacto con la piel con ayuda de un pañuelo o de una gasa, también durante quince minutos.

Pero si quieres conservar durante más tiempo el bronceado del rostro, lávate cada mañana y cada noche con una infusión bien caliente de té fuerte. Utiliza un pedazo de algodón y aplícala con golpecitos. Límpiate con un algodón seco y pásate por la cara un aceite con color. Para el maquillaje, ponte un colorete cremoso, no uses polvos de arroz. Úntate levemente las pestañas y los párpados con aceite de ricino (sin olor).

Los hombros, brazos y escote también merecen cuidados regeneradores. Frótalos por la mañana, durante el baño, con un cepillo de pelo semiduro bien enjabonado. Mientras la piel todavía está húmeda, aplícate un aceite fino, masajeando con los dedos. Sécate enseguida para no manchar la ropa.

Cuida tus manos y tus uñas, durante una semana, con aceite tibio de almendras dulces. Mézclalo con agua de colonia a partes iguales para masajear el resto del cuerpo, después de frotarte vigorosamente con agua y jabón.

Todos estos cuidados tienen una doble ventaja: suavizan la piel y activan la circulación de la sangre. Esta última es aún mayor porque está comprobado que la sangre, al afluir a la piel, le da una vitalidad nueva.

Pepinos en la cara...

Una piel bien hidratada es una piel elástica, joven y fresca. Por eso —y también para aclarar la piel— vale la pena transformarse unos minutos... en una ensaladera.

La receta es simple. Corta pepinos en láminas finísimas, a lo largo. Aplícatelas directamente sobre la cara, una junto a otra, de manera que formen una verdadera mascarilla. Si quieres, mantén la «ensalada» sobre la piel con ayuda de una gasa.

Pero haz todo esto lejos de los ojos del «ser amado»... No hay amor que resista la visión de una linda mujer cubierta de láminas de pepino. Amor sí, pero la ensalada aparte.

Baúl de buhonero

No solo los niños, por traviesos, ni los viejos, por debilidad, pueden tropezar y torcerse un tobillo. El más circunspecto ciudadano y la señora más respetable están también sujetos a eso. Ten, pues, en el botiquín esta solución milagrosa para tales accidentes y otros que pueden sucederles a viajeros en autobús y otros transportes: agua mineral mezclada con árnica y alcanfor. El mismo farmacéutico te hará la mezcla. Aplica compresas frías con este líquido en la parte afectada. Dicen que soldó los huesos de un albañil que se cayó de un andamio y se quedó molido en el suelo. Eso pasó en San Luis, capital de Maranhão. Si alguien quiere comprobarlo...

Una gota de aceite de ricino aplicada sobre los párpados da un reflejo muy atractivo.

Aquí tienes una buena brillantina para tu pelo: a una solución de ron añádele veinticinco gramos de lanolina, quince gramos de aceite de ricino y veinte gramos de esencia de verbena. Agita la loción y date con ella una buena fricción en la raíz del pelo.

Los sueños también se comen

En ciertos atardeceres de abril-mayo ya dan ganas de acurrucarse, de cerrar las ventanas y de hacer de la casa un hogar. Y entonces soñamos un poco. No es que quiera escandalizarte, pero no estoy hablando de sueños muy sutiles. Estoy hablando de sueños que se comen. Y sé de un sueño de queso que, en esos atardeceres, es reconfortante con una taza de café caliente…

Con perdón por el chiste malo, ¿no te parece que en vez de soñar con queso es mejor comer sueños de queso? Esta es la receta de estos sueños comestibles:

Para hacer unos cuarenta, necesitas medio kilo de harina de trigo, seis o siete huevos, un vaso y medio de agua, medio vaso de leche, veinticinco gramos de mantequilla, ciento veinticinco de queso rallado. Hierve la leche y el agua con un poco de piel de limón, un poco de sal, un poco de azúcar. Cuando empiece a hervir, tira la harina de golpe en la cazuela y remueve la pasta hasta que se suelte de las paredes de la cazuela. Añade entonces la mantequilla y, después de remover hasta que todo esté bien humedecido, retira la cazuela del fuego y déjalo enfriar un poco. Rompe los huevos, uno por uno, en la cazuela y revuelve después de poner cada huevo. Después del tercero echa una cucharada (de café) de levadura. Los tres últimos huevos deben incorporarse a la pasta con las yemas y las claras por separado (estas batidas a punto de nieve).

Añade finalmente el queso rallado. Los «sueños de queso» deben freírse en abundante aceite hirviendo.

La mejor manera de comer las peores espinacas

Separa las hojas y los grelos de algunos manojos de espinacas, lávalos y ponlos en agua hirviendo con sal. Después de dejarlos hervir unos minutos, retíralos con una espumadera, escurriendo bien el agua. Añade dos cucharadas de queso rallado y cuatro de leche. Añade también el zumo de medio limón y dos yemas cocidas y ralladas (todo muy bien mezclado, para que la gente a quien no le gustan las espinacas ni siquiera las vea). Sirve sobre rebanadas de pan frito en mantequilla.

Exhausta, exhausta, exhausta

Cuando se come, el nivel de azúcar en la sangre se equilibra, y nos sentimos con energía y vitalidad. ¿Has sentido hambre alguna vez? No te estás muriendo de hambre, pero sí «pasando un poquito de hambre». Ese cansancio casi permanente quizá venga de que no estás comiendo lo suficiente. Además, no se trata de «bastante» como cantidad, sino «bastante» como frecuencia.

Prueba esta receta: cuando te sientas «exhausta, exhausta, exhausta», come algo. Toda tu vitalidad puede volver, puede borrarse de tu cara ese aire desanimado y desaparecer la languidez de los gestos.

La comida puede ser una medicina. Comer una «cosita» de vez en cuando puede ser la solución para tu cansancio. Pero incluso ese «de vez en cuando» tiene que ser a horas marcadas, predeterminadas por ti. Solo tú misma sabes a qué hora se cansan tu cabeza y tu cuerpo.

¿Tu trabajo te cansa? He aquí una buena receta

Muchos de nosotros, hombres y mujeres, mientras llevamos a cabo una tarea, usamos al mismo tiempo frenos mentales y emocionales para no hacerla. Cuando la «cabeza» está haciendo algo sin querer hacerlo usamos tanta energía en obligarnos como la que usamos en el trabajo propiamente dicho. La mitad de nuestra voluntad se aplica al trabajo, y la otra mitad «contra» el trabajo, como un coche frenado que intenta avanzar. Una tarea desagradable cansa diez veces más que una agradable.

¿Qué hacer cuando el trabajo nos desagrada? O cambiar de trabajo o cambiar de actitud en relación con el trabajo. Cualquier trabajo con el que estemos de acuerdo puede ser

agradable. Si obtenemos nuestro consentimiento y lo aceptamos sin reservas, el cansancio disminuye realmente.

La alimentación de los niños

Después de los nueve meses es muy importante que el niño
empiece a tomar alimentación sólida. En esa época hay que
observar ciertos cuidados para que el niño acepte con satisfacción este cambio de consistencia.

Los alimentos deben ser picados en pedazos pequeños
para que no tenga dificultad al tragarlos. Conviene chafar con
el tenedor alimentos como pasta, arroz, patata, verduras.
A medida que el niño se va acostumbrando a esta consistencia, se chafan cada vez menos los alimentos, hasta que un día
se le sirve solo cortadito.

Aquí tenéis algunas sugerencias de platos que se pueden
dar a los niños de más de un año: pastelitos de patata (al horno), ñoquis, suflé de patata, boniato asado, puré de boniato,
espinacas, zanahorias en salsa blanca, pudin de zanahoria,
puré de zanahoria con arroz, puré de guisantes, suflé de espinacas y crema de chayote.

Esta es la receta del pastelito de patata. Ingredientes: patatas, una pizca de sal, un huevo, harina de trigo. Cocer las patatas con la piel y chafarlas. Añadir la sal y el huevo y amasar
bien. Darle forma con la mano, con un poco de harina para
que no se pegue. Untar una fuente de horno con aceite y poner los pastelitos. Hornearlos hasta que se doren. Se pueden
rellenar con carne o hígado picado.

Baño de... ¡mayonesa!

Sí, amigas mías, este es el consejo del profesor Josef Löbel, de
la Universidad de Praga, que da una receta nueva para embellecer la piel, no solo del rostro sino también del cuerpo, sua-
vizándola y evitando las arrugas: mezclar aceite de oliva con

una yema de huevo y frotar con este producto la piel. La mezcla, al principio amarilla-blancuzca, se oscurece después, al absorber toda la suciedad de la piel. Afirma el profesor que la receta es realmente buena. ¡Al menos parece sabrosa!

Respuesta a Marina

Tal vez muchas de vosotras estéis deseando esta respuesta, aunque no hayáis formulado, claramente, la pregunta: ¿cómo se conversa? En realidad, lo que Marina querría saber es cómo ser simpática y atractiva en la conversación con los otros.

Pues un día conocí a una chica, Silvia, que es lo que se puede llamar un éxito social. Esto es lo que observé de su manera de conversar, de su manera de contactar con los otros:

1.º No se vanagloria de sí misma, de su familia o de sus relaciones. 2.º Se abstiene muchas veces de dar su opinión, cuando ve que está hiriendo a alguien. 3.º No comenta los problemas personales de los amigos que se hallan ausentes. 4.º No fuerza un tema, evitando la artificialidad de preguntas como estas: «¿Qué libro estás leyendo ahora?». 5.º No hace preguntas directas sobre la vida de la gente. 6.º Toma parte en las discusiones amistosas, dando su opinión. 7.º No duda, a veces, en tomar la iniciativa de empezar una conversación. 8.º Demuestra interés por las actividades de los demás. 9.º Cuando habla, mira directamente a su interlocutor. 10.º Busca temas agradables, constructivos.

La moda del vodka

El vodka, que antes de la última guerra solo era conocido en Rusia y en los países balcánicos, aumenta su popularidad cada día y actualmente es tan conocido como el whisky escocés. Su nombre tiene origen en la palabra rusa *vodka*, que quiere decir «agua». Pero de agua el vodka solo tiene la apariencia, y las apariencias engañan.

Como el whisky, se trata de un alcohol extraído de cereales, en general del centeno o del trigo, con una pequeña proporción de cebada (15 % a 20 %). Pero también se puede hacer con alcohol de patata. Cuando es de buena calidad, se filtra cuidadosamente y se purifica. Y no necesita «envejecer», es decir, puede embotellarse y consumirse inmediatamente.

Desde tiempos inmemoriales en Rusia se bebe vodka, pero solo empezó a ser fabricado industrialmente a principios del siglo xix. Son varios los tipos de vodka, pero los dos más conocidos son, naturalmente, el ruso, seguido del polaco. Este último contiene más alcohol y un leve sabor a anís. Los polacos afirman también que el vodka Zoubrouska (que debe su color verdoso a una planta llamada *zoubrouska*) es superior a todos los otros. Los rusos, sin embargo, alegan que el único interés de ese vodka es... la ramita de *zoubrouska* que flota en la botella.

El vodka es muy usado para la preparación de cócteles tales como el «Moscú Mule» (un vaso de vodka, medio de whisky, un limón) o el «Vodka Fizz» (un vaso de vodka, medio zumo de pomelo, azúcar, soda), pero los verdaderos entendidos lo beben puro y «a la rusa», es decir, de un solo trago.

El vaso en que se sirve el vodka (debe ser pequeño, de manera que se beba de una sola vez, sin tomar aliento) se pone antes en el congelador y la bebida se sirve también lo más helada posible. Tiene poco sabor y ningún olor, pero incluso así es muy agradable, sobre todo si acompaña platos rusos.

En Moscú, según una vieja tradición, después de beber vodka se suele romper el vaso tirándolo contra la pared o el suelo. Esa tradición es conocida en el mundo entero, y una anfitriona, aunque no sea soviética, probablemente no protestará si uno de sus invitados se comporta así, después de tragar «à la russe» uno o varios vasos de vodka. Pero es mejor no arriesgarse...

Mascarilla de tomate

La mascarilla de tomate es astringente, rejuvenecedora y toni-
ficante. Si necesitas estos tres requisitos, prueba a aplicártela
en el rostro. Elige dos tomates bien maduros. Quítales las se-
millas, tritúralos y mézclalos con una clara de huevo batida a
punto de nieve. Añade, gota a gota, sin dejar de batir: veinte
gotas de tintura de benjuí y veinte gotas de agua de rosas.
Ponte la mezcla en la cara y déjala veinte minutos. Retírala
con agua fresca. Si tu piel es excesivamente seca esta mascarilla está contraindicada.

Cómo se prepara café turco

Dicen los grandes entendidos que es menos excitante que el
café filtrado. Los menos entendidos se limitan a alabar su sabor, realmente excelente. ¿Ya lo has probado? La receta es
simple.
     Elige un recipiente que pueda ponerse al fuego. Usa cien
gramos de agua para cada taza. Cuando el agua esté a punto
de ebullición añade una cucharada (de las de postre) de polvo de café muy fino, una por cada taza. Lleva de nuevo a
ebullición y retíralo inmediatamente del fuego. Haz esta
operación tres veces seguidas.
     Una gota de agua fría en el recipiente hará que el polvo
vaya al fondo.

Omelette, como en París

La *omelette* como postre parece un plato exclusivamente de
restaurante. Realmente recuerda el «tout Paris», candelabros y
un *maître d'hôtel* sonriente. Puedes prescindir del *maître
d'hôtel* y sonreír tú misma, eso siempre funciona. El juego de
luz, con o sin candelabros, siempre se puede conseguir. Y el
«tout Paris» está en la misma *omelette*, que llega a la mesa ca-

liente, perfumada y reconfortante. En cuanto a la magia, está solo en saber hacer una tortilla y tener «buena mano».

No hay misterio en los ingredientes. Ocho huevos, treinta gramos de mantequilla, dos cucharadas soperas de azúcar, un vaso de compota de albaricoque (da un sabor agridulce excelente). Naturalmente, reducirás o aumentarás la receta según el número de comensales.

En cuanto a la elaboración: bate los huevos, añade la mantequilla, el azúcar y haz una tortilla muy suave. Antes de doblarla, rellénala con la compota. Sirve inmediatamente. Hay a quien no le gusta la tortilla dulce, pero como no es para comer cada día la experiencia vale la pena.

Soldar los fragmentos

La mejor manera de soldar fragmentos de objetos de yeso consiste en formar una pasta con la siguiente fórmula: yeso, cuatrocientos gramos; goma arábiga, diez gramos; agua, la necesaria para formar una pasta. Esta mezcla debe ponerse en una fina capa sobre la superficie de los pedazos que se van a pegar. Se juntan enseguida los fragmentos y se dejan bien apretados entre sí durante veinticuatro horas.

Receta para mascarilla

Ese día, como cualquier día de fiesta, quieres estar segura de que resistes la mirada de los demás. Y no hay nada que dé mayor seguridad a una mujer que cuidar su piel.

Procura aclarar, suavizar y cerrar los poros de tu rostro. Y para eso debes aplicarte una mascarilla de belleza. Esta receta es especial para pieles secas:

Mezcla —hasta formar una pasta— media tableta de levadura, una yema de huevo y aceite. Aplícate la pasta en la cara, con movimientos ascendentes. Déjala durante veinte minutos, durante los cuales debes permanecer acostada.

Gelatina de naranja; fabricación casera

Antiguamente no había ningún ama de casa que no fabrica-se, con gran orgullo, su gelatina casera. Hoy, ese orgullo es aún más legítimo porque las recetas sencillas se han ido per-diendo con el tiempo. Te voy a transmitir una, de nuestras abuelas.

Una taza de zumo de naranja, media taza de agua, seis cu-charadas de zumo de limón, dos tercios de taza de gelatina ve-getal, dos tercios de taza de azúcar. Mezcla la naranja, el li-món, el agua y el azúcar, añade después la gelatina vegetal caliente. Después de mezclarlo bien, ponla en moldes untados y déjalos enfriar.

Verano: ensaladas. La de Alejandro Dumas hijo

De hecho, esta ensalada la inventó el autor del conde de Mon-tecristo, que, como queda probado, no inventaba solo buenas historias.

Hierve patatas nuevas (peladas) en un caldo de carne. Córtalas en rodajas y ponlas en una ensaladera con mejillones cocidos y pedazos de apio. (Un tercio menos de mejillones que de patatas y apio).

Añade trufas en conserva. Dumas hijo usaba trufas fres-cas, pero para nosotros es imposible. Condimenta con sal, pi-mienta, añade un buen aceite de oliva, vinagre y un poco de estragón picado.

(Una variante con resultados excelentes: en vez de aceite y vinagre, usa limón y crema de leche).

Manchas de sudor

Disuelve, en un vaso de agua, una o dos cucharadas (soperas) de amoniaco y, con esta mezcla, frota con fuerza la parte man-chada. Retira la espuma que se forme y repite la operación hasta que la mancha desaparezca por completo. Después lava con agua.

Inmunización contra las termitas

Aplica, en cuanto descubras aquel serrín delator sobre el mueble, la siguiente mezcla:

Creosota: 100 g.
Bencina: 200 g.
Ácido fénico: 20 g.

Moja bien las partes afectadas para que la madera absorba la solución. Generalmente, con una aplicación, se eliminan las termitas. Si son muy antiguas y tardan en desaparecer, puedes repetir el tratamiento una o dos veces más. El resultado es infalible.

Para conservar el dorado de los objetos

Mezcla tres partes de agua y una parte de amoniaco y pasa este líquido, con un pincel, sobre el objeto dorado. Déjalo secar. Este líquido servirá de protección al dorado.

Arañazos en el cristal

Si el tablero de cristal de tu mesa está arañado, haz una mezcla de glicerina, agua y óxido de hierro. Pasa después un pedazo de franela sobre el arañazo frotando hasta que desaparezca.

Improviso

Dicen que, para una visita inesperada, solo hay que echar más agua a los frijoles. Pero ¿y cuando no hay frijoles? ¿O cuando la visita, además de quedarse a cenar, no es de aquellas a las que se da «frijoles con arroz»?

Pues una buena ensalada ha solucionado muchas veces el pánico del ama de casa. No solo aumenta el menú del día, sino que tiene buena presentación, adorna la mesa y siempre es bien recibida.

La ensalada Mignon tiene una receta rápida. Cuece patatas en agua y sal, pélalas, córtalas en rodajas. Después mézclalas con un huevo duro rallado, perejil picado muy fino, cebolla en rodajas. Aliña con sal y pimienta. Coloca las patatas ya salpimentadas en la ensaladera, pero dejando un «vacío» en el centro: en ese espacio coloca filetes de anchoa y aceitunas negras.

A decir verdad, la ensalada Mignon con cerveza helada ya es una cena casi completa.

Receta simple

Para depilarte las piernas, basta con empapar un pedazo de algodón con sulfurato de sodio n.º 3 y frotar sobre el vello. Lava enseguida con agua fría o tibia.

Ducha perfumada

Haz un saquito que contenga pedacitos de jabón, malva seca y flores de lavanda y cóselo completamente. Al ducharte frótatelo por todo el cuerpo, perfumará tu piel de una forma muy agradable. Hay que renovar el contenido cada tres días.

Ojos rojos

Para evitar el enrojecimiento ocular y la apariencia de cansancio haz compresas de algodón empapadas en una loción especial y póntelas sobre los párpados cerrados. Voy a darte una receta muy buena para eso, pero no la prepares tú misma, pídele al farmacéutico que lo haga: 50 % de agua de alcanfor y

50 % de una solución de ácido bórico. Las compresas deben ponerse sobre los ojos cerrados durante unos quince minutos, más o menos.

Para tus piernas

Si tus piernas están ásperas y manchadas, haz una mezcla de alcohol y aceite de ricino y frótatelas con ella. Esa solución servirá para suavizar y aclarar la piel de tus piernas.

Papel atrapamoscas

Disuelve doscientos cincuenta gramos de aceite de ricino al baño maría y añade una cucharada (sopera) de miel y cien gramos de brea molida y mézclalo bien. Sobre una hoja de papel de estraza pega otra de papel impermeable y sobre esta distribuye la mezcla con un pincel. Déjalo secar.

Repollo *Bossa-Nova*

Para que la familia coma mejor no hay nada tan eficaz como variar. Pero, claro, variar no basta: variar para mejor, este es el secreto de una buena receta. Veamos cómo se puede hacer del viejo repollo un plato nuevo: media taza de azúcar, media de vinagre, dos huevos, una cucharada (de té) de mostaza en polvo, una taza de leche, una cucharada (sopera) de mantequilla, una cucharada (de té) de sal. Los huevos deben estar ya batidos con el azúcar. Añádeles leche hervida, cuécelo todo durante un minuto; mezcla entonces la mostaza y la sal con el vinagre y viértelo en la crema. Ahora es el momento de picar muy finito el repollo. Vierte la crema tibia sobre el repollo y ponlo todo en la nevera. (Esta salsa sirve también para renovar otras ensaladas, dándoles un sabor más original).

Guantes para el baño

Abre un estropajo de fibra natural por la mitad, retira el interior, lávalo bien y plánchalo aún húmedo. Corta un molde para el guante, aplícalo en el estropajo y en un tejido fuerte. Une las dos partes con un ojal y haz un pequeño gancho para colgarlo en el baño. La parte del tejido queda en el dorso de la mano y el estropajo en la palma, para poder frotar.

Extraña comida

Dos vieneses, Steycal y Latzel, han descubierto un «ungüento nutritivo»: un cuarto de litro de aceite de oliva, dividido en varias partes, o una mezcla de doscientos cincuenta gramos de hidrato de carbono, cien gramos de manteca de cerdo y veinticinco gramos de albúmina para friccionar el cuerpo. En un día la mezcla se absorbe completamente con cuatro o cinco aplicaciones de diez minutos cada una. Por lo visto, Steycal y Latzel son enemigos de los dueños de restaurantes y de tiendas de comestibles. Que es práctico, sí, pero... pero ¿satisfará completamente nuestro apetito?

Purificar el ambiente

Para sacar de una habitación el olor a moho, a humo o a comida, aquí tienes una fórmula que puedes pedir que te preparen en la farmacia sin dificultades (o, si compras los ingredientes, mezclarlos en casa):

Hipoclorito de cal: 50 g.; alcanfor: 25 g.; alcohol a 90º: 50 g.; esencia de eucalipto: 5 g.; esencia de clavo: 5 g.; agua: 60 cc.

No es necesario calentarlo. Basta mezclarlo, ponerlo en un recipiente y dejarlo en la habitación.

Un cóctel notable

Para los niños o las personas desnutridas, este cóctel hará milagros, porque reúne las preciosas vitaminas A, B2, C y D: cinco gotas de aceite de hígado de bacalao, medio vaso de zumo de mandarina, miel para endulzar según el gusto. Mézclalo todo en una coctelera y sírvelo helado.

Plantas lozanas

Esta es una receta para plantas enfermas: llena una botella de agua, añade varias cáscaras de huevos y déjalas durante un día. Riega la planta con esta mezcla.

Sorpresa de albaricoque

Es verdad que ya hemos contado el «enredo» de esta sorpresa, que es el albaricoque. Pero, naturalmente, no dirás lo que hay dentro de la pasta, porque, si no, estropearás la película. Compra medio kilo de albaricoques. Haz, con un kilo de patatas, un puré suave, añádele un huevo, una pizca de sal y la cantidad de harina necesaria para hacer una pasta lisa. Córtala en cuadraditos, coloca un albaricoque en cada uno, y, en el interior de cada albaricoque, un poco de azúcar. Envuelve el albaricoque con la pasta, métela en agua hirviendo con sal, cubre la cazuela un momento. A continuación, déjalo cocer con la cazuela destapada y a fuego lento.

Cuando lo saques del fuego, enrolla cada bolita en pan rallado, espolvorea con azúcar y sírvelo.

Bebida sin alcohol

Si vas a recibir en tu casa a alguien que no puede o no quiere tomar alcohol, sírvele esta bebida:

En un vaso grande (de los de whisky), sirve dos cucharadas soperas de miel y dos de vinagre disuelto en un poco de agua tibia. Complétalo con hielo picado y soda.

Receta de hielo artificial

Mezcla medio kilo de amonio en polvo con la misma cantidad de salitre y disuélvelo todo en tres litros de agua. Pon la mezcla en una vasija o cubo donde estén las botellas que deseas enfriar.

Bebe más café

Prepara seis tazas de café muy fuerte. Mezcla seis cucharadas de azúcar, un poco de raspadura de naranja, seis cabezas de clavo, un pedazo de canela y una tirita de piel de naranja. Pon al fuego esta mezcla y añádele medio vaso de ron. Déjala hervir, removiendo con cuidado para que no arda. Añade entonces el café y vuelve a hervir. Sirve muy caliente.

Pastel sin huevo

Y ya que el tema de la crónica de hoy se refiere a comida, he aquí un pastel de paladar fácil y que el ama de casa con menos experiencia podrá hacer con éxito:

400 gramos de harina de trigo, 250 gramos de azúcar y dos cucharadas de mantequilla. Se deshacen estos ingredientes con un vaso de leche donde se habrá disuelto una cucharada de té de levadura en polvo. Después de removerlo bien todo, se coloca en un molde untado con mantequilla y se mete en el horno caliente. Este pastel está aún más sabroso al día siguiente.

Cordial de piña y uvas

Nada mejor para una noche de verano, cuando se quiere evitar el alcohol: dos tazas de uvas peladas, una taza de pedacitos de piña, media taza de zumo de piña y el zumo de un limón. Se mezcla todo, se espolvorea azúcar mezclado con hojas de menta bien picadas y se deja enfriar.

Un plato de flores

No te asombres, nadie comerá flores en tu casa. Pero en realidad el plato llega a la mesa cubierto de mimosa. Por debajo de esa falsa mimosa habrá huevos rellenos de gambas. Mira cómo se hace:

Cuece seis huevos. Cuando estén duros, ábrelos por la mitad, en sentido horizontal. Con cuidado para no romper las claras, retira las yemas y sepáralas en un plato o recipiente. Mientras tanto calienta las yemas.

Prepara gambas rehogadas, bien condimentadas. Coloca las mitades de clara cocida en el plato de servir. Para que se aguanten corta una fina lámina en la base de cada clara. En cada una pon dos o tres gambitas. Haz enseguida una buena mayonesa, espesa. Cubre con ella los huevos y las gambas, de manera que queden completamente escondidos.

Ahora ha llegado el turno de las yemas. Ponlas en la picadora (usando el picado más fino). Las yemas deben salir en copos pequeños, bien separados uno del otro. Con esos copos, cubre toda la mayonesa, de manera que quede completamente oculta. En ese momento ya tendrás tu plato de «mimosas». Con tomate cortado a lo largo, cebollino y perejil y pepinillos, adorna los bordes del plato, formando flores.

Una (excelente) receta rumana

Esta es de un chef rumano, que la transmitió a una señora francesa. La señora francesa la copió palabra por palabra y contó el secreto a su mejor amiga. Esta también tenía una amiga íntima: yo. Y yo tengo varias amigas íntimas: vosotras. Por lo tanto, es natural que os transmita el secreto.

Se trata del bistec de ternera a la crema de leche. Los bistecs tienen que ser muy tiernos. Empieza poniendo un poco de aceite en la sartén. Cuando esté caliente, pon los bistecs, sin ningún condimento, ni siquiera sal. Dales la vuelta hasta que queden ligeramente «morenos».

Retíralos de la sartén, colócalos en una tabla de madera o sobre el mármol de la cocina, sálalos ligeramente. Retíralos y prepara la crema.

La crema no debe batirse. En la sartén, de donde no hay que retirar el aceite de los bistecs, vierte la mitad de la crema. Déjala cocer hasta que se oscurezca (de dos a tres minutos). Solo entonces vierte el resto de la crema y déjalo cocer todo de dos a tres minutos. En esa misma sartén llena de crema, pon los bistecs y déjalos freír a fuego lento durante algunos minutos. Sírvelos muy calientes, y echa la crema por encima.

Día de pastel

El día de hacer un pastel da un aire de fiesta a la casa. Manos sucias de harina, niños preguntando cuándo estará listo, olor a masa caliente, la hora emocionante de abrir el horno, el momento de desmoldar..., el glaseado... Y finalmente el momento perfecto de probarlo.

Este es el pastel *mousseline*. Y los ingredientes se han calculado para dos personas: tres huevos, dos cucharadas de azúcar, tres de fécula de patata, una cucharada de café de levadura, una pizca de sal. Bate las yemas con el azúcar hasta que la mezcla se blanquee. Mezcla la fécula con la levadura y la sal y añádelo a la mezcla anterior. Pon mantequilla en el molde y vierte la pasta. Hornéala a temperatura media. Cuando el pastel haya crecido y esté dorado, prueba a sacudir el molde: si se despega de las paredes, dale la vuelta con cuidado en un

plato para que se enfríe. Decóralo con un glaseado blanco.
Y… buena suerte.

Un aspecto descansado

Después de un día agotador, para recuperar el aspecto descansado, mezcla una yema y una cucharada (de café) de aceite alcanforado. Póntelo sobre la cara, delicadamente, y déjalo secar. Después lávate la cara con agua tibia y, enseguida, con agua fría. Sécate bien. Ahora puedes maquillarte. Tu cara tendrá un aspecto aterciopelado.

Almuerzo de horno y cocina

Todo lo que tiene aspecto de suflé presenta inmediatamente un aspecto mejor, un aire de «horno y cocina». Veamos de qué manera podemos transformar unos tomates en un plato de receta…

Para seis personas necesitarás: cuatro huevos, sesenta gramos de harina, medio litro de leche, mantequilla, sal, pimienta y ocho tomates pequeños.

Haz una bechamel, funde la mantequilla, añade la harina y remueve siempre hasta que esta se incorpore a la mantequilla. Añade poco a poco la leche caliente hasta obtener una consistencia de crema. Vierte esta mezcla sobre las yemas de huevo, removiendo sin parar. Añade entonces las claras, previamente batidas a punto de nieve firme, y sigue batiendo. Sazona con sal y pimienta y vierte el preparado en un recipiente que sirva para el horno y para la mesa. Pon encima ocho tomates muy pequeños, bien lavados. Horno suave durante media hora.

Receta de MM

Cuando estés con los nervios de punta y necesites mantener la calma para llevar a cabo una tarea difícil, prueba la receta de Marylin Monroe que, antes de comparecer ante las cámaras, siempre se sacude las muñecas varias veces para relajar los nervios. El resultado es inmediato y sorprendente.

Aliño que no engorda

No solo no engorda sino que da gracia a ciertas tristes dietas de adelgazamiento... La finalidad de adelgazar es exclusivamente la de conseguir el adelgazamiento propiamente dicho. Torturarse con una comida sin sabor es un sufrimiento inútil. Este es un aliño sencillo que alegrará la hora de la comida cuando estés a dieta: mezcla leche desnatada con limón y un diente de ajo chafado. Cuidado, que la leche no se corte con el limón, ponle una pizca de sal antes de mezclarlo.

Y si tus ojos también quieren sentir el placer de la comida, nada impide que uses pimentón. El color rojo alegrará el plato. Sin olvidar que el olfato también se beneficia: el olor del pimentón transforma una comida en una delicia.

Receta de asesinato (de cucarachas)

Deja cada noche en los lugares preferidos por esas horribles cucarachitas la siguiente comida: azúcar, harina y yeso, mezclados a partes iguales. ¿Mala comida? Para las cucarachas es una golosina que las atrae inmediatamente...

El segundo paso lo dan las mismas cucarachas que se comerán radiantes la cena.

El tercer paso lo da el yeso que estaba en la comida. El yeso se endurece dentro de ellas y les provoca una muerte segura. A la mañana siguiente, decenas de cucarachas duras adornarán como estatuas su cocina, *madame*.

Cura para aftas

Las aftas son pequeñas ampollas que aparecen en el interior de la boca, formando ulceraciones blancas, muy dolorosas, sobre todo cuando se ingieren alimentos calientes o helados.

Provocadas en general por la acidez, las aftas se pueden curar con enjuagues de agua bicarbonatada y, enseguida, dando unos toques con un algodón enrollado en un palito y empapado en una solución de nitrato de plata al 10 %.

Busto pequeño

Un excelente ejercicio para quien tiene el busto pequeño y desea aumentarlo es el siguiente: de pie, con las manos en las caderas, girar los brazos hasta llevar los codos adelante tanto como se pueda. Girar los brazos hacia atrás, hasta donde se alcance, como si se fuese a tocar los omóplatos con los codos. Es un ejercicio que fortalece los músculos del pecho y ayuda al desarrollo del busto.

Secretos

Secretos de la buena cocina

Casi todas las chicas, cuando se casan, no tienen la más mínima experiencia en la cocina, la mayoría de ellas no saben freír un huevo o adobar un bistec. Por eso se encontrarán con muchas dificultades al enfrentarse a los inevitables problemas de la administración de una casa y todos sus importantes servicios.

La futura ama de casa debe intentar, en el tiempo de que dispone durante la semana, entrenarse en el trabajo de la casa y, especialmente, de la cocina. Será muy útil un curso de cocina, inteligentemente organizado, para que las jóvenes aprecien y tomen parte en vivo en la elaboración de platos deliciosos que harán la alegría de su marido, cuando llegue a casa, cansado del trabajo y deseoso de saborear buenos manjares. Los platos ofrecidos en estos cursos tienen la ventaja de ser económicos, prácticos y muy decorativos.

Junto al aprendizaje de la cocina, es muy importante que las jóvenes intenten iniciarse en el sublime arte de cuidar bebés frecuentando la casa de una pariente o amiga que tenga niños pequeños para ayudarla en la tarea de bañar, preparar los biberones y cambiar los pañales del pequeño. Este es un aprendizaje no solo útil sino agradable, ¿no os parece, distinguidas novias y aspirantes al matrimonio?

La mujer y el prejuicio

En general a las mujeres les parece mucho mejor la vida de los hombres y no es raro que intenten vivir como ellos. El caso de la mujer que hace poco tiempo fue a prisión porque abandonó a su marido y vivió durante casi veinte años disfrazada de hombre ejemplifica perfectamente ese deseo. «Es más fácil vivir en el mundo como hombre», fue la respuesta de esta criatura original, al ser interpelada por el juez.

Y muchas veces lo que lleva a las mujeres a beber en los bares, fumar, blasfemar y llevar pantalones largos (aunque según muchos médicos esto sea causa de artritis en las hijas de Eva) es esta especie de «protesta masculina» que impone una desigualdad a veces irritante en los derechos femeninos.

Y aún hoy continúan las protestas de las mujeres.

Mary Wollstonecraft, la primera defensora de los derechos de la mujer, comentó: «Los hombres, valiéndose de su fuerza física, exageran tanto sobre la inferioridad de las mujeres que las clasifican más abajo del listón de las criaturas irracionales».

Y aún hoy continúan las protestas de las mujeres.

Recientemente, una psicóloga famosa demostró que «el prejuicio del hombre de que las mujeres son inferiores les ha sido imbuido desde hace siglos y el resultado es que acaban actuando como los hombres esperan que lo hagan».

No es de extrañar, por lo tanto, que aún seamos víctimas de algunos prejuicios. En general, encuentran gran dificultad para dedicarse a ciertas profesiones masculinas. Pero, sea como sea, físicamente son completamente diferentes de los hombres y esto es una cosa que nunca cambiará.

Por lo tanto, en cierta manera, la mujer no ha sido prisionera del hombre sino de su propia naturaleza fisiológica.

El origen de las faldas

Se pierde en los tiempos el origen del uso de la falda, que fue, inicialmente, y durante muchos siglos, vestimenta masculina.

Pero las mujeres, por un motivo no explicado, la adoptaron como suya. Debido a eso, los hombres fueron aboliendo su uso, aunque algunos pueblos orientales, como los beduinos y los mandarines, y en ciertas castas de la India y del Japón, continuaron usándolas. También los escoceses y ciertos regimientos del ejército griego. El problema ahora es que las mujeres modernas han decidido adoptar también el uso de los pantalones. Y ahora ¿qué? ¿Qué les va a quedar a los hombres al final?

Cosas de la vanidad femenina

En Francia, durante la Revolución francesa, cuando centenares de cabezas inocentes rodaban cercenadas por la guillotina, alguien de dudoso gusto lanzó la moda de unos broches en forma de pequeña guillotina para adornar a las mujeres del pueblo. Y para mayor realismo del macabro adorno lo pintaban de color rojo sangre. Lo sorprendente no es la imaginación de quien creó los broches trágicos, lo sorprendente es el valor de las mujeres que los llevaban. ¡Y no eran pocas! ¡Era moda!

El agua y la grasa

El aire y el agua son los alimentos más esenciales para nuestro organismo. Se puede vivir treinta días, o hasta más, sin ningún alimento sólido, pero nos moriríamos en pocos minutos por falta de aire y en pocos días por falta de agua.

Los líquidos orgánicos tienen un mínimo de 90 % de agua, e incluso los huesos, cuyo tejido es el más duro del organismo, contienen un 40 % de agua. Así, como los tejidos de nuestro cuerpo están compuestos de agua, podemos decir que nuestra vida depende del equilibrio líquido del cuerpo.

La capacidad que tenemos de fabricar agua constituye un curioso hecho fisiológico. Como ejemplo se cita el camello, cuya joroba está compuesta principalmente de grasa. La Naturaleza no ha colocado esa joroba en el lomo como adorno o para proporcionar una silla natural a los que lo montan. Compuesta en gran parte de grasa, sirve como depósito de agua para ese animal nativo del desierto. Cien kilos de joroba le proporcionan al camello más de cien de agua. Se puede, pues, decir que el camello hace su reserva de agua en forma de grasa.

Lo mismo sucede en el cuerpo humano. Si una persona pasa un cierto tiempo sin comer ni beber, parte de sus tejidos se transforman en agua, porque la obtienen no solo de los líquidos, sino también de los alimentos ingeridos. Diez kilos de grasa producen, al destruirse, cerca de diez litros de agua, porque el hidrógeno de la grasa toma el oxígeno de la sangre para formar agua. Y para las bebidas alcohólicas la proporción es aún mayor: de diez litros de alcohol el organismo obtiene once de agua. Por eso, los que beben mucho se ponen gordos y fofos.

Un fenómeno interesante es que, cuando se acumula grasa en el organismo, el almacenamiento de agua resultante es muy pequeño. Así, cuando una persona come una cantidad considerable de alimentos grasos, pierde agua acumulada en los tejidos (se deshidrata), de forma que, si nos basamos en lo que marca la báscula, parece haber perdido peso. Pero, naturalmente, existe un abismo de diferencia entre la pérdida de peso por deshidratación y la pérdida de peso por destrucción de la grasa.

La línea de las cejas

No hace falta decir la importancia que tienen los ojos en el conjunto del rostro. En realidad, son la parte más expresiva de este, y contribuyen considerablemente a marcar la personalidad de una mujer.

Y si hablamos de ojos, hablamos también de cejas. Hoy en día la tendencia es a conservar lo máximo posible su línea natural. Cualquier extravagancia en este sentido perjudica toda la cara, da un aspecto vulgar a la persona. Las cejas deben seguir el contorno del hueso frontal, pero ser gruesas cerca del ángulo interior del ojo, y afinadas ligeramente hacia el otro extremo. Como todas las líneas descendentes envejecen el rostro, lo más indicado es acabar las cejas con un trazo un poco ascendente, pero solo un poco, de manera que el efecto sea solo ligeramente perceptible. Además, en general, cualquier maquillaje demasiado visible «a ojo desnudo» es contraproducente.

La forma de las cejas debe variar según la forma del rostro. Por ejemplo, una frente demasiado amplia parecerá más estrecha si dejamos solo un pequeño espacio entre las cejas. En el caso de una frente estrecha, hay que aumentar el espacio.

¿Y tus manos?

Realmente guapa. Pero ¿y las manos? Feas… Entonces ya no se puede decir «realmente guapa».

¿Qué hacer? Mil cositas.

Por gracioso que parezca, existe un «corte» para las uñas, además de para el pelo.

Estudia con tu manicura el corte que te queda mejor, de acuerdo con la forma y longitud de los dedos. ¿Y el color, por ejemplo? El esmalte oscuro da, a las manos morenas, un aspecto más claro, ¿habías pensado en eso?

Si tus manos no están impecables, lo empeorarás todo si te cubres de joyas. ¿Elección de joyas?

Por ejemplo: una piedra de color pálido queda mejor en unas manos rojizas. ¿Anillos grandes? Solo en dedos largos.

Y una crema, claro. Para blanquear y suavizar la piel de las manos. Date masajes en los dedos, bajando por las palmas, como si te estuvieras poniendo unos guantes.

¿Y los gestos? Los gestos son el alma de las manos. Y no dependen de la manicura. Dependen de ti misma.

La busca del modelo ideal

No sé si tienes algún problema en la busca de un modelo de vestido o en la busca de una «idea» de esas que llevan a otra y acaban muy lejos. Hablaré, entonces, de todo un poco y a lo mejor te sirve de algo.

¿Vestido de lana? Recuerda que la suavidad de la lana es la gracia de este tejido. La lana «cae», no «arma».

Si te gustan las faldas tubo, estrechas, puedes usarlas tranquilamente, también están de moda. Pero tienes que estar realmente a gusto, una falda estrecha no debe entorpecer tu manera de andar.

Si te gustan las chaquetas, ahí van algunas noticias sobre ellas:

Rectas cuando son cortas, más amplias e incluso redondeadas cuando son largas; sobre una falda amplia, la chaqueta debe llegar a la altura de las caderas, con las tableadas debe cubrir la cadera.

El vestido túnica debe tener una longitud de siete octavos.

¿La cintura? Marcada o no, según tu gusto.

¿Los hombros? Más bien anchos. Hay figurinistas que consiguen esta línea ancha bajando la costura del hombro.

Los ribetes son una idea que renueva mucha ropa. Un ribete de piel o de ante da toda una línea informal a un abrigo o a una chaqueta.

Es posible que hasta fin de año la moda nos «obligue» a una especie de vestido saco, no digo el que ya se llevó, sino una variante. Esto se nota en una tendencia del cuerpo y de la cintura de los vestidos a alargarse progresivamente. Vamos a ver qué pasa.

Cuida bien tus cortinas

Una cortina no es simplemente «una cortina».

Una cortina significa:

—No tener la casa expuesta, claro, incluso una cortina transparente impide la curiosidad de los vecinos.

—Hacer de la ventana un cuadro que por fin tiene un marco.

—Dar a la sala el calor de un «hogar».

—Completar con un color la decoración del aposento.

—Poder hacer juegos de luz.

—Poder «crear» con libertad tu propia decoración, a tu gusto.

¿Quieres imaginar la diferencia que hay entre una ventana con o sin cortina? Pues imagina unos ojos que no tuviesen pestañas.

Novedad para los ojos cansados

Aunque lleves gafas, este nuevo ejercicio de descanso hará mucho bien a tu vista y dará un nuevo brillo a tus ojos.

Ciérralos un momento. Cúbrelos con las palmas de las manos, con delicadeza, sin hacer ninguna presión sobre ellos. Respira hondo varias veces. Descansa el cerebro procurando no pensar. Piensa en una sola cosa, en el color negro.

¿Lo has probado? ¿Cómo te sientes ahora? Mírate al espejo, hasta tu cara parece más descansada. Y la cabeza también.

Fallo en las orejas

Unas orejas de borde bien enrollado indican sentido práctico, positivo, juicio rápido, voluntad de realización.

Cuando el borde es casi inexistente la persona es mística, idealista, no reconoce a los hechos el derecho a desmentir las teorías.

Las orejas delgadas corresponden a un temperamento seco. Las gruesas, un poco carnosas pertenecen a los que disfrutan de la vida.

Si en esa colección de orejas ningún ejemplar corresponde al par con el que fuiste dotada, elige el que más se le parezca. O incluso el que más te guste…

Todo vale. Lo realmente importante es tener orejas.

Hablan las orejas

Quien tiene las orejas pequeñas es tímida, modesta, dulce. Las orejas grandes indican una personalidad fuerte, expansiva, a veces incluso un poco avasalladora. Las bien dibujadas revelan un carácter armonioso, mientras que las irregulares pertenecen a las personas caóticas. Puntiagudas: espíritu crítico, incluso un poco de maldad. Puntiagudas solo en la parte superior: tendencias materiales que predominan sobre las espirituales. Muy pegadas a la cabeza: docilidad, sumisión, un poco de miedo. Separadas del cráneo: lo contrario.

Pero creo que no debes preocuparte por lo que dicen tus orejas. Lo que importa realmente es que oigan, de eso no hay duda.

Un busto bonito

En general, la belleza del busto depende de la posición de la columna vertebral. Los hombros caídos significan un busto ídem.

¿Hasta qué punto la cultura física puede mejorar el estado del busto? La cultura física no actúa sobre las glándulas, pero sí sobre los músculos que las sujetan. Cuando se tonifican los hombros, la espalda, el cuello y el regazo, los músculos pectorales también se mantienen firmes.

Los cuidados locales —duchas, chorros de agua, aplicación de hormonas— a veces son eficaces, por lo menos mientras se aplican.

La manera más segura de corregir los senos es realmente la cirugía estética.

Labios que adornan la cara

Del dibujo de los labios depende en gran parte la expresión de todo el rostro. Un rostro no puede ser verdaderamente desagradable si está adornado por labios suaves, sonrientes, bien delineados.

Tal vez la naturaleza no te haya dado la boca que necesitas para tener una fisonomía armoniosa. Coopera, entonces, con la naturaleza, sin olvidar que ella nunca se equivoca completamente, es decir, que cuando corrijas las imperfecciones de tus labios procura no exagerar esas correcciones.

Este año «se llevan» los labios llenos, generosos, francos, y pintados en tonos suaves y naturales. Evita cualquier trazo duro, los labios no deben ser mezquinos ni fríos.

1. Para dibujar bien tu boca necesitarás un pincel suave y un lápiz de contorno.

2. Si tu boca es un poco grande, detén la barra de labios cuando alcances el tamaño deseado (sin exagerar, porque no puedes parar a la mitad), después de haber camuflado la parte no pintada con crema y polvo.

3. Nunca interrumpas la pintura del labio superior para empezar la del inferior. Píntate primero completamente el superior, solo entonces tendrás la perspectiva correcta para continuar el trabajo.

4. No descuides la propia forma de tu boca: corrígela, si es necesario, pero sin contrariarla totalmente.

5. Si tus labios son «caídos», «levanta» las comisuras con la barra de labios para suavizar y alegrar la cara.

6. Nunca dibujes el «corazón» de la boca con dos puntas agudas.

Y, claro, sonríe.

Adán y las compras

Los hombres se aturden al hacer compras, especialmente cuando no son para ellos. Cualquier hombre comprará un par de zapatos en cinco minutos, mientras que a una mujer le llevará una o dos horas hacerlo. Una corbata u otra pieza de ropa llevará también poco tiempo. Cuando se trata de comprar artículos de lujo, regalos, los hombres se quedarán con lo primero que la vendedora les ofrezca. Se quedan aliviados cuando do dejan la tienda, como si les hubiesen quitado un peso de encima.

Cualquier esposa sabe que si manda a su marido a hacer la compra, él siempre traerá, además de los productos habituales, novedades carísimas que un ama de casa no se atrevería a comprar. Y se justificará cándidamente, diciendo que era una ganga, o que de vez en cuando es bueno poner algo de lujo en la mesa.

Menos mal que los maridos no van a la compra diariamente, porque el gasto en comida subiría astronómicamente, o, lo que es más probable, se acostumbraría a mantenerse estrictamente dentro del presupuesto elaborado por su mujercita.

«Manos de hada»

De hada o de ninfa, no se consiguen unas manos ideales solo pintándose las uñas. Ese ínfimo cuidado no les asegurará la belleza, de la misma manera que solo con maquillaje no mantendrás la belleza del rostro.

Una epidermis seca y unas uñas quebradizas no adornan ninguna mano, por más bonita que sea su forma. Si este es tu caso, prueba a sumergir las manos en un baño de aceite tibio, aceite que regenerará la piel en profundidad, actuando como una crema nutritiva actúa sobre la piel del rostro. Ese mismo aceite tiene la propiedad de evitar que las uñas se rompan.

El masaje también es indispensable, si quieres el tipo de manos que atrae la mirada. Pon el codo sobre la mesa, la mano al aire. Con la otra mano empieza a masajear la punta de los dedos hasta las muñecas. Acaba con un ligero masaje en el antebrazo, que avivará la circulación de la sangre.

Hay muchas mujeres que tienen las manos deformadas por la artritis. Un buen remedio local es la parafina, también indicada para combatir el ensanchamiento de las muñecas. Pásate la parafina bien caliente, con ayuda de un pincel. Aplica varias capas. Envuélvete las manos con toallas y papeles para conservar el calor de la parafina. Después de tres cuartos de hora, se podrá retirar como un guante.

La elección de un tono de barniz no debe guiarse solo por la moda, sino estar siempre adaptada al tono de la barra de labios y al color de la ropa. Para las manos bronceadas, ya sea naturalmente o por el efecto del sol, un rosa vivo es bastante bonito. Para las pieles claras, no bronceadas, es muy agradable un tono frambuesa.

En las manos las exageraciones de color son tan evidentes como las propias manos. Unas puntas de dedos que parecen salir de un charco de sangre no favorecen a nadie. Un barniz nacarado, con brillo de perla, está altamente contraindicado para hacer deporte, por ejemplo. Además, para una mujer deportiva, lo mejor es un tono claro, casi natural.

Barco-dormitorio

La más famosa especialidad del lago Leman es un «barco de silencio», que sale todos los días del puerto de Evian transportando a bordo, durante algunas horas, gente que quiere descansar los nervios lejos de cualquier ruido. Tendidos en tumbonas, bajo los cuidados de enfermeras que velan por la calma a bordo, los pasajeros duermen o contemplan el tranquilo paisaje lacustre en un ambiente difícil de obtener en tierra.

Un detalle curioso: no se admiten a bordo personas con traqueítis u otras enfermedades que provoquen tos.

El plástico es lo mejor

Nunca uses platos de loza en macetas de plantas que estén sobre muebles, porque la loza permite la transpiración de la humedad y manchará el mueble. Es preferible un soporte de plástico.

Regalo de rey

El rey Salomón, que deseaba obsequiar a su amada reina de Saba, le regaló un estuche que contenía seiscientas veintinueve perlas escogidas y perfectas. Este número, que podrá parecer extravagante, es el cuadrado de veintitrés, la edad de la bella reina entonces. Regalo digno, en verdad, de un rey. Pero los hombres han cambiado mucho, ¿verdad?

Hablan los hombres de la volubilidad femenina

Sin embargo, ¿quién ha oído decir que algún viudo se haya dejado morir porque no resistía la falta de la criatura amada? Y si ha habido alguno —¡un fenómeno!—, le llamaron loco. En la India era costumbre que se quemara a las mujeres que perdían a sus maridos. Los ingleses, cuando quisieron abolir esa ola de «suicidios» obligatorios, encontraron una gran oposición por parte, justamente, de las mujeres, que insistían en sacrificarse después de la pérdida del hombre amado. Y solo con grandes dificultades los civilizados europeos consiguieron acabar con aquella costumbre bárbara.

Ventajas de los juguetes

Algunos padres consideran que los juguetes de los niños son un despilfarro, y evitan gastar dinero en pelotas, cochecitos, muñecas, pensando que con esto benefician al niño. Error. Jugar es un tiempo bien aprovechado porque forma parte del proceso educativo y del desarrollo del niño. Mientras juega aprende a usar sus propias facultades, y durante el tiempo que pasa ocupado con un juguete no oye cosas que no debe, ni se interesa por asuntos no siempre buenos. Todo niño necesita jugar.

Si te gusta hacer sándwiches

Recuerda lo siguiente: el pan para sándwiches debe ser razonablemente fresco, pero no demasiado. Corta las rebanadas iguales, es preferible hacerlo a máquina. Pon poca mantequilla y el relleno en una sola de las rebanadas. Colócalas siempre en orden y córtalas después transversalmente una o dos veces.

Zapatos cómodos

Son indispensables para la salud. El calzado apretado o mal hecho, además de los dolores que causa en los pies, ataca el sistema nervioso. Si trabajas, amiga mía, lo más indicado son unos zapatos ligeros, cómodos, ventilados y de tacón bajo. Los tacones muy altos provocan el desplazamiento de las vísceras y de la columna vertebral, y llevarlos mucho tiempo puede afectar seriamente a tu salud, pues causa efectos que aparecerán con el tiempo.

Extraña prueba de amor

Entre los pueblos del golfo de Bengala es costumbre que, cuando el marido muere, la mujer, como prueba de amor, se corte y mande enterrar con él un pedazo de su propio dedo. Existen otros pueblos que intercambian sus juramentos de amor sincero intercambiando los recortes de sus uñas. Raro, ¿no?

¡Esto sí es reconocer los derechos de la mujer!

Imagina, amiga mía, que, en Tailandia, toda mujer que llega a los treinta años de edad sin conseguir un marido tiene derecho a solicitar esposo al Gobierno. El jefe de la nación, de acuerdo con la ley, designará entonces a uno de sus súbditos para que se case con la solicitante. ¿No sería formidable esa medida aquí en Occidente para acabar con la rebeldía masculina al «casaos y multiplicaos»?

Un regalo sabroso

Esto lo he leído en *Selecciones*. «Un empresario de Hollywood que deseaba obsequiar a su madre con un regalo caro y vistoso, después de mucho recorrer las tiendas y casas de curiosidades, encontró y compró un maravilloso pájaro de la India, que hablaba once idiomas y cantaba ópera. Encantado, pagó por él la cantidad de diez mil dólares. Días después, deseando conocer la impresión de la obsequiada, que vivía en otra ciudad, la llamó para saber si había recibido el regalo. "¿Qué tal el regalo que te envié, mamá?". "¡Excelente, hijo! ¡Estaba sabrosísimo! ¡Nos lo comimos ayer mismo para cenar!"».

Sorbetes y helados

El sorbete, como cualquier otro helado, debe tomarse lentamente, porque de esa manera produce en el estómago una sensación refrescante equilibrada por una sensación de calor. El sorbete tomado como postre, moderadamente, puede servir como digestivo. Hay que tener cuidado, sin embargo, de no tomar helados durante la digestión. Para que esta se procese con regularidad es necesario dar al estómago una cierta dosis de calor, e ingerir helados durante ese periodo sería casi como tomar un baño frío.

Carne reposada

Cuando quieras conservar carne en el congelador, déjala primero un día en la nevera para que escurra una parte de la sangre. Así estará más blanda y «descansada». Y aprovecha el agua de la sangre para regar tu planta predilecta. Nada mejor para las plantas, sobre todo para las que tienen hojas.

Definición

Un diplomático es un hombre que puede ganar en una discusión a su mujer sin que ella se dé cuenta de que ha salido perdiendo.

Lin Yutang escribió

Los trajes femeninos son solo una media entre el confesado deseo de las mujeres de vestirse y el inconfesado deseo de desnudarse.

Uso inesperado de la hierbabuena

¿Sabes que la hierbabuena tiene un olor muy agradable, y, colocada en armarios, cajones, cocina, debajo de las alfombras, esparce por la casa una sensación de «clima fresco»?

Además, los ratones sienten horror a la hierbabuena y huyen de los lugares que huelen a esta hoja. Así pues, tienes dos ventajas en una.

Arrogancia de rascacielos

Phillip Johnson, arquitecto americano de renombre, niega que haya realmente necesidad de construir rascacielos:

«No existe, en realidad, ninguna razón para construir a lo alto, a no ser que lo queramos así. Con planos apropiados de urbanismo, las construcciones más pequeñas pueden solucionar cualquier problema de espacio en una ciudad… La construcción a lo alto solo es la concreción de la arrogancia del hombre moderno».

Cuidado con los huevos

Los huevos solo se deben consumir si son frescos, porque los gérmenes penetran a través de las cáscaras mal conservadas, y pueden producir graves intoxicaciones, incluso fatales.

Para saber si un huevo es fresco, verifica primero su transparencia, que siempre es mayor en un huevo en buen estado.

Otra manera segura de comprobar el estado del huevo: sumérgelo en un recipiente con agua y 10 % de sal. El huevo fresco se hunde y se queda en el fondo. El huevo pasado flota.

Boca bonita: tu joya

—Píntate antes el labio superior, con un pincel, marcando la entrada central.

—Para tener una boca joven: no te pintes hasta las comisuras.

—Al pintar el labio inferior, sobrepasa un poco la línea natural.

—El contorno de los labios con un lápiz más oscuro es un buen truco para la noche, pero demasiado artificial durante el día.

—Si el «corazón» de la boca es demasiado anguloso, redondea las dos puntas con un pincel o un lápiz.

—Labios demasiado gruesos: pasa la barra de labios solo por el centro, dibuja el corazón sin acentuarlo, no te pintes muy cerca de las comisuras.

—Boca demasiado pequeña: aumenta medio milímetro todo el contorno de los labios.

El accesorio que renueva

«No tengo nada que ponerme» es una frase que se oye mucho, y que decimos mucho. Eso no significa que compremos un vestido nuevo cada vez que «no tengamos nada que ponernos». La mujer bien vestida es, en general, la que «sabe» usar los accesorios. Saber usar los accesorios es saber combinar, saber renovar todo un conjunto con un detalle bien imaginado, es dar un «tono» de novedad a un traje que ha caído en la rutina.

El pelo y los peinados modernos

Una de las preguntas más frecuentes sobre el pelo: ¿cortarlo lo fortalece? Sí, en el caso de un pelo «enfermo». Será beneficioso cortar las puntas uno o dos centímetros. El pelo que tiende a abrirse en dos —y algunos hasta en tres— debe tener las puntas frecuentemente retocadas. Pero si tu pelo es normal, seguirá estando bien incluso sin la intervención quirúrgica de las tijeras.

En muchos peinados modernos es habitual «rellenar» el pelo con el propio pelo «cardado» con el peine. ¿Esta operación daña el pelo? No es especialmente recomendable, sobre todo cuando se trata de pelo muy fino. Al desenredarlo es cuando se produce generalmente el daño.

¿Qué hacer para no romper el pelo? Al desenredarlo, no empieces nunca por la raíz. Hay que empezar por las puntas y, a medida que el trozo enredado permita el paso del peine, ir subiendo poco a poco hasta llegar a la raíz. Otro ingrediente indispensable para no romper el pelo, sea con peine o con cepillo: la paciencia.

A solas

¿Qué hace la mujer cuando su marido no está en casa y viceversa? Empecemos por el «viceversa». Cuando el hombre llega a casa y no encuentra a su mujer, la primera cosa que hace es abrir la puerta de la nevera y mirar qué hay dentro, después la cierra con fuerza. Coge la primera revista que encuentra y lee los anuncios, después va a la ventana y mira hacia fuera.

Coge la pipa, abre la puerta del aparador para buscar el limpiapipas, deja caer todos los libros de recetas, servilletas, bajo-platos y cubiertos. Para arreglar el estrago, lo amontona todo dentro otra vez y cierra la puerta rápido. Va a la habitación y revuelve los cajones de la cómoda. Saca el cajón de su sitio y lo pone encima de la cama. Descubre dentro de él tres pelotas de tenis, las saca y pone otra vez el cajón en su sitio. Entonces vuelve a la cocina, abre otra vez la puerta de la nevera, mira dentro y cierra con fuerza la puerta. Mira por la ventana y enseguida repite la rutina de la nevera.

En cuanto a la mujer, en los primeros treinta minutos después de que haya salido de casa su marido, se arregla el pelo frente al espejo, va a la cocina y pone las cazuelas al fuego, desatasca el quemador con una horquilla, vuelve a la habitación y se prueba otra vez el vestido nuevo, para ver el efecto.

Después habla con una amiga por teléfono, guarda los periódicos que andan esparcidos por la casa, pero no sin antes leer todos los anuncios sobre moda y asuntos parecidos. Abre la puerta de la calle, para ver quién ha llamado al timbre, lee la correspondencia, arregla la habitación, se prueba otra vez el vestido nuevo y después todos los demás que están en el armario.

Como podéis ver, no hay tanta diferencia entre uno y otro…

Los excesos son malos

Hay niños que lloran precisamente porque están demasiado alimentados. Si un bebé pasa todo el día bien, tiene una salud perfecta, pero a la hora de dormir, después de la última toma, llora a más no poder y se repite lo mismo a la hora de la siesta, es porque está demasiado alimentado.

Se desprende que la alimentación lo ha alterado porque la operación de mamar exige esfuerzo y un cierto grado de concentración.

Para resolver este tema, lo más práctico es no darle de mamar al acostarlo. Procura aumentar las tomas durante el día y añadir más leche a los platos que se dan al niño.

Si crees que no debes retirarle la última toma, procura dársela en el regazo en vez de hacerlo en la cama. Coloca al bebé en una posición cómoda, dale el pecho y al acabar acúnalo un poco después de eructar. Si se le distrae así unos minutos, es posible que después se sienta mejor y pueda coger el sueño sin grandes dificultades.

Ternura

La ternura es justamente lo contrario del desplante, de la ira o de la impertinencia. Es la huésped agradable de un hogar y nos envuelve en amor. Ella engrandece a las madres, nos da ese sentimiento que nunca cansa…

La ternura es una fuente inagotable de bien, es la gran conquistadora, la que todo lo consigue y todo lo vence. Lo que ella no consiga es difícil de alcanzar por otros caminos.

Sin embargo, muchos la desprecian; el mundo sufre, así, un declive, todos se vuelven descomedidos y reina la impertinencia; solo vemos un exceso de autoridad y modales groseros, tanto en el ama de casa como en el niño, en los hijos y en los padres.

¡A veces tenemos incluso la impresión de estar bajo el imperio de la grosería!…

Madrugada

Existe un aspecto de la ciudad desconocido para muchos, casi exclusivo de los que dejan el calor de la cama para ir al trabajo y para quien la vida empieza antes del amanecer…

La ciudad duerme, y en el humo de las chimeneas que se mezcla con las nubes aparecen los primeros vestigios de vida...

Luego, los que luchan verdaderamente por su pedazo de pan toman autobuses y trenes y allá van, amontonados y silenciosos, hombres y mujeres, son los que más se esfuerzan en la lucha implacable por la supervivencia.

Solo quien se levanta pronto puede calcular lo que la población de una ciudad consume también de pan para el espíritu. Son pilas de periódicos que llegan a los quioscos donde ya los espera el quiosquero —ese gran madrugador—, que después los distribuirá puerta a puerta para que todos sepan lo que pasa en este mundo de lucha.

El valor de la literatura

Érase una vez, no hace mucho tiempo, cuatro hombres que murieron el mismo día, en la misma ciudad. El primero era escritor y dejó cinco mil dólares; el segundo era librero y dejó treinta mil dólares; el tercero era editor y dejó quinientos mil dólares; en cuanto al cuarto, sus herederos se repartieron cinco millones de dólares. Era un negociante de papeles viejos.

La experiencia de Sinatra

Dice Frank Sinatra que el arte de conquistar a una mujer se resume en comprender lo que ella no dice... ¿Tendrá razón Sinatra?

Dormir para ser bella

Las horas de sueño deben estar reguladas, no solo por motivos de salud, sino también para conservar la belleza. Siete u ocho horas de sueño por noche es lo ideal. Y olvidarnos de trasnochar diciendo que recuperaremos las horas de sueño perdidas durmiendo de día. Eso es una tontería porque el sueño verdaderamente reparador es el nocturno. El horario indicado sería desde las once de la noche hasta las seis o las siete de la mañana. Al organizar así su vida, la mujer consigue mantener los nervios equilibrados, y todos los efectos devastadores causados por los nervios o por el cansancio desaparecerán. Como las ojeras, las arrugas, la piel mate o manchada, el aspecto exhausto que denota vejez. La costumbre de acostarse tarde envejece. Naturalmente eso no significa una prohibición terminante de fiestas, bailes o salas de fiestas. Significa prohibición del abuso. Al dormir poco, nuestros nervios se excitan, el cuerpo se resiente de agotamiento —porque nada es más agotador que la falta de un buen sueño—, y entonces aparecen, en los ojos, en la piel, en las líneas del cuerpo, en el pelo, las señales que tanto perturban y abaten a una mujer.

Si la falta de sueño compromete la salud y la belleza, el sueño excesivo, sin embargo, provoca la acumulación de grasas, y la obesidad es nuestra peor enemiga. Dormir diez o doce horas al día provoca languidez, falta de ánimo, induce a hábitos sedentarios y, en poco tiempo, toda la elasticidad, toda la esbeltez, todo lo que era síntoma de juventud desaparece. La mujer joven se transforma en una matrona indolente y sin encanto.

Lo sabio, por lo tanto, repito, es dosificar convenientemente las horas de sueño, evitando el cansancio y las señales reveladoras de una noche en blanco y escapando de la molicie y del exceso de peso.

El perrito caliente a través de la historia

El popular perrito caliente está tan íntimamente ligado a la cocina norteamericana, y es casi universalmente considerado plato nativo de aquel país. Sin embargo, hace miles de años el hombre ya saboreaba el antepasado de todos los perritos calientes que en la actualidad hay por el mundo.

Primitivamente, la salchicha no se cocía y, sin ningún aliño, carecía del sabor especial y característico de su versión actual.

Su aparición está atestiguada en la antigua Roma. Allí recibía el nombre de *salsus* (palabra latina que significa «salado») y el emperador Constantino el grande lo incluía entre los platos de lujo, considerados demasiado buenos para el hombre común.

En la Edad Media le añadieron especias y obtuvieron comidas muy sabrosas. En estas sí se reconoce ya un antepasado del popular perrito de hoy.

Los americanos lo importaron de Viena, razón por la que inicialmente lo llamaron Wiener. Claro está, le dieron un color local: asaron la salchicha, la metieron en un panecillo y, después de cubrirla con la máxima variedad de condimentos picantes, la rebautizaron: *hot-dog*.

Mujeres en la vida de Churchill

En la vida de Winston Churchill se proyectan dos grandes mujeres. Su madre, Jennie Jerome —cuyos antepasados lucharon con George Washington—, lo encaminó a la política, y su mujer, Clementine Hozier, descendiente de una briosa familia escocesa, le proporcionó un verdadero hogar.

Dice Churchill: «Mi madre me pareció siempre un hada encantadora, de poder y riqueza ilimitados». En los momentos difíciles de su carrera política, actuaba como si ella aún lo estuviera viendo.

Su mujer, excelente ama de casa, hizo que considerara su propia boda el hecho más feliz de toda su vida.

Doble crimen

Un chico comparece ante un tribunal en Mineápolis. Su crimen: haber besado a su novia mientras conducía.

—Lo condeno a la máxima pena —sentencia el juez, porque ha hecho a la vez dos cosas que exigen de un hombre la mayor atención.

Curiosidad

Antiguamente, en Babilonia, las bodas se celebraban de una manera muy interesante: las jóvenes que buscaban novio se subastaban en el mercado público. Los altos precios alcanzados por las guapas se dividían después entre las feas, que, con esa dote, se llevaban al mercado y conseguían también un marido, atraído por la dote. Con ese método, está claro que los novios pobres nunca tenían la oportunidad de obtener una mujer guapa.

Beso fatal

Existe una leyenda que habla de un noble español, don García de Peralta, que se enamoró locamente de una joven india. Esta, sin embargo, amaba a un joven de su tribu y no aceptó el cortejo y las proposiciones de don García. Furioso, el noble mandó hacer prisionero al elegido de su amada y torturarlo. Al ver que solo había un camino para salvar al hombre al que amaba, la joven buscó a don García y se le ofreció a cambio de la libertad del indio. Encantado con la victoria, don García se puso a besar los labios de la india y... cayó muerto. La joven había untado sus labios con un veneno violentísimo que los indios ponían en sus flechas.

Costumbres que a muchos maridos les gustaría adoptar

Había en Armenia una costumbre que obligaba a toda chica que se casaba a no decir una palabra hasta el día del nacimiento de su primogénito. Ella se hacía entender a través de gestos y mímica. Esta curiosidad se cuenta en el libro de un autor alemán, que afirma su veracidad. Costumbre extraña, incomprensible y, en cierta manera, difícil de creer. Pero a muchos maridos les gustaría adoptarla en casa, ¡os lo garantizo!

Seducción masculina

Gilbert Bécaud recibió, en el concurso de los hombres más seductores de 1961, celebrado en Francia, los votos de las miembros más jóvenes del jurado. Françoise Sagan quería recibir todos los laureles. Danielle Gaubert (fascinada por Alain Delon) quería el segundo lugar para él. Bécaud tiene treinta y tres años, por lo tanto, doce menos que su ídolo Frank Sinatra. Lo que gusta de él es la mezcla de fantasía y de capacidad de trabajo. Según parece, a las mujeres de 1961 no les gustan los hombres banales, poco serios. Bécaud está casado y tiene dos hijos.

Frank Sinatra quedó en el sexto lugar. Durante veinte años fue un marginado en Broadway. A los empresarios les parecía demasiado feo... Y entonces sucedió el milagro: se descubrió un encanto inexplicable en ese hombre pequeño que parecía llevar sobre los hombros el sufrimiento del mundo. Cuando el encanto se hizo público, Sinatra se convirtió en el cantante mejor pagado de los Estados Unidos. El jurado lo votó sin conseguir explicarse la naturaleza de la seducción que ejerce: él mismo inventó el «encanto Sinatra» y se guarda el secreto del invento.

Un rostro dulce de mujer

El rostro de 1960 es un rostro dulce de mujer. Los ojos pierden aquel aspecto «molido» de quien se ha levantado como un fantasma en medio de la noche y la boca no grita, por lo menos en el tono de la barra de labios...

Las barras de labios son muy claras. El contorno trazado en un color más oscuro, pero sin formar un contraste violento.

El carmín es transparente, deja adivinar la piel fresca de los labios. Cualquier tono que elijas, pero transparente, ligeramente húmedo, en la gama de los rosados.

¿El dibujo de los labios? Hay mujeres que ya han olvidado cómo les hizo la boca la naturaleza. Tal vez algunas se lleven la sorpresa de descubrir que tienen un dibujo mucho más bonito que el trazado con un pincel...

Pero todo eso hay que estudiarlo, probarlo y adaptarlo. No es algo que necesite de un «retiro espiritual» para decidirse, pero la verdad es que estas cosas necesitan algo de observación. Porque es posible que no te siente bien un tono demasiado claro; tal vez tu rostro exige un color más decidido. Es posible que la línea de tus labios exija aquel mínimo retoque del trazo que marca la diferencia entre «bonito» y «precioso». Y tú —seguro— preferirás lo precioso.

Cuidado con la moda. Es algo general y tú eres un individuo, es decir, alguien muy particular. Conozco a una joven cuya piel es demasiado rosada. No ha dudado en seguir la moda y se pinta los labios de un color rosa muy pálido. ¿Resultado? El resultado es que cuesta descubrir dónde empieza y dónde acaba su boca: todo se ha mezclado en un solo color informe.

Y hablando de informe, el trazo que acentúa más vivamente el contorno de los labios tiene como finalidad hacer desaparecer lo «informe». Porque cuando hablaba de la dulzura del rostro no me refería a un rostro apagado e inexpresivo. Me refería a una dulzura que no prescinde de una cierta firmeza.

Amor frente a edad

Los especialistas en el tema afirman que la mujer moderna ha prolongado veinte años el periodo más rico de su vida, el de la seducción. Y todo eso sustentado en una base biológica. Según las estadísticas, la longevidad humana ha aumentado considerablemente: en el siglo XVII, la mayoría de la gente moría alrededor de los treinta y cinco años, mientras que actualmente la fecha fatídica ronda los sesenta y cinco. Hoy, la mujer de cincuenta años no es más vieja que la mujer de veintinueve de 1830 o la de treinta y cinco de 1900.

Consejo de la doctora Anna K. Daniels: «Interésate por lo que te rodea. Una vida psicológicamente pobre es una vida que tiene poco contacto con la de los demás. Una vida rica y feliz atrae. Vive de un modo útil, presta servicios. No abandones tus actividades (o hazlo lo más tarde posible). Si te jubilas, que sea para buscar algo y no para abandonar algo».

Convéncete de que, si las mujeres cambian, también los hombres evolucionan con la edad, en los deseos y en las exigencias. El amor que reclaman se alimenta más de comprensión, de presencia. Desean una plenitud sentimental más delicada, más profunda. La doctora Daniels cita la fórmula de Saint-Exupéry: «Amar no es mirarse uno al otro, sino mirar los dos en la misma dirección».

Las romanas

Las mujeres del Imperio romano querían mechones rizados y suaves. Su ideal era parecerse a la Diosa Rubia.

Las que eran pobres vivían enrollándose incesantemente los largos cabellos hasta conseguir la cabeza de la estatua.

¿Y las ricas? Las ricas mandaban traer pelucas rubias de Germania. Llevaban cejas falsas. Se pintaban la cara con un polvo muy blanco. Quedaban hechas una belleza.

Las artistas de cine

Después del pelo liso y engominado a lo Pola Negri, el tipo de *vamp* cambió. Y apareció ese coloso con tirabuzones, inmortalizado por Clara Bow, la de la fotografía.

Y las mujeres, cumpliendo su deber de hacer de la belleza lo que la época marque como ideal, adaptaron su rostro al nuevo patrón.

La boca se pintaba en forma de corazón, boca de Cupido. Las cejas altas y más finas se arqueaban y sugerían un estado permanente de *ennui*.

En Clara Bow se descubrió el fenómeno del *it*... ¿Qué es el *it*? Esa pregunta equivale a preguntarse: ¿qué es el «qué»? Pues *it* es algo indefinible, independiente incluso de la belleza. Es algo que atrae, un magnetismo que está allí, pero no se sabe ni cómo ni por qué. *It* es lo que a todas las mujeres les gustaría tener. Vale más que la belleza.

Para quien le gustan los pasteles

Todo horno tiene dos bandejas. Al hornear un pastel coloca debajo otra bandeja con agua. Esta pequeña estratagema hará que el pastel se cueza por igual, sin quemarse de un lado, como tantas veces sucede.

¿Quieres saber si eres guapa en... Roma?

Aquí está la regla, dada por Renato Castellani, director de cine. Satisfaciendo la curiosidad de dos periodistas sobre las proporciones del cuerpo de una mujer idealmente «perfecta», según los modernos criterios de estética, dice: «Cada época, cada país, hasta cada moda establece un canon diferente de perfección para la mujer; en 1925 no debía tener ni busto ni caderas; en 1890 la cintura tenía que ser irracionalmente fina; a los turcos les gustan las mujeres gordas; a ciertos indígenas negros, las de cuello increíblemente largo, con anillos.

»La proporción y la belleza no residen en el objeto, sino en los ojos y en el corazón de quien lo mira. En Roma se puede considerar suficientemente proporcionada y perfecta a la mujer, entre diecinueve y veintiséis años que, al andar durante una hora y cuarto por una calle normalmente llena de gente, oiga murmurar no menos de ocho veces: *Bona*. Esta regla no vale para otra ciudad, porque *bona* es una expresión típicamente romana».

Los enemigos del bronceado

¿Qué alimentos aceleran el bronceado de la piel? Mucha gente cree que las verduras de color, las ensaladas, la clorofila ayudan. Pero en realidad ese tipo de alimento interviene en la medida en que da vitaminas al cuerpo. Lo necesario es una alimentación variada y equilibrada —carne, verduras, frutas— y con un buen nivel de calcio, que proporcionan el yogur, los quesos y otros lácteos.

Enemigos del bronceado son, por ejemplo, los productos con azufre y todas las medicinas para el hígado. La fenolftaleína también es un fotoestabilizante, provoca lesiones pigmentarias (manchas marrones o grises).

Los enemigos «exteriores» del bronceado son ciertas cremas demasiado espesas, «bases» compactas, maquillajes cargados que constituyen una pantalla entre el sol y la piel.

Tu cuello

Disimula un cuello demasiado corto evitando cuellos altos, pelo largo, gargantillas, mangas amplias, hombreras, escotes altos.

Disimula un cuello demasiado largo evitando vestidos muy escotados y pelo demasiado corto. Elige el cuello alto, los escotes cuadrados, el pelo suelto.

Arrugas en el cuello. Antes de maquillarte ponte el siguiente astringente (especial para desengrasar la piel del cuello): doscientos cincuenta gramos de agua de rosas, doscientos cincuenta gramos de piedra de alumbre.

... y cejas

Rostro oval: colorete en forma de triángulo, subiendo hacia las sienes y difuminado hacia abajo. (Cejas en curva muy suave).

Rostro redondo: colorete a lo largo, para «ovalar» el rostro. (Cejas un poco oblicuas, para «levantar» el rostro).

Rostro rectangular: colorete arriba, sin difuminarlo hacia los lados, así el rectángulo se suaviza. (Cejas de curva firme, subiendo un poco).

Rostro en forma de pera: colorete cerca de la nariz y a lo largo. (Cejas subiendo hacia las sienes).

Rostro en forma de corazón: colorete en triángulo y arriba. (Cejas espesas, sin mucha curva).

Rostro cuadrado: colorete apartado de la nariz, y en círculo, para afinar la parte inferior del rostro. (Las cejas no deben ser muy curvadas).

El jardín botánico más grande

... del mundo es Kew Gardens, en los alrededores de Londres. Fundado en 1759 por la princesa Augusta, madre de Jorge III, este jardín botánico es visitado todo el año por más de dos millones de personas. Tiene más de cuarenta y cinco mil variedades de plantas y un botánico puede estudiar prácticamente la flora de cualquier parte del mundo entre los seis millones y medio de especímenes secos de su herbario.

Estímulo a los hijos

Los padres deben recordar que el uso de elogios y recompensas muchas veces es más productivo que el castigo.

El niño que persiste en el hábito de orinarse en la cama durante algunos años, incluso después de ser castigado, avergonzado y duramente reprendido, puede perder esta costumbre en pocas semanas con palabras de estímulo y una simple recompensa.

Cuando el niño consigue buenos resultados, debe recibir elogios frecuentes. Cuando falla, no se hacen comentarios.

Los elogios y las recompensas no deben, sin embargo, repartirse al azar, sin pensar. Las recompensas deben darse con paciencia. En algunas familias se llega a una exageración tal que los niños esperan que se les pague por todo. No se les debe dar nada para hacer las tareas cotidianas de ayuda a su madre. La cuestión cambia, sin embargo, cuando se trata de implantar un nuevo hábito o de ayudarle a vencer alguna dificultad.

Modelo «contrabando»

Actualmente se venden en Estados Unidos unos zapatos con tacones huecos y desenroscables, con espacio en su interior para llevar una barra de labios, un pequeño espejo y algunos céntimos. Esta moda, curiosamente, se ha inspirado en la táctica de los contrabandistas de piedras preciosas de esconder su mercancía en el tacón del zapato.

Crema

Cada vez que vayas a ponerte unos guantes para labores domésticas, úntate las manos con una crema nutritiva. Esto evitará que tus manos queden secas y arrugadas.

Para suavizar las manos

Un remedio casero y eficiente es el tomate. No sirve solo para aderezar ensaladas, sino también para suavizar las manos estropeadas por las labores domésticas, pues hace desaparecer las manchas que dejan la verdura y la fruta.

¿Sabías...

... que el origen del nombre Hortensia se debe a una mujer? Pues fue Hortense, la esposa del relojero Lepaute, a quien el naturalista Commerson quiso homenajear, la inspiradora del nombre de la bonita flor.

Las apariencias engañan

Madame de Montespan se hizo famosa por la riqueza ostentosa de sus vestidos. Los llevaba de oro, asombrando y provocando la envidia de las demás mujeres de la corte. Estas, sin embargo, consiguieron descubrir que, bajo aquella vestimenta riquísima, se escondía una de las mujeres más malolientes y sucias del mundo. Y de la envidia pasaron al desprecio y las bromas.

Chicas de baja estatura...

Deben evitar los fruncidos en la ropa. Los sombreros que escojan no deben ser muy grandes ni llevar grandes adornos. Además, las chicas bajas deben vestirse con más sencillez que las altas. En los colores, sin embargo, deben elegir los tonos fuertes. Los tonos rosa y azul celeste, por ejemplo, deben evitarse. Contribuirán a hacer tu figura infantil y aún más pequeña. Lleva estampados.

Cuando no se ha lavado el pelo

En esta segunda clase describiremos un cuadro que no llega a ser trágico porque se trata solo de un pelo que debería haberse lavado y no lo ha sido. Esto, para un hombre, puede parecer una futilidad de mujer. Pero es que los hombres nunca sabrán hasta qué punto las mujeres se sienten inseguras. Ellos llaman «débil» al sexo femenino, pero no entienden que uno de los síntomas de la debilidad de la mujer reside exactamente en una inseguridad que hace que ella crea que depende —y su futuro— de una horquilla mal colocada o de un pelo bien lavado.

Bien, volvamos al pelo que no se ha lavado. La solución es lavarlo. Pero se me ha olvidado decir que no hay tiempo para lavarlo, ponerse los rulos, secarlo. «¡Y con el pelo sucio no voy!». Bueno, no hay necesidad de ir así. La ayuda de emergencia debe tener en cuenta lo siguiente: el pelo sucio es graso, con el brillo empañado por el polvo y con un aspecto desmayado... La solución es limpiar y refrescar el pelo. En el mercado hay limpiadores en seco. Son un polvo que se distribuye en el cuero cabelludo y se esparce por los cabellos con un cepillo. Déjalo durante unos diez minutos y después cepilla, cepilla, cepilla, cepilla, y sigue cepillando hasta que el polvo desaparezca. ¿Qué ha pasado? El polvo ha actuado como un secante, la grasa ha desaparecido y el cepillo, al quitar el polvo, ha dado al pelo una nueva vitalidad y brillo. Si no encuentras ese polvo prueba con talco. Recuerda: si el talco se queda en el pelo es porque no lo has cepillado bien.

Otra ayuda rápida, en el mismo sentido: antes de enrollar cada mechón, límpialo con agua de colonia. Déjalo unos diez minutos y después cepíllate el pelo.

Cara nueva en unos minutos

Aunque seas joven, hay días en que la cara parece fatigada, oscurecida. Si eso te pasa con frecuencia, procura descubrir qué anda mal en tu régimen de vida (alimentación poco racional, exceso de preocupaciones, etcétera).

Pero supongamos que necesitas ir a una fiesta o a cualquier reunión donde quieras «estar bien». Naturalmente, no podrás eliminar a toda prisa el motivo real de tu aspecto cansado. Podrás, sin embargo, en algunos instantes, «levantar» la cara, darle mayor vivacidad e incluso dar a los ojos aquel brillo que refleja un nuevo ánimo.

Las sugerencias que vienen a continuación son todas útiles. Elige entre ellas la que más te convenga.

1. Recógete el pelo, dejando la nuca libre. Moja una toallita en agua bien fría, escúrrela y aplícatela en la nuca. Renueva varias veces la compresa. Inmediatamente te sentirás mejor. ¿No te has fijado nunca en que los boxeadores, entre un asalto y otro, se someten a este rápido tratamiento? Pues antes de enfrentarte a una nueva lucha, prueba este tónico.

2. Cógete los lóbulos de las orejas entre los dedos y fricciónalos hasta que enrojezcan. Toda la cara recibirá un nuevo flujo de sangre y parecerá más «viva».

3. O aplícate compresas frías en las orejas, un minuto en cada una.

4. Si el cansancio es del tipo «depresión», date una ducha caliente seguida de chorros fríos y fuertes. No te demores bajo la ducha. Esta ducha activa la circulación, despierta todo el cuerpo y también hace que desaparezca de la cara la nube de cansancio.

5. Si, por el contrario, la cara está fatigada por excitación nerviosa, sustituye la ducha por un baño de inmersión. No prolongues demasiado el baño, si no, te sentirás muy extenuada.

6. Acuéstate unos quince minutos, sin almohada, en una habitación a oscuras. Pero solo quince minutos, si no, la cara tendrá un aspecto aún más cansado y soñoliento.

El baño

El agua tiene una gran importancia como estimulante y reparadora de energías si se utiliza correctamente.

Hay muchas maneras de aprovechar un baño para que nos dé exactamente lo que necesitamos.

El baño de inmersión, al despertarte, cuando hay que salir para las actividades diarias, no debe ser muy caliente, ni demasiado prolongado. Lo más conveniente es un baño rápido, de diez a quince minutos, tibio. Después de enjabonar bien el cuerpo se usa el cepillo de mango largo, eliminando la espuma con agua más fresca. Se seca la piel con una toalla de felpa.

La ducha tomada por la mañana, al despertarte, debe ser caliente, sin exageración. La ducha caliente y fría, alternada, es muy saludable, pero pocas personas la soportan fácilmente. Tanto el baño de inmersión como la ducha no deben ser prolongados, para no cansar.

Para eliminar el cansancio pasajero, resultado de un gran esfuerzo cerebral o de muchas horas de vigilia, se añade un poco de sal gorda al agua del baño. Eso dará un nuevo impulso al organismo y eliminará la sensación de fatiga.

Las abluciones frías y calientes en la cara le devolverán su apariencia fresca. En los brazos y en el busto combaten la fatiga que aparece a veces al final del día y en las mujeres fortalecen los músculos de los senos.

La juventud del rostro está…

… en la mirada. ¿Has visto alguna vez una cara fresca cuando la mirada está «muerta»? Una mirada envejecida significa una cara envejecida.

¿Sabes qué significa…

… *palming*? *Palming* tiene que ver con la palma de las manos, y es un ejercicio perfecto para el descanso y la renovación de la mirada. Puedes hacer *palming* todas las veces que quieras, solo te hará bien.

¿En qué consiste el *palming*?

Es sencillo. Coloca las palmas de las manos sobre los ojos, sin apretar el globo ocular, como si fueran dos conchas. Pero los ojos deben permanecer abiertos y ninguna luz puede entrar en las conchas. Prueba. ¿Lo has conseguido? Sencillo. Pon las manos así; respira lentamente, en reposo, sin prisa. Quédate así, sin pensar en nada, como si estuvieses en un cine oscuro, con la pantalla en negro. Después procura evocar —y visualizar— una pantalla del blanco más blanco. Esto es un poco más difícil, pero el resultado son unos ojos brillantes, descansados, jóvenes.

Para medias bonitas, piernas bien cuidadas

Te gusten o no las medias, el hecho es que ha llegado la época de llevarlas. De manera que vamos a hablar de medias, lo que significa también hablar de piernas.

Es inútil, por ejemplo, llevar unas medias finas si no tienes las piernas bien cuidadas, sin pelos superfluos. El uso de la cuchilla es fácil y cómodo. O, si lo prefieres, alguno de los productos de depilación que se venden por todas partes. Una fricción con loción suavizante o una crema no muy grasa aterciopelará la piel.

¿Llevas medias con costura? Entonces recuerda que la pierna parece torcida cuando la media está torcida.

Un excelente ejercicio para revigorizar las piernas (las medias quedan más bonitas…) es ir en bicicleta. Si no tienes ni tiempo ni bicicleta, pero dispones de… suelo, no te desanimes: los movimientos de la bicicleta se pueden hacer igual.

Tiéndete en el suelo, levanta las caderas sujetándolas con las manos y ejecuta grandes movimientos rotatorios con las piernas, exactamente como si estuvieses pedaleando.

Lo ideal es no tener ningún niño cerca: todos los vecinos acabarían sabiendo que mamá hace bicicleta en el aire. Tampoco deberá estar presente tu criada: es difícil exigirle seriedad y respeto después de esta cena.

Volviendo a las medias: lávalas todos los días. Y no solo por higiene: se conservan mejor, duran más. Pero no las frotes al lavarlas. Comprímelas varias veces entre las manos después de sumergirlas en agua y jabón.

La postura, el secreto de las piernas

Con las faldas más cortas, las piernas preocupan más a las mujeres. Te diré que con las piernas la cuestión básica es la postura.

Aquí tienes algunas sugerencias para la posición de tus piernas…

1. Cuando estés de pie, mantén las rodillas juntas, pero no rígidas. El talón de un pie debe tocar o estar frente a los dedos del otro.

2. Al sentarte, inclina los pies a la derecha o a la izquierda, la punta de uno de los pies debe rodear el talón del otro.

3. Al caminar, los dedos deben apuntar hacia delante.

4. Al caminar, mueve los pies a lo largo de dos líneas paralelas imaginarias, con un pequeño espacio entre ambas.

5. Y, también al caminar, limita tu paso a la longitud de tu pie. (En otras palabras, el paso no debe exceder el tamaño del pie, ¿queda más claro?).

Todo esto da a las piernas gracia y forma. Y, para piernas sin elegancia, basta con estos trucos.

Pero si tu problema es una pierna demasiado gruesa o demasiado fina, también están indicados los ejercicios correctivos.

Otra cosa que mejora el aspecto de las piernas es la ligereza al andar. Cuanto más pesadamente camines, más parecerás pegada a la tierra, y tus piernas parecerán incluso más arqueadas.

Niños que patinan en casa

Cose un par de zapatillas viejas sobre un pedazo de lana o de fieltro. Dale esas pantuflas a los niños y diles que pueden patinar, lentamente, por las habitaciones, por el salón, sin chocar con los muebles. Adorarán el juguete y tú tendrás la casa como un espejo. Pero ¡cuidado! No les digas nunca a los niños que están trabajando.

Salsa

Para que cualquier salsa a base de harina y mantequilla salga bien, echa el líquido frío (sea cual sea) y muy lentamente. Si echas el líquido caliente, la harina se espesará y el conjunto perderá homogeneidad.

Mercado de «truquitos»

La ropa negra no está exactamente vieja y no está rota. Pero tiene un brillo feo. ¿La tiramos? No, usamos un truco. Para quitar el brillo feo de la ropa negra frótala con un poco de café. Después pasa un paño húmedo y, enseguida, una plancha caliente.

¿Y para limpiar los cuellos de los abrigos o capas? Me enseñaron un truco que me pareció muy fácil: limpiarlos con un trapo empapado en vinagre blanco.

Y otro truco muy útil: para quitar los olores de la nevera, poner dentro una ramita de laurel.

En cuanto a los lavabos sucios, que quedan tan feos, el truco es frotarlos con una pasta compuesta por medio vaso de soda y medio vaso de vinagre.

Recursos que rejuvenecen

Al maquillarte, puedes usar algunos truquitos que te hagan parecer más joven. Como, por ejemplo, al pintarte los labios. Con la punta de la barra de labios dibuja el contorno de los mismos con las comisuras ligeramente hacia arriba. La boca con los ángulos hacia arriba da un aspecto jovial a la fisonomía, remozándola. Elige colores claros, rechaza las tonalidades moradas o muy fuertes. Evita pintarte demasiado los ojos, porque eso envejece la cara. También, al dibujar las cejas, usa un lápiz más claro, no el negro, que endurece los rasgos del rostro, haciendo que parezca más viejo. Lleva el pelo corto, con un corte que te dé un aspecto deportivo y juvenil. El pelo recogido envejece. Los moños, las trenzas, los tirabuzones y los mechones endurecidos, también. Cuanto más suave y suelto esté tu pelo más joven parecerás.

Evita las tonalidades oscuras en la ropa, porque la ropa oscura te dará un aire severo de matrona. Menos el negro que, inteligentemente explotado, puede beneficiar mucho a la figura.

Presta atención también a tu manera de andar. Un andar elástico, firme, decidido, da siempre una impresión de juventud. Un andar vacilante, lento, sugiere la mediana edad. Nunca relajes el cuerpo dejándolo caer sobre sí mismo, «amontonándose», como si ya no tuviese músculos. Mantén la cabeza erguida, el porte erecto.

Todo esto te hará aparentar diez años menos. Pero la clave de todo, lo realmente importante, es cultivar la juventud de tu espíritu, interesándote por todo, siendo alegre, apartando el mal humor, la neurastenia, las preocupaciones superfluas. Sé joven de espíritu y tu cuerpo reflejará esa juventud.

Tratamiento nuevo para los tartamudos

En el St. Mary's Hospital, de Londres, están aplicando un nuevo tratamiento para curar la tartamudez. El método es tan simple que se puede hacer en casa con éxito. Se trata de la «cura de la sombra»; la persona que tartamudea debe repetir «como una sombra» las palabras que otra esté leyendo en voz alta de una revista. El tartamudo, sin ver la palabra impresa, se concentra exclusivamente en el sonido oído, que debe repetir inmediatamente, como un eco. Muchas personas que tienen ese defecto de dicción consiguen hablar de forma fluida en esas circunstancias y la costumbre del habla normal tiende a afirmarse. Los casos severos de tartamudez han mejorado considerablemente en esa clínica de Londres después de un tratamiento de tres o cuatro semanas.

Un descanso que embellece

Tiéndete sobre una alfombra. Levanta los pies, apoyándolos en una almohada alta. El cuarto o la sala debe estar a oscuras. ¿Y hay una manera de rodearte de silencio? Consigue el silencio más absoluto aunque tengas que ponerte algodón en los oídos.

Prepara una infusión de tila (un buen puñado para medio litro de agua). Con esa infusión muy caliente prepara una gran compresa para la cara y, sobre la compresa, pon una toalla de felpa (así la humedad y el calor se mantendrán sobre la piel).

Todos estos cuidados, además, te harán más fácil «no pensar en nada». «No pensar en nada» es una crema muy buena…

¿Cuánto tiempo dura este tratamiento? Diez minutos y te sentirás renovada.

Doble mentón

Un mentón está bien, dos es demasiado. ¿Qué debes hacer para evitar o corregir nuestra conocida «papada»?

Bien: abre la boca. No un poquito, sino como si mordieses una fruta, una manzana. Da un mordisco imaginario, pero poco a poco, muy lentamente, y después cierra los labios.

Otra manera de combatir la papada: cierra la boca, normalmente, y mastica un alimento imaginario.

Utilidades de la sal

No solo en la cocina reina la sal. ¿Sabías que dar un poco de agua salada a una persona que se ha desmayado tiene el poder de reanimarla?

Bien, y ahora supongamos que tienes una neuralgia, cosa que no te deseo. Tienes que ir al médico, claro, él es quien lo solucionará. Pero, mientras tanto, aplícate en la zona dolorida un puñado de algodón empapado en agua muy salada.

Bañar los ojos con agua salada es como echarles suero. La vista descansa, se hace más fuerte, la mirada adquiere brillo.

Y no pienses que esto se acaba aquí: el agua salada es buena para detener la caída del cabello...

Arrugas en los párpados

Uno de los medios de evitar y atenuar las arrugas de los párpados es el siguiente ejercicio que debe hacerse diariamente:

Apoya las palmas de las manos contra los ojos cerrados. Imagina un montón de carbón. Entonces imagina que un gato negro está subiendo por la pila de carbón.

¿Te ríes? Pues es que el movimiento «interno» de los ojos en la oscuridad es la mejor gimnasia para tus músculos. Con el carbón oscuro, tendrás la imagen oscura que necesitas. Y el gato negro «subiendo» te dará el movimiento que necesitas.

Otra gimnasia.

Mira hacia un lado. Pero sin mover la cabeza.

Defectos en las uñas

Las manos tienen una belleza propia. Es sorprendente la frecuencia con que los hombres hablan de las manos femeninas. Ellos notan siempre cuando no hay cuidado en el tratamiento dado a las manos, incluso cuando la cara está impecable.

Las uñas bonitas son el punto de exclamación de unas manos atractivas. Si tus uñas no son tan bonitas como deberían ser, aquí están diez maneras de corregir los defectos que puedan tener.

Da a las uñas largas un aspecto más estrecho dejando una línea sin pintar a cada lado de la uña al hacer la manicura.

Fortalece las uñas quebradizas con un suplemento de cápsulas de gelatina, las proteínas las protegen.

Protege y endurece las uñas muy blandas, que sufren con la acción del esmalte frecuente.

Suaviza las cutículas que se rompen fácilmente, sumergiendo los dedos, por la noche, en aceite tibio.

Retira la piel dura de los ángulos de las uñas con una lima, no uses las tijeras.

Evita callosidades en los ángulos de las uñas lijándolas y dándoles una forma oval, sin cortar mucho.

Haz que las uñas cortas parezcan más largas aplicando el esmalte en toda la uña en vez de dejar la media luna y las puntas sin esmalte.

Para uñas rotas de raíz usa una uña postiza, que se retirará cuando la tuya haya crecido hasta el tamaño deseado.

Deja los colores vistosos si no tienes facilidad para hacerte las uñas con frecuencia; aplícate un esmalte incoloro o dales brillo con un pulidor de ante.

La experiencia de Hitchcock

Alfred Hitchcock, el maestro absoluto del suspense cinematográfico, cuenta que se lo debe a un episodio de su infancia…

Un día, su padre, sabiendo que había hecho novillos, organizó con ayuda de un amigo una cacería del niño que acabó con el joven Alfred preso y pasando una noche en la cárcel. Esto dio origen al «pavor del fugitivo» y al «terror del acorralado», que él sabe tan bien comunicar a sus personajes por haber vivido la misma experiencia.

Importancia de una comida

Nunca está de más repetir que la primera comida es la más importante para el organismo. Y esto porque, después del reposo, es capaz de asimilar más y mejor los alimentos ingeridos. En segundo lugar, porque ha estado muchas horas sin alimento y habrá desgastado sus reservas. El almuerzo deberá ser una comida ligera, por lo inconveniente de la hora, dejando al desayuno la oportunidad de un amplio sustento.

En Inglaterra, el *breakfast* está lleno de productos sabrosos y nutritivos. Es tradicional el plato de copos de avena cocidos en leche, la mermelada de naranja, las compotas de frutas, pescados ahumados, huevos con beicon o jamón, todo regado con numerosas tazas de té. En Holanda, se sirven muchas variedades de pan, jamón, queso, mantequilla, miel, leche o café con leche. En Estados Unidos, zumos de frutas, huevos con beicon, cereales, magdalenas y leche.

Debemos, observando estos ejemplos, intentar modificar nuestro desayuno, añadiéndole, por lo menos, los zumos de frutas, tan saludables para el organismo, especialmente por la mañana. Un desayuno reforzado, rico y variado puede estar compuesto así: tostadas, miel y mermelada, un huevo cocido, zumo de frutas o un vaso de leche y copos de maíz.

Una novedad antigua

Este es un gran tratamiento para pieles secas o desvitalizadas, olvidado durante mucho tiempo y ahora redescubierto. Se trata del cataplasma graso. El método es el siguiente: mientras se calienta al baño maría un poco de crema (a base de lanolina), se ponen en agua muy caliente cuatro bandas de gasa. Cuando la crema esté tibia y las compresas muy calientes, se hace con estos ingredientes una especie de sándwich que se aplica sobre el rostro, cubriéndolo con una toalla de felpa también empapada en agua caliente. Es una operación que necesita ayuda externa, porque las toallas, a medida que se enfrían, deben ser sustituidas inmediatamente, durante media hora.

¿Ojos pequeños?

Bueno, no puedes operártelos… Ni hay manera de arreglarlos. ¿El sistema? El sistema es un truco de maquillaje.

1. Haz una punta muy fina a un lápiz de ojos marrón o gris; lápiz negro, nunca. Empieza tu obra de arte por el ángulo interno de los ojos.

2. Dibuja un trazo fino que vaya cubriendo, en el párpado, la raíz de las pestañas superiores.

3. En las cejas pon rímel marrón, gris o azul (el negro endurece la mirada y limita el contorno de los ojos).

4. El cepillo debe estar solo húmedo de rímel.

5. Para curvar bien las pestañas, el truco es empezar siempre por las puntas.

6. De noche, haz en el ángulo externo un pequeño triángulo azul o verde o marrón o gris o malva.

Embellecer el pelo blanco

El pelo blanco puede ser una coquetería, tu motivo de atracción. Pero tiene que estar cuidado, adornado.

Oro sobre blanco. Para dar al pelo blanco un tono dorado, mójalo con una mezcla de doscientos cincuenta gramos de tintura de ruibarbo y doscientos cincuenta de agua.

Blanquear pelo blanco. Lo feo del pelo blanco está en el tono amarillento o grisáceo. ¿Qué puedes hacer para blanquearlo? Después de lavártelo con champú, lávalo con un litro de agua al que habrás añadido dos cucharadas (soperas) de agua oxigenada.

Plata sobre blanco. Una cosa bonita en el pelo blanco es el reflejo plateado. ¡Y es tan fácil conseguirlo! Basta poner añil en el agua. ¿Cuánto añil? La misma proporción que iría bien a la ropa blanca.

El anillo conyugal

La alianza, símbolo que hoy la mayor parte de las mujeres lleva con tanto orgullo, tiene un origen muy humillante para nosotras, las mujeres. En la Antigüedad, los maridos esclavizaban a sus mujeres atándolas con grilletes. De ahí se originó ese delicado y romántico anillo de oro, que hoy nos gusta tanto llevar.

Nosotras, a la mesa

¿Etiqueta a la mesa? La cuestión, la mayoría de las veces, es de sentido común. He aquí algunos ejemplos: No comas con exceso de gula… No bebas con la boca llena… Procura mantener los dedos limpios… No te lleves una cucharada a la boca si no has acabado con el bocado anterior… Que el bocado no sea mayor de lo que tu boca puede contener… No hables con la boca llena… No demuestres mal humor, pase lo que pase… El buen humor transforma un simple plato en un manjar… No apoyes los brazos en la mesa, posa solo las manos y antebrazos, hasta cerca del codo… No acerques la cara al tenedor sino el tenedor a la cara… Todo eso ya se sabe, como lo sabrás tú, al menos un poco.

Pero lo que mucha gente olvida es que, si no te sientes «natural», lo mejor es fingir naturalidad, porque no hay nada más incómodo que una persona que no se siente a gusto como comensal… Una idea lleva a otra, pero que la idea de estar comiendo no lleve solo a temas de comida. Tengo una conocida que, a la mesa, solo consigue asociar el plato que se sirve con otros que le sirvieron en el pasado. No lo hace con mala idea, pero todo el mundo se siente un poco engañado porque a esta señora solo se le ocurren recuerdos de platos fabulosos… Resultado: el tema se contagia. Y yo misma acabé un día por oírme decir con nostalgia: «Asado bueno el que yo comía en casa de la abuela…». Y la pobre ama de casa que se ha esforzado todo el día para preparar una buena cena se siente pobre, frustrada y tonta. A menos que se llene de una justa indignación.

A veces la solución es un pequeño truco

Pues la harina de maíz es buena para las manchas de moho. Cuando esta es de las que no se van con ningún cepillado o limpieza, intenta enjabonar el tejido manchado y hervirlo enseguida en un poco de agua con dos cucharadas de harina de maíz. Después deja que coja un poco de color.

Y si tienes encajes finos, que son una fuente de preocupación porque son difíciles de conservar, lávalos en leche tibia no hervida y enjuágalos después en agua en la que habrás puesto una pizquita de azúcar. Plánchalos cuando aún estén húmedos, con la plancha no muy caliente. ¿Quién podría pensar que la leche va bien para los encajes?

Si tus piernas están ásperas, manchadas, no las tires porque no puedes comprar otras: prueba a hacerte una fricción con una mezcla de alcohol y aceite de ricino. Las mismas piernas, con este truquito, quedarán con la piel suave y clara.

Lo que las uñas dicen… (Y lo que yo digo)

¿Se pueden diagnosticar enfermedades por las uñas?

Es lo que dicen muchos médicos. ¿Uñas pálidas? Linfatismo. ¿Demasiado rojizas? Mala circulación. ¿Azuladas? Desnutrición. ¿Amarillentas? Mal estado del hígado y, a veces, ictericia inminente. ¿De coloración irregular? Circulación irregular. ¿Uñas mordidas? Problemas no resueltos…

Pero no solo revelan la salud. ¿Esmalte descascarillado? Dejadez. ¿Demasiado largas? Deseo de tener garras. ¿Cortadas rectas, como de hombre? Señal de tontería.

Y hablando de uñas: una buena manera de hacer que las adolescentes dejen de morderse las uñas es mandarlas una vez por semana a la manicura. Cuando las uñas están esmaltadas la chiquilla se lo piensa dos veces antes de estropearlas con los dientes. Hacer que una persona tenga un poco de vanidad es darle importancia. Y quien se siente importante procura elevarse a la altura de su propia importancia.

Estoy viendo que he empezado hablando de uñas y he acabado en un tema diferente. Un día volveré a hablar de la importancia de ser importante.

Poros dilatados

Para los poros dilatados, ponte en la cara dos veces al día un poco de leche y déjala unos quince minutos. Lávate la cara con agua de rosas. Las principales causas de los poros dilatados son la fatiga y el exceso alimentario.

Los chicles

Para sacar chicles de alfombras y entarimados encerados se usa gasolina o un disolvente. Para sacarlos de ropa de lana o de algún mueble nada mejor que un paño empapado en queroseno.

El vinagre y la piel

El vinagre es un antiguo auxiliar de la belleza femenina, aunque peligroso para la piel. Sin embargo, limpia algunas manchas muy resistentes. Hay que tener cuidado al ponerlo en la piel, debe ir acompañado de una crema protectora, para evitar efectos cáusticos.

Alimentos que son medicinas

La miel, además de ser un fortificante, ayuda a la limpieza de la sangre y no engorda… El nabo está indicado para los nerviosos, pero no es aconsejable abusar de su uso. La zanahoria es un remedio para los asmáticos, el limón para las gripes, enfermedades del pulmón, fiebre, reumatismo y toses. La lechuga es excelente para combatir el insomnio. El apio es la medicación que proporciona la naturaleza para el reumatismo y la dispepsia nerviosa, además de revigorizante.

Ahorrando huevos

A veces nos preparamos para hacer un pastel y en el último momento descubrimos que no tenemos en casa la cantidad exacta y recomendada de huevos. Y, sin embargo, ahí está la receta, implacable... Pero hay una solución: por cada huevo que falte añade a la masa media cucharada (de té) de levadura en polvo, y dos cucharadas (soperas) de leche.

Pastel atrapamaridos

No. No es ningún pastel especial, puede ser el mismo que haces de vez en cuando. El secreto está ahí, en no hacerlo «de vez en cuando», sino siempre, regularmente, cambiando solo la forma y la presentación. A los hombres les gusta comer bien, y nos corresponde a nosotras, las mujeres, hacer que en la mesa haya siempre alguna sorpresa sabrosa. Como postre, como acompañamiento para la merienda, para el té, o para el desayuno, o incluso como golosina a cualquier hora, el pastel, sin grandes complicaciones, fácil de hacer, puede ser la salvación del ama de casa, que quiere ver a su marido y a sus hijos satisfechos. Este tema me lo sugirió la lectura de una noticia en la que se contaba cómo una joven y hermosa señora de Los Ángeles fue descalificada en el concurso para la elección de Miss América porque no sabía hacer pasteles. Portadora de otras dotes admirables, incluso de una gran belleza, no poseía esta, y fue sumariamente desclasificada. Muy acertado el juicio de la comisión. ¡Un ama de casa que no sabe hacer un pastel! Realmente es inadmisible. Como los jueces de este concurso generalmente son hombres, sacad vosotras mismas las conclu-

Solo para mujeres

siones. Como veis, uno de los secretos para retener a un marido está al alcance de la mano. Solo se trata de aprovecharlo.

Recipientes

Las cremas, pasteles y claras batidas en recipientes de aluminio quedan oscuras. Usa solo para este fin recipientes de loza, vidrio o ágata.

Manchas

Para sacar manchas en seco de la ropa, pasa sobre la parte afectada un poco de gasolina y espolvorea encima polvos de talco. Coloca un papel de estraza y pasa la plancha caliente por encima. Después basta con pasar un cepillo, quitando el exceso de talco, y colgar la prenda al aire libre durante dos horas. La gasolina no debe estar cerca del fuego, porque es altamente inflamable.

Zapatos mojados

Cuando tus zapatos se mojen por la lluvia, no los pongas a secar al sol, porque eso reseca el cuero y deforma los zapatos. Rellénalos con papel de periódico, pasa por la superficie una buena capa de grasa y déjalos hasta que estén completamente secos.

Ojos cansados

Si tus ojos están cansados, mójalos con un poco de agua y sal o agua con ácido bórico. Ponte unos algodones empapados con agua helada y crema en los párpados. Esto sirve para cualquier tipo de cansancio visual. Siempre que tengas diez minutos libres, haz esto y tus ojos sacarán un gran provecho.

Rosas contra pulgas

Una buena manera de ahuyentar las pulgas dentro de casa es distribuir por los rincones y bajo los muebles algunos pétalos de rosa. El perfume hace correr a las pulgas.

Picaduras de insectos

Una compresa empapada en amoniaco. Cuando se trata de un insecto que deja el aguijón en el lugar donde pica, como la abeja y la avispa, es bueno retirarlo antes de hacer el tratamiento con amoniaco.

Sangre… para fortalecer la sangre

El método del doctor Mourney-Nettmann de inyectar sangre del propio paciente como tratamiento para el organismo debilitado continúa dando notables resultados en muchas molestias infecciosas. En muchos casos de gripe, incluso, se ha empleado este método con éxito. El reumatismo articular, las anginas crónicas, la fiebre tifoidea, la escarlatina y la neumonía, en sus periodos iniciales, pueden combatirse así.

¡Fuera con las polillas!

Un buen sistema para ahuyentar las polillas en los meses fríos es colocar algodones mojados en gasolina en los rincones del armario. La ropa de lana limpiada con bencina tiene el don de asustar a los terribles insectos.

Tus andares…

Al andar, mantén la cabeza erguida, los hombros nivelados, hacia atrás, el vientre encogido. Evita dar pasos muy largos o muy cortos. Los pies hacia delante. Evita andar con las piernas rígidas o abiertas. Al pisar, posa primero el talón sobre el suelo. Un porte elegante es importantísimo para una mujer que desea ser bonita.

El origen del «baño maría»

La expresión tan conocida por las amas de casa, «baño maría», tiene su origen en la Edad Media. Los alquimistas, muy supersticiosos, tenían como protectora de sus trabajos y profetisa a la hermana de Moisés y Aarón, María. Por ese motivo, vincularon el nombre de María a sus experimentos, especialmente a aquellos en los que usaban agua. De ahí vino la expresión de que aquello que se pone a hervir sobre o dentro del agua lleva el nombre de «baño maría».

Manos más blancas

Para limpiar mejor las manos es bueno añadir un poco de azúcar al jabón común. Además de aumentar la espuma, el azúcar hace desaparecer las manchas y suaviza las palmas de las manos.

Para tus nervios

Si eres nerviosa, uno de los muchos calmantes caseros es el queso, ¿lo sabías? No conviene abusar, sin embargo, porque puede perjudicar a tu digestión y atacar al hígado.

Si has tomado demasiado el sol...

Y tienes la piel demasiado quemada, muy oscura, puedes frotarte una rodaja de pepino y secarte con una toalla suave. El tratamiento con pepino aclara la piel y además ayuda a suavizarla.

Índice de artículos

Retoques al destino

Clases de seducción

Entre mujeres

Solo para mujeres

Consejos

Índice de artículos   369

Secretos